U0755636

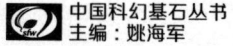

中国科幻基石丛书

主编：姚海军

白贲中短篇科幻小说集

和光同尘

白贲 著

四川科学技术出版社

图书在版编目（CIP）数据

和光同尘 : 白贲中短篇科幻小说集 / 白　贲　著 .
-- 成都 : 四川科学技术出版社，2021.8
（中国科幻基石丛书 / 姚海军　主编）

ISBN 978-7-5727-0240-2

Ⅰ . ①和… Ⅱ . ①白… Ⅲ . ①幻想小说—小说集—中国—当代 Ⅳ . ① I247.7

中国版本图书馆 CIP 数据核字（2021）第 167310 号

中国科幻基石丛书

和光同尘：白贲中短篇科幻小说集

出 品 人　程佳月
丛书主编　姚海军
著　　者　白　贲
责任编辑　宋　齐
特邀编辑　汪　旭
封面绘画　兰世韬
封面设计　施　洋
版面设计　施　洋
责任出版　欧晓春
出版发行　四川科学技术出版社
　　　　　四川省成都市槐树街 2 号 出版大厦　邮政编码：610031
成品尺寸　147mm×208mm
印　　张　11.25
字　　数　257 千
插　　页　2
印　　刷　四川省南方印务有限公司
版　　次　2021 年 11 月成都第一版
印　　次　2021 年 11 月成都第一次印刷
定　　价　50.00 元

ISBN 978-7-5727-0240-2

写在"基石"之前

■ 姚海军

　　"基石"是个平实的词,不够"炫",却能够准确传达我们对构建中的中国科幻繁华巨厦的情感与信心,因此,我们用它来作为这套原创丛书的名字。

　　最近十年,是科幻创作飞速发展的十年。王晋康、刘慈欣、何夕、韩松等一大批科幻作家发表了大量深受读者喜爱、极具开拓与探索价值的科幻佳作。科幻文学的龙头期刊更是从一本传统的《科幻世界》,发展壮大成为涵盖各个读者层的系列刊物。与此同时,科幻文学的市场环境也有了改善,省会级城市的大型书店里终于有了属于科幻的领地。

　　仍然有人经常问及中国科幻与美国科幻的差距,但现在的答案已与十年前不同。在很多作品上(它们不再是那种毫无文学技巧与色彩、想象力拘谨的幼稚故事),这种比较已经变成了人家的牛排之于我们的土豆牛肉。差距是明显的——更准确地说,应该是"差别"——却已经无法再为它们排个名次。口味问题有了实际意义,这正是我们的科幻走向成熟的标志。

与美国科幻的差距，实际上是市场化程度的差距。美国科幻从期刊到图书到影视再到游戏和玩具，已经形成了一条完整的产业链，动力十足；而我们的图书出版却仍然处于这样一种局面：读者的阅读需求不能满足的同时，出版者却感叹于科幻书那区区几千册的销量。结果，我们基本上只有为热爱而创作的科幻作家，鲜有为版税而创作的科幻作家。这不是有责任心的出版人所乐于看到的现状。

科幻世界作为我国最有影响力的专业科幻出版机构，一直致力于对中国科幻的全方位推动。科幻图书出版是其中的重点之一。中国科幻需要长远眼光，需要一种务实精神，需要引入更市场化的手段，因而我们着眼于远景，而着手之处则在于一块块"基石"。

需要特别说明的是，对于基石，我们并没有什么限定。因为，要建一座大厦需要各种各样的石料。

对于那样一座大厦，我们满怀期待。

目 录

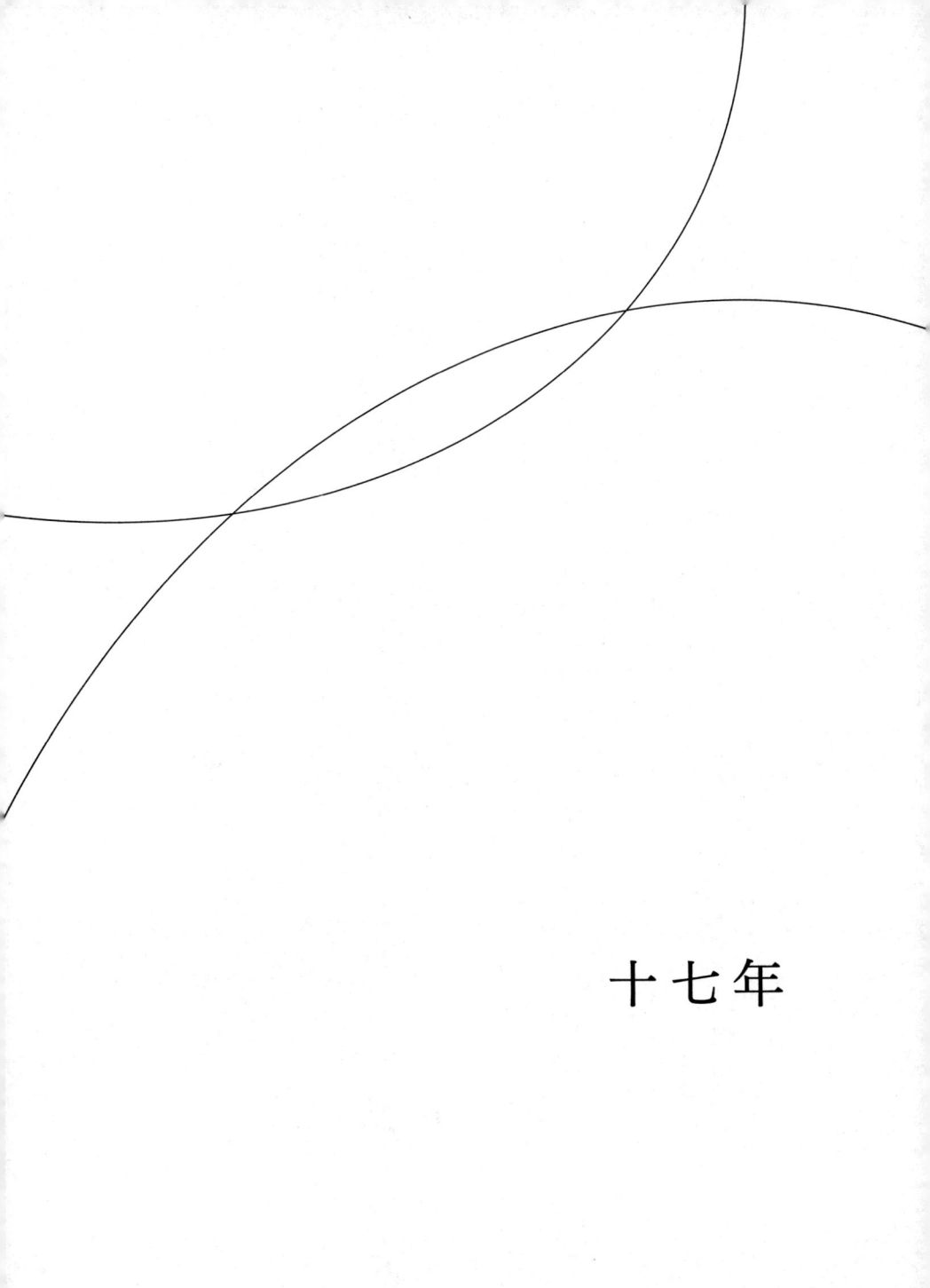

十七年

人是被抛入世间，能力有限，处于生死之间，对遭遇莫名其妙，在内心深处充满挂念与忧惧又微不足道的受造之物。

——马丁·海德格尔

苏 醒

我从长达十七年的梦中醒来了。

这是醒来后我脑海中的第一个念头，在相当长的一段时间里，也是唯一的念头——我只知道这个。

至于我究竟是谁、身在何处，一时之间并没有头绪。我坐起身，好一会儿才勉强适应了周围的黑，隐约能看见这是一个逼仄的空间。正是这种看见，让我能把物理上无光的昏晦和沉睡中毫无时空感的黑暗区分开，确认自己真的醒来了。长久的沉睡让我的思维异常迟缓，每次醒来都如同一次新生——是的，每一次——我记起来了，这是一种周期性的沉睡。

我伸手在周围摸索，摸到了一个棍状物体，那应该是一个火折。记忆随着触感复苏，指引着我划开火折，跳跃的火光烫开了屋子里的黑，我看见自己坐在一个石砌的方槽内，砌石凉如寒玉。苏醒之后，体温缓缓回升，我已经受不了石槽的寒冷，慌忙爬了出去。在我的石槽旁并列着两个同样规格的槽，里面躺着一对漂亮的男女，哦，那是我的父母。

父母正在沉睡，他们与我一样——准确地说，我的整个种族都是这样，定期沉睡着。周期都是质数，而且彼此的周期都不一样。我的沉睡周期是十七年，那父母的周期是多少呢？让我想想。

饥饿，剧烈的饥饿感像秋千一样，跟着呼吸的节奏在胃里用力地荡。沉睡已经结束，所有的身体机能都渐渐恢复了，生物本能的一切需求同时袭来，交织折磨着我。我趴在地上借着火光寻找，很快摸到了苔藓和一些其他蕨类，我抓起它们疯狂地吞咽，好歹恢复了一些体力。

我再一次好好地看了看我的父母，才发现他们的手都指向同一个方向。我顺着他们的指向找到了放在高处的一个盒子，盒子里放了很多坚果和浆果干。用麻布包着的炭粉可以让盒子尽量保持干燥，可还是有不少干果发霉了，想来已经放了许多年。我吃掉所有能吃的果子，力量和记忆都开始回到这具身体里。我细细打量着这个地方，粗糙的石壁上歪歪扭扭地刻了许多图案，这是父母留给我的地图，标出了所有食物资源。我拆开干燥用的炭包，把麻布铺在墙壁上，用炭粉把地图拓了下来。这时我才发现，地图旁还刻下了一串串小字，那是父母留下的、无微不至的叮嘱。关爱只能以这种方式留下。

很快我就感到一阵窒息，封闭空间中的空气本就不多，火折燃烧更是消耗了氧气。我带着地图向外走去，拨开虬结在台阶上的根须，来到了室外。

走出去的一瞬，我闻到了世界：不是洞穴中霉变和腐败的腥臭，而是干燥空气的清爽、抽芽植物的花香和泥土的芬芳。长久处于黑暗中的眼睛一时无法适应外界的光，缓了一会儿才能稍微睁开。回过头去，原来沉睡的地方是一处地下洞穴，洞穴上方长着一株茁壮的猴面包树，枝干粗壮高大，结满了果实。我衔起磨尖了的石片爬上树，用石片割开一个个果实，大快朵颐。

长年的沉睡给了我用不完的精力，只要满足了进食的需求，我就能一直运动。跳下了树后，我把果实里的种子种在大树周围，便向前走去。我不知道前面会是什么，但我无所谓，因为距离下一次沉睡还有约两年的时间——我的种族都是这样，随机的质数沉睡周期，然后两年的苏醒时间，接着继续沉睡。

我不知道我们有多长的寿命，没有谁知道，漫长到决绝。

苍茫的大地，龟裂而斑驳，只有我踽踽独行。唯一的陪伴是偶尔路过的风滚草，蜷曲着滚动，慵懒地播种。这片大地是如此干旱，风滚草只好从土里收起自己的根，团成一团随风滚动，直至寻找到宜居的环境，再重新扎根。我与它们一样，它们寻找的是家园，我寻找的是同类。

这个念头提醒了我，风滚草的漂泊是为了寻找宜居之处，风从高气压区吹向低气压区，而湿度越高气压越低，也就是说风吹向的地方是湿润的。那里有更多的食物，也有更多同类聚居的可能。

我追逐着风滚草，沿路饿了就吃一些黄栀和沙棘，渴了就摘一些仙人掌的果实。走了半天的时间后，我看到了前面的绿洲。

星　空

那是一片颇具规模的林子，长在小型的盆地里，整片大陆上的水分都向下汇集到了这里，才形成这片罕见的绿意。我站在绿洲边缘的丘陵上，决定暂时不进。天色将晚，如果这片林子中真有我的同类苏醒了，他或她一定会生起火，这在夜色中会非常显眼。

我捕到一只田鼠，剥皮烤了充饥，暮色很快降临，我站在火堆旁仰望夜空。浩瀚的夜空中繁星闪烁，一道由星辰和尘埃组成的淡乳白色带子横过夜空，将天球分成两部分。愈靠近天际线，星星就愈多，反而是靠近天穹顶部的星星显得有些稀疏，这就衬托出天穹正中那颗红色的亮星尤为耀眼。那颗星鲜红似血，仿佛大火燃烧在夜空中央，明亮而孤独。

多美啊。

看着那颗鲜红的星，一个陌生的字眼忽然跳入我脑海："夏"。不过，这是什么意思？我想不起来了。

可我好像知道这颗红色星星的名字，我轻声地念出了它的名字："心宿二。"这一声呼唤似是来自远古，唤醒了一些很古老的东西。我的声音微弱而嘶哑，许久没用的语言能力已有些退化——别说十数年的沉睡，即使是醒着的时候，我也几乎用不着开口。

沉醉在星河中过了好一会儿，我才想起此行的目的，向下方的绿洲看去，却发现那一片深绿之中并没有火光闪烁，甚至一点儿动静都没有。我有些失望地坐在地上，就着火光摊开麻布拓印的地图，地图上显示就在这密林深处有一个特别的地方，至于如何特别，父母留下的记号我没有见过，也不知何意，但看起来值得一去。

深夜进入丛林并不明智，更何况星空的吸引力实在是太大了。我躺在原地，久久凝望着星空，星空也凝望着我——是的，凝望，天穹正中的红色星星一动不动地亮着，而它外围的所有星辰也毫无波动。我看了整整一夜，夜空中的星星几乎没有变化，不会随着时间的推移绕着天顶旋转。我隐隐地觉得哪里不太对劲，但也说不上来。

星空凝固得像一幅画，可星星又在闪烁着。到了后半夜的时候，天上的云雾都散尽了，墨玉一样的夜空干净得像洗过一样，静静地盖在大地上。我站在高处，连地平线都看得很清晰，于是总算看出了一点变化。星辰非常缓慢地从地平线上涌入，不仔细看根本发觉不了。但这样细微而缓慢的变动对星空整体没有丝毫影响，群星依然凝固着。因为星星实在是太多了，而且也离我太远了，一眼望去都在同一片天球之上，不增不减，不生不灭。

破晓了，黎明的曙光带着晨露洒向这片大地。我喝过甘冽的露水，往林子里走去。很快我就有了令人振奋的发现，树丛之间稀稀落落地挂着被利器切割过的藤蔓，灌木和亚乔木也有被清理过的痕迹，再往前深入，甚至还能看到燃烧后留下的草木灰。我顺着这些线索不断向前走着。

终于，我在密林深处发现了错落有致的巨石群。

遗 迹

这片巨石群就是父母在地图上特殊标记的那一处，显然是文明存在的证明，我的心情异常激动——我终于找到了同类。

巨石上缠满了青藤和爬山虎，这么大块的石头绝对不是这片平原上的东西。如此大量的石块俨然已经堆砌出了一个遗迹，文明的遗迹。

我拨开丛生的藤条和杂草，绕着遗迹走了一圈，终于找到入口。甬道里弥漫着一股雨后的水土腥味，古旧的石板地面上爬满了湿滑的青苔，榕树的根须和马齿苋从砖石的缝隙中滋生出来。我划开火折，往深处走，甬道墙壁上蔓生出的叶片微微摆动，看来这个遗迹有着很好的通风设计——好到不像一个遗迹，而是还在使用，为此我兴奋不已。

走完了长长的甬道，前面是一个宽敞的厅室，厅室上方留了一个四四方方的天井，阳光透过纠缠在天井中的枝叶洒下，洒在厅室正中的石板上。褐色的石板孤独地立着，早已斑驳坑洼，石板的正中刻有图案和字样。我激动地走上前，清理掉石板上的枯藤，真是意外，石板上庄重刻着的，居然是一段证明过程——证明质数无穷：

假设质数有限，设最大的质数为"地"。

另设一数为"天"，"天"等于2到"地"之间所有质数的乘积再加1。

　　那么"天"就不是质数。

　　也就是说,2到"地"之间存在质数可以整除"天"。

　　可"天"被2到"地"之间任意一个质数除都会余1。

　　推出矛盾,得证质数无穷。

　　这是一个优美的证明,优美之处就在于无比简洁。我知道这个证明对于我的种族无比重要,因为它证明了质数是无穷多的,这也就给我们每一个个体的沉睡周期都不一致提供了理论基础。难怪这个诗一样的证明会被镌刻在遗迹最核心最庄重的此处,这篇证明就是我族的圣经。

　　我绕过庄严的石碑,继续向前深入。前面是一个巨大的穹顶空间,几乎是一进入其中,我就屏住了呼吸。因为巨大的穹顶竟全是由石砖旋转而上砌成,这无疑是巨大的工程奇迹。更震撼的是,无论是穹顶还是墙壁,都密密麻麻地刻满了字迹和图案,可以想象曾有不知多少我的同类在此处驻足和篆刻。

　　这是我第一次见到文明的存在,来自同族的伟大文明。

　　入口旁的墙壁上刻着关于星辰的研究。这位前辈跟我一样,也把夜空中央那颗红色亮星叫作"心宿二",横过夜空的那条带子被他称为"银道"。但他的研究更为深入,他把心宿二称为"天极",围绕着天极的星空被他划分成了各个部分。天空中有许多亮星非常显眼,因为它们从不移动,所以称为"恒星"。他将三五成群的恒星与地上的实物关联起来,称为"星座",有巨树座、硕鼠座、方座、巨蛇座、天蝎座等,它们的模样以壁画的形式留了下来。心宿二就被划分在天蝎座中,是蝎子的眼睛。蝎子是这片平原上最恐怖的东西,一旦被蜇，很容易丧命。我看着前辈绘出的星图，这个形状的确看一眼就会让人想到蝎子。

我继续往后看，不由得欣喜若狂，这位前辈也注意到了新的星辰随着时间推移从地平线下涌上的现象，但涌入的星辰几乎不会影响恒星们在夜空中的位置。前辈对此进行了大胆的推断，猜想我们的天空是在不断升高的。但因为天空本来就已经很高了，所以恒星们的整体布局很难看出变动。他甚至还认真计算出了在四百年后，星空格局才会有肉眼可见的改变。

在研究的最后，他慨然感叹：斡维焉系？天极焉加？列星安陈？①

他的研究成果让我热血沸腾，这位值得尊敬的前辈用归纳和推演对抗苏醒后的孤独，让浩渺的星空陪伴自己，叩问世界的本质。

我继续看下一面墙，从字迹看属于另一个作者。他的研究内容是关于植物的，我原本不感兴趣，但我看见了那神圣的颜色！虽然从没有见过这种颜色，但只是一瞥，我就从灵魂深处唤出了它的名字、刻在骨血中的名字——蓝。

墙的中心画着一个蓝色的圆，尽管染料已经被岁月褪去了最初的鲜艳，但依然摄人心魄。自然界中根本见不到这种高贵而优雅的颜色，天是白的，水是绿的，血是红的，大地是黄的。我族对蓝色有种天然的崇拜，因为故老相传着一个乐园般的圣地，那是一个蔚蓝色的圆形大陆——就像墙面上画着的那个蓝色的圆。传说不知是从什么时候开始的，但祖辈们一直坚定地相信着传说的真实性。传说当我们结束了漫长无期的寿命之后，会回到那颗美丽的蓝色大陆

①出自屈原的《天问》。

上，那里有蓝色的天空、蓝色的大湖，湖里孕育出无数的生命，乐园中有无尽的食物。最重要的是，在那里，我们不再独自沉睡，不再独自苏醒，不再独自过完一生，我们永远地在一起。

墙壁上刻着自述，这种坚定的原始崇拜鼓舞着这位前辈踏遍了平原的每一个角落，终于找到了紫红色的蓼蓝草。经过了无数次的尝试，他最终选择把发酵的果浆和燃烧后产生的草木灰混合，水解蓼蓝，产生了神圣的蓝色。这梦幻般的蓝色让我开始回想那个传说，幻想那个全是蓝色的美妙圣地。过了许久，我才从幻想中回过神，开始看向下一个，下一个是关于数学的……

"你是谁？"身后传来一个清脆的女声，柔软的声音在偌大的穹顶之下回响，又像电流一样荡遍我的全身。我几乎是用尽所有力气回头，看到一双隐在阴影中的脚，她光脚走出影子——那是一个漂亮的少女。

少女很漂亮，我的父母也很漂亮，当然，我也很漂亮。我们的种族都很漂亮，没有例外。少女的漂亮跟其他女性比起来算不上什么优点，可别说女性，我根本见不到其他同类，所以她的存在本身就无比珍贵。

"你的沉睡周期是多少？"我几乎是脱口而出。

"喔，你可真直接，五百六十九年。"少女淡然道。

"这么长啊，我是十七年。"

"嗯，我马上就要进入沉睡了。"

怎么会这样？我溺入无边的失落，不能自已，几近窒息。少女就这样看着我，我努力平复下情绪，哑声道："那你能不能陪我说说话？"

"好。"

"这个遗迹里还有别的伙伴吗?"

"还有不到一百个,都在沉睡。"

"这么多!"看来这里真的不是遗迹,而是族群的聚居地。

"这些字样,"我指着周围的墙面和上方的穹顶,"都是遗迹里的伙伴们留下的吗?"

"嗯,他们都在沉睡。"

我终于明白为什么每一个研究成果之下都会有其他字迹的批注,那是他们利用墙壁和穹顶进行的跨越时间的交谈。他们都沉睡在这里,用空间上的聚居克服时间上的阻隔。他们完成了自己的研究后睡去,醒来又会看到同伴对自己的评论和回复,然后带着喜悦继续丰富自己的研究。

即使不能相见,也能模拟重逢。

少女打了个长长的哈欠,"我也要去睡了。"

"你既然醒着,为什么昨晚没有生火呢?"我追上少女的步伐。

"为什么要生火?我在看星星呀。"少女茫然地看着我。

"你……不害怕吗?"

"有什么好怕的?"少女哭笑不得,"能给我们带来危险的生物太少了,而我们在苏醒状态下遇到同类的概率又太小。"她想了想,又眨巴着漂亮的大眼睛看着我,"如果昨晚你过来了,我想我会很开心的。"

那股该死的失落感又来了,变成了遗憾和悔恨,像滚烫的树脂渗进我的身体,攫住我的心脏,沁入我的骨髓。"等你下次苏醒的时候,我会来找你的。"半晌我才说。

"你要我怎么相信你呢,"少女抿嘴笑道,"我们下一次见面是在一万多年之后了，到时候你能不能记得我还两说呢。"

我正要辩解，就被眼前的景象惊呆了，这是一个巨大的梯级空间，从下到上整齐地排放着近百个寒玉方槽，里面都睡满了我的同类们。他们神色安详，眉目慈善。我从未一次性见到如此众多的同类，内心的震撼无以复加。

少女已经跨进属于自己的石槽，坐了下来。"见到你还是开心的，"她的语速变得非常慢，显然新陈代谢已经开始停滞，"这里有食物，你不用客气。"

我环顾四周，与阶梯相对的那面墙上挂满了各种风干的肉品，下方堆满了盒子，想来也是装满了干果。

"对了，我还不知道你的名字……"我刚转头问出这句话，就看见少女躺进了石槽中，陷入了漫长的沉睡。偌大的遗迹之中，再也没有回音。

我摘下一些肉品，坐在地上开始吃，忽然发现地面上也有字迹，只是没有写完。字迹提出了一个我没听过的概念：孪生质数——一对相差为2的质数。我想起来了，父母的沉睡周期就互为孪生质数，而且父亲的沉睡时刻比母亲要早两年，所以他们每次醒来即重逢，无须等待公倍数。这种长相厮守是足以让整个种族嫉妒的幸运。他们的生命中只有彼此，也只需要彼此，理所当然地离群索居。因为他们不再孤独，所以他们不必像遗迹里的学者那样探求世界，不需要用求知来对抗孤独，他们彼此即世界。

我再次看向地面的字迹，这位学者无比感性地把他提出的孪生质数称为"另一半"。我被这个概念击中了，无数代种族繁衍的历史中，有多少祖辈终其一生都在寻找自己的孪生质数，寻找自己的"另一半"。因为有着无限的寿命，所以年龄对我们来说没有意义，只要能找到自己的"另一半"，就终结了一生的孤独，性别、年龄都无所谓了。可是像父母那样的幸运实在是太少太少了，更多的只是一次金风玉露的相逢，然后朝三暮四，只为繁衍。

因为有些同类，从一出生就没有拥有幸运的资格，他们的孪生质数根本就不存在。而我的后代们，也有可能尚未出生就失去了幸运的资格。虽然质数无穷，可谁能保证孪生质数也有无穷对？学者试着证明孪生质数无穷，可他失败了，所以他没有写完。

相遇之后，才知道什么是寂寞。我放肆地进食，以填补内心的巨大空虚。食物在胃里堆积，一种异样的情绪也越堆越高，最后从眼睛里流了出来。

空旷的遗迹中只有我断续的啜泣声。

大　火

我沿原路返回，诅咒着我族的命运。为什么我的族类要背负如此漫长的沉睡周期，以致背负漫无边际的寂寞？我又回到了那间位于甬道前的厅室，仰头透过天井望向深邃高阔的夜空。从天井中只能看到天空正中的心宿二，它被漫长的黑夜孤立着，亮着寂寥的红光。此刻我忽然觉得自己跟独守夜空的心宿二一样，独自行走在时间的旷野，独自发光独自红。

借着星光，我忽然发现那块刻着质数无穷的石碑背面也有字迹留下,从另一面走过的时候才能看到。石碑背面刻的居然是对沉睡周期的猜想——质数的沉睡周期,其实是对族群的一种保护。

石碑上说,历史上曾存在一种我族的天敌,他们也有一定的生命周期。为了避开能被他们的寿命整除的沉睡周期,我们进化成了质数。这样他们就无法与我们定期相遇,除非遇上公倍数,遭遇天敌的概率因此被降到了最低。这也解释了为什么这种天敌只存在于理论中,从未被真正发现。因为在漫长的进化赛跑中,他们已经被我们远远地甩在了身后,最终灭绝。

天敌早已不复存在,我们已经不再需要这样的周期,可再也回不去了。

我走在漫长幽暗的甬道中,路好像比来时长了许多。即使真的需要质数的周期来延续种群,又何必每个个体的周期都不一样呢。

出了遗迹,我从另一个方向走出了这片潮湿的丛林,踏上了一片崭新的土地。地衣铺满了灰黄色的大地,在星空下泛着近乎梦幻的色泽,红柳抽出了新芽,爬地而行。凝滞的星空帮助我平复下来,我按着遗迹中壁画所画的样子去对应一个个星座,这让我感到宁静。

星空忽然一闪——以一种带着颗粒的质感。

我揉了揉眼睛,以为刚刚花眼了,因为星空又恢复了平静。可就在下一瞬间,整片天空被炫目的强光照亮!天穹被点燃了!诸天星辰黯然失色,墨色的夜空泛出妖冶的红光。我猛然站起身,跑上最高的丘陵向远处眺望。我错了,被点燃的不是天空,而是大地——整片大地在熊熊燃烧!

波状的橙红色光幕刺破地平线升上天空,沉睡的大地被彻底照亮。火舌舔掉了天际线周围的每一颗星星，像是喷火的巨龙从地底苏醒，将要吞噬整个天空。天地几乎都要融化在这无尽的强光之中，我迎着强光向前奔跑，我要跑到天地的尽头，去弄明白到底发生了什么。

我跑过一片巨大的蒲公英田，带起来的风吹起无数纯白的绒毛。飞起的蒲公英绒絮也被强光染红，逃入已经变成紫色的夜空。成群的飞鸟被惊醒，从林子里仓皇窜出，扑棱双翅，落下苍白的羽毛。我向着天边一直跑去，可并没有感觉到大火应有的热量。原本我以为这是天地毁灭的征兆：地狱裂开，来自黄泉的火海流向地表；又或者地底产生了剧烈的爆炸，熔化的岩石浆液溅上天空。可这一切都没有得到证实，我没有看到爆炸产生的滔天气浪，大地也没有被高温肆虐过的痕迹。

可以确信，我已经跑了一整天，破晓早该过去了。可是白昼没有来临，此刻依然是夜晚。尽管星光被地火夺去了姿色，可天穹顶端的那些星星仍依稀可见。尤其是那颗孤独的心宿二，忠实地守在天心陪伴着我。

长夜无穷无尽，我不停地跑着、跑着，跑过了丛林，跑过了湖泊，跑过了山丘，跑过了盆地。沿途我看到矢车菊和向日葵朝着天际线疯狂生长，因为没有了昼夜交替，只有天边的大火能给它们带来光。我没有遇到任何的同类，可能这片大地上苏醒了的人只有我一个。我只看到田鼠和野兔四处逃窜，这片大陆上好像也没有任何大型动物。湖泊反射着夜空中的寥寥星辰，水中的鱼儿怡然游动，像在嘲笑天地间只有我疯了。

我跑了一百五十天，大火也燃烧了一百五十天。一百五十天的长夜里，我要做的只有进食和奔跑，不需要休息。一百五十天后，我来到了天地尽头——一面通天的银色墙壁。墙壁光滑得像一面镜子，映照出了我身后的大千世界。向左向右都看不到边际，而墙壁的顶部，隐在炫目的红光之中。此时的天空已经被火光完全占据，心宿二也看不到了。

在林中遗迹里，我感慨于文明存在的震撼；而在这里，除了神迹我想不到其他解释。

墙上有一扇门。

文　明

他凑到近处去看那扇门，门上忽然射出三道光线吓了他一跳。他惊恐地往后弹了几步，忽然听到门里传来一阵毫无感情的女声："晚期智人，25岁，健康状况良好，准许进入。"

每个字他都听得懂，可连在一起就无法理解。但他没有继续琢磨，因为门已经打开了。这个年轻的智人紧张又兴奋地走了进去，门里的世界已经彻底超出了他的理解，高旷的空间完全由银色的金属组成。这种金属光滑而致密。同样让他不能理解的是，进入这里之后他再也闻不到任何气味，感觉出离了这个世界。

"嘀——"这一清脆的声音被空旷寂静的金属空间放大，年轻智人又吓了一跳。循着声音来源，他看到光滑的墙面凭空开了一扇门，门里走出一个枯瘦的老者。年轻智人看到门里居然不是一个通道，而是一个逼仄的箱体, 他无法想象老者怎么能一直待在这么小的箱子里而不窒息。他不知道有电梯这种东西。

但他不会去细想, 因为他惊喜于见到了第二个同类, 而且他从来没见过会衰老的同类, 更没见过穿着衣服的同类。

"你好!" 年轻智人冲了上去, "你为什么会变老啊?"

老者注意到了这个年轻人, 和蔼地一笑, "人类都会变老啊。"

"人类? 人类是什么?"

"人类就是我们, 我们都是人类, 一种来自地球的灵长类动物。"

"地球? 地球是什么?"

老人放弃给他解释地球是什么, 转而问道:"你是怎么找到这里的?"

"大火! 大地着火了!" 年轻智人这才想起此行的目的, "我是追着大火过来的, 我想知道发生了什么。"

"喔, 还是个聪明的孩子。" 老人欣慰地笑了, "你想知道吗? 跟我来吧。我上来也是为了看看这个。"

年轻人兴奋地跟上了老人的步伐, 这并不困难。但接着他就看到老人举起右手, 红光一闪, 两人便一起向前飞驰而去。他从没体验过来自外界的加速度, 差点一个趔趄摔倒在地, 幸好老人及时扶住了他。他感到加在身体上的那股力道渐渐减弱, 终于能站稳了。

地面居然自己在动! 他发现是地面带着自己跟老人飞速向前, 惊讶得说不出话来。地面带着两人飞驰, 片刻之间, 他们已经越过了原本需要一百多天时间才能跑完的路程, 来到了终点。年轻人来不及对此惊讶, 因为他看到了这辈子最震撼的场景。

透过巨大到匪夷所思的舷窗, 他看到了超新星爆发。

暮年的红色恒星体积暴胀了数百倍,亮度骤增。亿万高斯的致密磁场纠结成钝重的斧钺,从两极削出,撬开了这颗红色的巨型恒星。冠羽状的炽热气体从恒星的伤口喷涌而出,在高速旋转的恒星周围汇聚成球形的中空气团,又被磁场压缩成环形。恒星中喷涌出的黄红色激波撞入了气环之中,碰撞和摩擦使得气环越来越热,也越来越亮。数道气环和等离子云围绕着红色的恒星,而这颗超巨星本身仍然在有节奏地收缩和膨胀,持续向外脉冲着高能粒子流,最终变成了年轻智人此刻看到的样子——

一颗发光的红色心脏在宇宙深处剧烈地搏动!

持续喷涌了一百多天后,此时灼热的气环已经在巨大引力的作用下变成了高速旋转的吸积盘。被加热到白炽状态的粒子束攒射而出,产生的横向激波终于彻底摧毁了这颗红超巨星,深空亮如白昼。

猎户星座的"手臂"消失了。

"这是参宿四。"老人已是满脸泪水。

年轻智人花了几秒的时间才恢复了视觉。参宿四?他似乎知道这个名字,有些古老的知识穿越了数百年的睡梦回到他脑中,但被纷至沓来的问题打散了,他问道:"这里是哪里?"

"'弥尔顿号'。"

"'弥尔顿号'?"

"一艘恒星级宇宙航舰。"老人深深地叹了一口气,"孩子,你一直生活在这艘星舰的模拟生态圈里。"

"什么?"年轻人的疑问并没有得到解决,反而更大了。

"猎户座中的参宿四是一颗红超巨星。红巨星表面温度低,碳元素丰富，因此可能出现复杂的碳氢化合物和固体物质尘埃，这些物质有可能形成生命宜居的行星。很早很早以前，人类就观测到猎户座中的有机物化学指纹，这意味着那里存在生命活动过的迹象。因此'弥尔顿号'的使命就是前往猎户星座寻找新家园。"

年轻人茫然地听着，期待老人说出他熟悉的词汇。

"地球，也就是我们人类诞生的地方，是一颗位于太阳系的行星。"老人继续说道，"'弥尔顿号'从地球出发，用了七百年的时间加速到光速的三十分之一，然后开始匀速航行。参宿四距离地球七百多光年，以'弥尔顿号'的速度需要两万多年的时间才能到达。现在，我们的跋涉终于接近了尾声，可惜参宿四爆发了。"

苍老的声音像是来自远古的梵唱，随着老人的娓娓道来，年轻人渐渐恢复了刻印在基因里的记忆，他终于能勉强跟上老人的话语。

"那个地球，是不是蓝色的？"年轻人的眼中涌出了泪水。

老人点了点头。

"我们离开家园，已经两万多年了？"

"孩子，星舰才是我们的家。"老人枯老的脸上挤出一丝满是褶皱的笑容。

年轻人这才反应过来，"我一直生活在星舰上？"

"星际航行的时间实在太长了，比当时的人类文明还长。而且'弥尔顿号'的设计理念是无限续航，参宿四周围的深空区域只是第一个目标。无限续航的燃料问题已经解决了，根据我模糊的记忆，星舰是利用正反物质湮灭来推进的。但星舰上的其他设施则用可控核聚变供能，这样无法维持人类文明一直延续，也无法供给冬眠设备运作上万年。唯一的解决方式，就是闭环的生态圈，只有生态圈可以自行运转，用人类的一代代繁衍克服时间，在理论上达到无限。"

"生态圈，就是我们的世界吗？"

"对，整个星舰的后半部分都是生态圈。因为猎户座跟天蝎座几乎是关于地球对称的，所以在这条航线上，位于星舰后半圈的你们，会一直看到心宿二高悬在夜空正中。"

年轻智人终于明白，遗迹中的那位天文学家错了，不是天空一直在升高，而是大地一直在前进。他又问："生态圈的天空是模拟出来的吗？"

"是的，生态圈是地球的缩影，里面的所有动植物都遵循地球的规则。星舰按照地球日的二十四小时模拟出昼夜交替，让植物能够正常进行光合作用。"

"夜空不是模拟出来的？"

"夜空是实时转播了星舰后方的视角。因为我们的目标是猎户星座，所以只要心宿二一直在天庭正中，就能确定我们没有偏离航线。"

原来大火前夕的星空一闪，是因为超新星爆发产生的剧烈电磁辐射干扰了生态圈的模拟天穹，并在此后的一百五十多天里，让生态圈进入了无尽的长夜。

"可我到现在才想起这些，我甚至从不知道自己其实活在星舰上！"

"关于地球的一切，都是刻在我们的基因里的。只可惜漫长的沉睡和原始的生活环境，让你们忘记了。"

"对了, 我们为什么会沉睡? 人类是一种拥有不同质数沉睡周期的生物吗?"

"那是远古的地球科学家赋予我们的'进化'。"老人的眼神变得浑浊起来, "闭环的生物圈的确是设计出来了, 但是一次能供给的人口是有限的, 太多的人口会让生态圈崩溃。"

"所以他们就让我们以质数周期沉睡?"

"对, 科学家研究出了让人类进入假死模式的技术, 可暂停一切新陈代谢。只要搭配一种叫'寒玉'的物质维持低温, 就相当于让人类自行冬眠。整个'弥尔顿号'被一种叫'摇篮系统'的催眠磁场覆盖着, 每一个新生的个体都会在系统中登记备案, 并被分配一个质数作为沉睡周期。到了相应的时间, 系统就对其进行针对性催眠, 在'寒玉'的协助下将其身体机能降到最低。摇篮系统随机吐出的质数永不重复。"

年轻人接话道: "不同质数沉睡周期的人类, 相遇的概率太小了。"

老人点点头, "质数沉睡解决了所有问题。如果不是这样, 聚居而没有天敌的人类很容易发生人口爆炸, 那是指数级的增长, 再庞大的生态圈也会崩溃。当然这种担忧很可能是多余的, 因为另一种可能性更大。当生态圈的资源遭遇瓶颈的时候, 人类几乎百分之百会为了争夺资源发动战争——导致人类灭绝的战争。这是经验之谈。"

原来, 我们的天敌, 就是我们自己。

"所以人类的寿命并没有改变, 依然不过百岁。只不过自行冬眠状态下新陈代谢是停止的, 每个人的沉睡周期不同, 让寿命看起来似乎无比漫长, 但其实能够苏醒的次数是有限的。"老人说。

少女说得没错，看来他真的等不到她苏醒的那一天了，他们再也不会相见。

"地球上曾有一种叫'十七年蝉'的生物，同翅目蝉种。这种蝉会在地底蛰伏十七年才冲出地面，然后蜕皮和交配。质数的周期可以避免他们与寄生物或天敌定期相遇，从而保护族群的延续。这应该就是科学家们借鉴的原型。"老人说。

"居然还有寿命这么长的昆虫吗？"

"十七年只是蛰居沉睡，他们的生命其实还是很短暂，交配产卵之后便死去，依然是朝生暮死。"老人想了想又说，"不过，我们其实也一样，百年的寿命放在宇宙尺度上实在是太微不足道了，一样是'寄蜉蝣于天地，渺沧海之一粟。'"

年轻人沉溺于宇宙巨大时空尺度的无力感之中，半晌，他终于注意到了问题的关键所在，"我们为什么要离开地球？"

老人苦笑着摇了摇头，"我记不清了，反正肯定有必须离开地球进行远航的理由。长年的沉睡也让我忘记了很多东西，曾经的人类统一了四种基本作用力，所以星舰才能产生模拟地球的人工重力。但这一度辉煌的文明都被子孙后代们遗忘了，只有星舰深处沉睡的十三位先知知晓一切。他们被设备安排冬眠，也屏蔽了'摇篮系统'的干扰。直到在新的家园定居下来，他们才会被唤醒。跟他们一起被唤醒的，还有封存在星舰核心计算机中所有的知识和历史，他们将在新的星球上重建人类文明。"

"你的周期是多少？"年轻人终于问出了这个问题。

"二千一百六十一年。"

"这么长啊！"

"是啊，'弥尔顿号'启航之前，'摇篮系统'进行了试运行。最初一批沉睡周期最长的星舰人类被选中培训。我的任务是维护星舰设备的正常运行，所以一直待在星舰的前半部分。"

"这么说你见过地球！"年轻人激动无比。当年离家远航的第一批星舰人类，望着再也不会回去的蔚蓝星球。那纯净的蓝色深深地刻在了他们的记忆之中，经过代代转述和神化。

"是的，可惜细节已经太模糊太模糊了。"

许久的沉默，两人望着舷窗外，成为超新星的参宿四正在慢慢冷却。恒星最终失去了对抗自身引力所需要的能量，坍塌了。在未来的一个月里，不断坍缩的物质终将获得能够抗衡重力的核斥力，坍缩反转，向外冲击。

年轻人望着已经进入生命最后阶段的恒星，缓缓地说："那远航的只有我们一艘星舰吗？人类文明把希望都寄托在我们身上了？"

"当然不，人类有过非常多次的尝试，半人马座的南门二、天狼星的双星系统、御夫座的五车二，都有过人类的足迹，它们都是前车之鉴。最初的远航舰队没能发现宜居的新家园，也没有足够的燃料返程或到达下一个星系，只能消亡在茫茫太空中。吸收了这些经验，'弥尔顿号'才被设计成了无限续航的姿态。与'弥尔顿号'同样量级的其他星舰应该也向别的方向远航了，此刻正在宇宙深处航行。"老人休息了片刻，又说，"为了制造人工重力，'弥尔顿号'的内核有着巨大质量的简并态物质，因此也拥有发射引力波的能力。两万年来，'弥尔顿号'通过引力波通信时不时向地球汇报航程情况，但从没得到过回应。"

老人轻轻地按上了年轻人的肩，"记住，孩子，你的家是星舰。

在参宿四爆发之前，你的家还有可能是新家园，但绝不会是地球。"

"地球到底发生了什么?!"年轻人长叹道。

"没有人知道。"

漫长的沉默后，年轻人缓缓地开口："参宿四爆发了，我们又要重新开始远航了吗?"

"是啊，参宿四的爆发产生了十分之一秒的伽马射线暴，足以杀死方圆数光年的生命，在几百甚至几千年的时间里，这里都会是一片不毛之地。"

"那我想问，当年地球上的人类发展出了那么先进的文明，那他们证明出孪生质数无穷了吗?"年轻人忽然想起。

"没有，没人能证明，也没人能证伪。"

沉默。或许真有一天，孪生质数对被穷尽了，之后的一代代人，尚未出生就失去了遇上"另一半"的资格。而那时候，可能星舰上的人类依然没能找到定居的家园，继续无穷无尽地漂泊。年轻人这样想着。

"孩子，你问孪生质数干什么?"

"只要我们找到跟自己沉睡周期互为孪生质数的另一半，就可以长相厮守了!"

"长相厮守? 不能啊。孩子，孪生质数没什么特别的。"

"你说什么?"年轻人一时反应不过来，"我父母的沉睡周期就互为孪生质数，父亲比母亲提前两年进入沉睡，这样他们每次醒来就会重逢!"

"孩子，你再想想，是这样的吗?"老人叹了一口气。

"难道不是?"年轻人的声音颤抖起来。

"我们真正意义上的生命周期，其实是沉睡周期再加上醒来的两年。孪生质数，说到底还是两个不同的数。第一次相遇之后，他们的苏醒依然会两年、两年地拉开差距，还是要等待公倍数，任意两个质数都是这样。孪生质数没有意义，孩子，孪生质数没有意义。"

年轻人如遭雷击。他错了，遗迹里的研究者也错了：孪生质数根本没有意义，长相厮守也根本不存在。

"唯一的优势，"老人缓缓地开口，"就是孪生质数的周期最相近，即使需要经历公倍数的漫长等待，但好歹能够等到。如果是比较小的质数，甚至能够定期相见。不会像两个周期差距太大的个体，一生只能见一次。"

"一生只能见一次。"年轻人想起了少女。父母的相守也不是因为两人每次醒来即重逢，而是因为愿意坚守。父母之间的交流，甚至可能跟遗迹里的学者一样，是用石刻的留言来模拟重逢。

年轻人心中一痛，只觉天旋地转，头晕目眩。事实也确是如此，一股递增的加速度从前方传来，形成一道大力把他向后拍去。他溺于悲痛无法自拔，像一张薄纸一样失去平衡，在快撞上的时候才靠求生本能撑住舱壁。老人却直接撞在舱壁上。年轻人忙跑去扶起老人，看到一缕细细的血流从他的颅顶淌下。

却是老人先开了口："'弥尔顿号'减速了。"

"减速了？"

"星舰控制核心的计算机判定再前进就会进入伽马射线的范围，非常危险。"老人的声音变得很虚弱，"'弥尔顿号'会在这里稍微停留一段时间，收集超新星爆发产生的高能粒子和重金属，补充舰上的资源。"

"然后呢?"

"然后转向,起航寻找下一处可能的栖息地。"老人已是气若游丝。

"你怎么了? 你是要开始沉睡了吗? 我们赶紧去找到你的寒玉槽!"年轻人感到怀里老人的体温越来越低。

"不,我要死了。"老人面色苍白,露出微弱的笑容。

"死是什么?"

"就是生命走到了尽头。"老人缓缓地闭上了眼睛。

年轻人抱着老人,感觉老人的身体渐渐冷了下去。年轻人一时还理解不了死亡,老人停止的新陈代谢和冷却的体温都使他像是进入了沉睡,这让年轻人觉得两千年以后,老人应该还会醒来。

他转头看向舷窗外几乎坍缩成中子星的恒星尸骸,它在等离子云的残骸中高速旋转着。新的征程即将开启,星舰转向后,后方生态圈里的人类会看到星空终于发生了变化,斗转星移。而高悬星河正中两万年的心宿二,终于渐渐偏移,像通红的火光缓缓地划过寂寞的夜空,又像古老的地球上流传了千万年的那句诗——

七月流火。

他站起身,准备带着老人的身体回到生态圈里,回到自己赖以生长的地方,给老人找一张寒玉槽。他知道星舰即将航向下一个星系,开启下一个两万年——甚至更久。而沉睡周期短暂的自己,肯定看不到最后的新家园了,他会在星舰上过完自己的一生。

所以他只关心,自己什么时候才能遇到下一个苏醒者。

2019.4

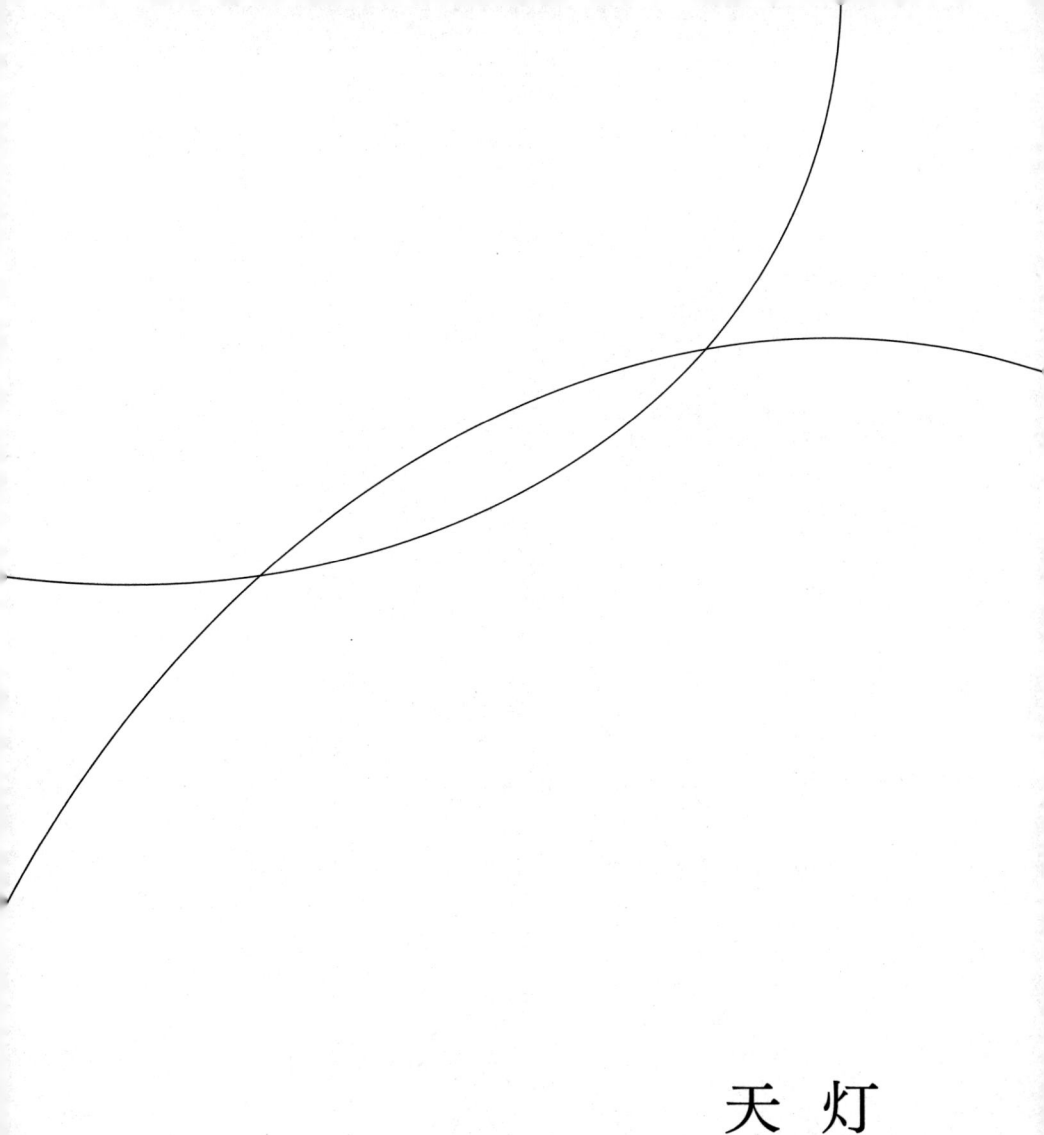

天　灯

猩红的瞳孔高悬，映照千年的冰川。

冰川之下海流湍盈，巨鲸骸骨交叠，又是千年。

一千二百年前，先贤特隆依靠这句诗发现了欧罗巴。

而现在，我们正透过玻璃罩瞻仰着这句古代诗歌。诗句被镌刻在黑岩方尖碑的顶端，树立在圆形廷德尔①平原正中的中央山峰上。众所周知，卡里斯特地表的岩石主要成分是硅酸盐，经不起时间的侵蚀。因此，这块传承千年的石碑在漫长的年岁里被无数次地修补和重刻，如今看来无比斑驳。

从古代开始，祖辈们就以中央山峰为核心，向外建立了一圈一圈的村庄和城镇。在相当长的一段时间里，山顶的方尖碑都是整片平原上最高、最瞩目的存在。尽管现在周围已尽是高耸的现代楼宇，将方尖碑及其下的山体掩映在其中，可它依然是整片平原，乃至整颗星球的精神图腾。

①廷德尔，即Tinder，译为"火种，引火物"。

我们来到方尖碑前，是为了天灯计划的启动仪式。

我抬起头，眺望平原边际的环形山脊。从前，越过漆黑的山脉，可以看到山外苍白的冰川，千万年不变。但现在不一样了，山脊之上修建起了高大的堤坝，再看不到山外的坚冰。因为五天之后，一切都会被改变。

天灯计划早在我刚升入直央学术院的时候便提上了日程，谁都没想到会在我们这一代完成。我甚至被选中成了一百二十六名引灯人之一。启动仪式的最后，我们面向方尖碑开始了临行前的祷告。祷告之时，我相信每一名引灯人都跟我一样，在脑中回顾了一遍发现欧罗巴的历史，那是进入直央学术院的第一课。

欧罗巴

贤者特隆受命整理古籍，编纂大百科全书。后来他在浩如烟海的典籍中发现了那句改变历史的古代诗：

猩红的瞳孔高悬，映照千年的冰川。
冰川之下海流湍盈，巨鲸骸骨交叠，又是千年。

诗中的意象非常奇怪。那时候，卡里斯特文明的语言是朴素且唯物的，几乎没有修辞，因此特隆从一开始就没有考虑虚构意象的可能。

首先是高悬天空的猩红瞳孔，这是史料中从未记载过的。白昼的时候，天空中只能看到一轮惨白的日头，淡薄得很，并不温暖，无法融化卡里斯特的坚冰。夜晚，也只能看到邈远的星辰，零落稀少。猩红的瞳孔究竟是什么，古籍中找不到解释。

其次是冰川下的海流和巨鲸的骸骨。谁都知道，卡里斯特的大地上覆盖着数千米厚的冰川，但冰川之下是更厚的岩层。冰面上无法建立城镇，只有当来自天上的陨石撞穿了冰层，撞出一个个的环形山，文明才能在环形山里的冲击平原上建立起来。岩层之下才是海洋，卡里斯特的海洋都在地底深处，那里生活着透明的小型鱼类。冰川之下的海洋，巨鲸的骸骨，现实中根本找不到与之对应的地点。至于"鲸"，从词根上看是一种巨大的哺乳纲海洋生物，而现实中并不存在。语言系统中为什么会有"鲸"这个词，特隆当时猜测是因神话杜撰流传了下来，但这个猜测依然经不起推敲。

另外，"湍盈"这个词也是第一次出现，学识渊博如特隆，也从没听说过这种措辞。

特隆作为一名学者，严谨地考据了诗歌的来源。负责诗歌方向的纂官向特隆汇报，这句诗出自《奥比斯歌》，载于"乌尔章节"。《奥比斯歌》是著名的古代诗选，由游吟诗人们搜集奥比斯大陆上传唱的诗歌编著而成。

奥比斯大陆是一个非常古老的称呼，具体范围是卡里斯特被阳光照亮的半球。

如果站在环形山的山脊上，能看到地平线呈现一个明显的弧度，所以人们很早就意识到自己生存在一个巨大的球体之上。自那以后，奥比斯大陆这个称呼就不再沿用，只在古代文献中偶有提及。

《奥比斯歌》的每一章节都以诗歌诞生的地区命名, 也就是说这句奇怪的诗来自一个叫乌尔的地方。特隆又找来一本当时市面上流传的《奥比斯歌》, 却没有找到这句诗, 也没有找到所谓的"乌尔章节"。特隆询问了负责地理的纂官, 却被告知乌尔地区并不存在, 而根据谐音找寻, 最相近的只有尤尔——尤尔环形山, 但那里也没有诗中所描绘的冰海。

经过一段时间的调查, 特隆发现诗歌纂官带来的那本《奥比斯歌》是私印版本, 并未在市面上流通, 只在私下流传。通俗地讲, 就是盗版。与正规的原版相比, 私印版本还多出了许多关于其他地区的章节, 这些地区都没办法在现实中找到对应。那些章节中, 也频繁出现着"湍盈"这个词汇。

同样频繁出现的还有另一个词汇, "欧罗巴"。

特隆暂停了大百科全书的编纂, 集中全体纂官的力量, 搜集现有的所有古籍, 在其中寻找这两个词汇。

行动一开始, 特隆和他的同事们就逐步发现了散落在古代典籍中关于欧罗巴的种种, 这些信息散见于从文集到风物志的各种典籍之中。从搜寻到的资料来看, 乌尔这一地区是从属于欧罗巴的, 然而, 与之相关的一切记载, 都昭示着欧罗巴并不存在, 至少不存在于卡里斯特这个星球上。因为所有的气候、地貌、习俗都无法在现实中找到对应。另外, 多首诗歌中都出现了"春冰初融"这个意象。"春"是什么?

不过从这些资料中, 特隆总算找到了"湍盈"这个词的注解:

湍盈, 可作形容词或副词, 意为"明亮中带着动态感"。

特隆无法理解这个词。

　　的确，对当时的学者来说，理解这个词太困难了。卡里斯特表面覆盖的冰川虽然足够明亮乃至炫目，但亘古不变。卡里斯特地底的大海磅礴地涌动，却昏暗不见天日。明亮和动态，这两者根本无法兼具。

　　最初，大家都以为欧罗巴是一个虚构出来的世界，是一群有着相同"创世"理想的知识分子聚集在一起凭空编造出的星球。但很快，特隆就意识到这个猜想的可能性太低了。资料涉及的内容太过庞大，而且与现实几乎完全脱节。更关键的是，所有的描述都能自洽，这绝非人力可为。

　　剩下的只有一个解释，欧罗巴这颗星球是真实存在的，而且曾经拥有文明。

　　特隆相信，既然古籍中保留了如此多关于欧罗巴的痕迹，两个世界之间曾经一定存在着紧密的联系。他把大百科全书的编纂工作转手给了最信任的学者，余生都用来寻找欧罗巴。

　　卡里斯特地表富集着硅酸盐，因此光学透镜的使用时间几乎跟文明的历史一样长。特隆带着自己制作的、当时最先进的光学观测仪器，走遍了整个奥比斯大陆，也就是卡里斯特的明半球。这在当时是几乎不可能完成的任务，因为文明只能建立在陨石撞击形成的环形山和裂谷之中，尽管地表的环形山足够密集，但山与山之间广袤的冰原难以穿越。特隆的足迹遍布了所有的人群聚居地，找遍了大地和天空，听到了更多有关欧罗巴的传闻。

　　耗费半生的寻觅中，特隆涉足了环形山之间荒无人烟的冰原，在冰层下他总是能看到封存完好的尸体，那都是远古时代寻找新家园的先驱们。三千年来，卡里斯特的恶劣气候迫使居民们不断寻找更好的生存环境，有无数的前人都是以这种方式收场。

除此之外，特隆一无所获。

最终，晚年的特隆把所有希望寄托在了传说中的黑暗大陆，也就是卡里斯特的暗半球，那是一片无人涉足的荒漠。传说黑暗大陆被象征灾祸的太岁星统治，那里光照不到，极寒无比，任何生命都无法在那里存续。特隆是史料记载中第一个踏足黑暗大陆的人，没有人知道他是如何以血肉之躯穿越了漫长的冰原，跨过了明暗交界线，抵达了只存在于传说中的大陆。当他终于踏上黑暗大陆的冰面时，他看到了猩红的瞳孔。

猩红的瞳孔，便是贤者特隆这一生中见到的最后景致。

祷告结束，我们在廷德尔平原居民的注目礼中登上载具。载具升空，越过茫茫冰原，最后降落在沃尔哈拉连续平原。直央学术院及其下属的技术开发局都坐落在这片由数颗陨石连续坠落而形成的多环结构撞击坑上。

我抬起头看着坐在前面的银灵，正巧她也回头看我，我们相视一笑，都回想起了在学术院求学的日子。卡里斯特资源短缺，终年严寒，千百年来人们都与死亡做伴，因此也造就了他们坚韧的民族性格。回想我这一生，只有在学术院求学的日子快乐得纯粹也无负担。

灵是我在学术院的学姐。卡里斯特的金属资源极度匮乏，几乎只有铁元素一种，且绝大部分还是以化合物的形式存在。可金属又是科技发展必不可少的，故而作为卡里斯特最高学府的直央学术院，保持着一项优良传统——每一届最优秀的毕业生，都会被授予一种金属元素的称谓并伴随终生,这是身为学者的至高荣誉。按照原子序数,灵那一届轮到了"银"字,所以从毕业的那一刻起,学姐便被称为"银灵"。

直央学术院汇集了整个星球最尖端的科技,围绕着学术院建立的全专业产业园则是整个卡里斯特的技术与学术中心。因此这里也是开凿阿斯加德海入海口的最佳位置。

阿斯加德海在地面以下五万米,海深二十万米,是卡里斯特人征服的第一片地下海域。这片海在广袤的冰原下沉睡已久,而我们在这里建立了第一条从明半球通往暗半球的快速通道。与广袤冰原相比,温暖的地下海为通道的修建节省了巨大的成本。

我们分批列队乘上地底管道交通——彩虹桥。作为最先头的一批,我感觉到一阵激发出的电磁场笼罩了我,每个毛孔都张开了,紧接着我就透过管壁看见了阿斯加德海的模样。人工照明点亮了整片海洋,数以万吨计的海水在管道周围涌流和激荡,绞碎了光,又彼此交融。

相信每一个身在此处的人,脑海中都会浮现出那个词:"湍盈"。

当然,眼前这片光景带来的震撼,远不及七百年前乌克巴尔登陆欧罗巴。

湍 盈

乌克巴尔是继特隆之后又一位名留青史的贤者,也是直央学术院的名誉创始人。在特隆殒命黑暗大陆之后的四百年里，欧罗巴的存在引起了无数学者的密切关注。但茫茫冰原和黑暗大陆阻隔了一代又一代的探索者，直到乌克巴尔诞生。

四百年的探索使得明半球上依托环形山而生的各个城邦逐渐建立交流，古奥比斯大陆逐渐连成了一个整体。在此过程中，技术不断融合和革新，终于为探索黑暗大陆提供了成熟的条件。星球恶劣的气候使得"改善环境"成了卡里斯特每一代政权的最高诉求，三千多年的失败让人们明白寻找欧罗巴才是唯一的机会。因此，年轻的乌克巴尔凭借超群的演说天赋，以寻找欧罗巴为目标，很快获得了明半球范围内的巨大支持。他组建了一支名为"拓荒者"的队伍，满怀信心地登上了黑暗大陆。

跟特隆一样，乌克巴尔最先看到的便是天空中高悬的猩红瞳孔。但与风烛残年的特隆不同，猩红的瞳孔之外，乌克巴尔还在夜空中看到了一轮硕大的圆。由于条状纹理的透视关系，他很快意识到那是一颗球体，一个星球。星球表面涌流着棕红色的凝重气团，诡谲而妖冶，不断搏动。星球的正中，正是那团瞳孔一样的红色风暴。

太岁星，这是乌克巴尔脑中的第一个声音。原来是这样。他在心中默念了一遍那句传世的古代诗歌，谁都没想过把猩红的瞳孔和太岁星联系到一起，毕竟谁都没见过真正的太岁星。

四百年的时间里，人们意识到暗半球的大气含有致命毒素，这里成为一片死亡之地，贤者特隆也是因此丧命。拓荒者们靠着先进的氧气面罩征服了黑暗大陆，建立了第一个空间站似的全封闭据点，驻扎下来。随后他们发现了特隆的遗体，他拄杖屹立在冰原之上，经历了四百年的寒冷，血肉之躯已经冻得如雕像般坚硬。恰在此时，日出了，太阳照亮了这具并不高大但仍然伟岸的冰雕。拓荒者们这才惊讶地意识到，黑暗大陆并不像传说中那样一片黑暗，也有昼夜之分。只不过巨大的太岁星长时间遮住阳光，形成"太岁凌日"的天象，因此以讹传讹，导致三千年来人们都以为暗半球没有光照。

后来，拓荒者们把特隆的冰躯移到了据点之中，作为雕塑供奉。夜晚和长时间的日食让拓荒者们看到了更多在明半球从来没有见过的星星。

历史的转折从欧罗巴文明留下的飞行器被发现开始。拓荒者们在黑暗大陆发现了欧罗巴人登陆的遗迹，多个疑似飞行器的装置零散地遗留在冰面上，像是有人刚刚造访。不过走近细看，能看到它们表面都凝结了厚厚一层冰，像一个个琥珀，显然是经历了数千年冰川升华又凝华的过程。飞行器分散得很开，彼此相距遥远，表面的凝结厚度不一，可见各自的来访时间有相当长的跨度。它们唯一的共同点是完好无损，并未与冰面产生剧烈冲撞，丝毫不曾打破黑暗大陆亿万年的宁静。这说明所有的飞行器都是平稳着陆的，里面运载的欧罗巴人，都平安抵达了卡里斯特。

经过初步统计，再结合飞行器的大小推测，保守估计有一百名欧罗巴人造访了卡里斯特。但除此之外，黑暗大陆再没有生命存在过的痕迹，说明所有的欧罗巴人都越过了明暗交界线，融入了卡里斯特人的历史中。可历史上从来没有过发现外来文明的记录，也就是说欧罗巴人跟卡里斯特人无法从外表上被分辨出来。既然如此，卡里斯特人一样也能适应欧罗巴的环境。

　　所有人欣喜若狂。自古以来,卡里斯特人苦于严酷的生存环境,因此流传下来的文集和诗歌都是对苦难的刻画和对生命的悲悯。但欧罗巴不一样,他们留下的诗歌竟多是对造物的赞颂,欧罗巴诗歌中的意象让卡里斯特人无比歆羡,尤其是对"春"的向往。而新发现证明了,卡里斯特人从生理上有条件分享这种造物的美好。

　　生存的艰难迫使人思考,掌握规律的人总能生活得好一点。成熟的数学体系因此诞生,与制造术和天文学一同构成了早期卡里斯特文明的三大支柱。乌克巴尔带领着满腔热忱的年轻人,在黑暗大陆上展开了一场庞大的演算。经过一段不可考证的时间后,他们通过飞行器的排布推算出了欧罗巴的准确位置。而此时,欧罗巴恰好经过了星球上空。

　　从地面上看,欧罗巴比一颗光点大不了多少。在拓荒者们的推选下,乌克巴尔举起透镜,成为历史上第一个看见欧罗巴的人。

　　"湍盈。"他说。

　　湍盈,每一个接过透镜的人都唤出了这个来自异星文明的词汇。

　　欧罗巴初看上去就是一颗冰球,一颗表面遍布划痕的冰球。倍数放大之后,人们看到了冰层之下流动的水体,划痕是冰层裂开露出的水道,带着大量浮冰进行跨越整颗星球的漂流。光在冰层中不断透射和折射,与洋流一同在星球表面奔涌。

　　热泪盈眶之后,每个人都坚定了登陆欧罗巴的决心。

　　卡里斯特常年激荡着强大的星球磁场,星球外围的电离层也异常活跃。卡里斯特子民在与磁场的长期相处中遭遇了大量的死亡,却也因此很早就总结出了电磁的基本规律。相比特隆,乌克巴尔是

　　幸运的，四百年的时间让他拥有了更成熟的技术后盾。

　　他完成了第二个伟业。

　　他收集了当时技术背景下能够开采出的所有地表矿藏进行冶炼，汇集整个星球表层的金属，铸造出十二枚巨大的高频线圈。通过切割多变的星球磁感线，乌克巴尔给这些线圈通电，对飞行器表面的冰层进行精确加热。在乌克巴尔细致入微的持续跟进下，所有的飞行器都被毫发无伤地解冻了。

　　这是卡里斯特人第一次直接触摸欧罗巴的文明，很快他们就发现欧罗巴文明要先进很多。长久的冰封几乎没有对内在设备造成损伤，只有一些发动机的冷却塔管道在低温中膨胀裂开。

　　卡里斯特人卓绝的学习天赋在这时候展现了出来，拓荒者们迅速理解了这些外来文明的技术，他们着手修复了飞行器的小故障，欧罗巴似乎就在眼前。

　　等到真正能够登陆欧罗巴的时候，乌克巴尔已经走到了生命的最后阶段。而当年的拓荒者都已经成了他的信徒。从飞行器中学到的技术被带回了明半球，整个种族从中获益匪浅，乌克巴尔毕生都接受着所有族人最高规格的尊敬。

　　又是一度欧罗巴凌空之时，卡里斯特人向其发射了登陆火箭。

　　踏上欧罗巴的冰面时，乌克巴尔醉了。这颗美丽星球的大气有着比卡里斯特更富集的氧，也更温暖，他醉氧了。欧罗巴的表面被晶莹的冰川覆盖，冰盖之下是广袤的海洋。海洋中只有占比很小的岩层和黏土山体，在冰海之上如同一座座零落的孤岛。在欧罗巴上看，太岁星更大了，几乎占据了半边天空，不再呈现完整的圆形。从这个尺度上可以看到太岁星上的气流湍急地涌动着，乌克巴尔甚至感到一阵眩晕。而那颗巨大的猩红瞳孔，就这样盯着大地。

虽然欧罗巴的白昼比卡里斯特略短，但来自太空的巨量带电粒子在欧罗巴的大气层中电离和散射，产生了巨大的光渗效应，让整个星球常年笼罩在动人的光晕之中。光晕流转，冰层剔透，冰下海流溶溶而动。

乌克巴尔老泪纵横。第一次，卡里斯特人真正理解了"湍盈"。

入夜后，又一束高能带电粒子击中了欧罗巴同样活跃的电离层，斑斓的极光在天际流淌，甚至太岁星都为之失色。冰面上下的世界笼罩在一片轻盈的红蓝光泽中。冰面一震，远处传来一声陌生的巨响，紧接着就看到白色的水柱冲天而起，成了两万米高的巨大喷泉，顶端的水体又在极寒的深空中迅速结冰，化作雪花飘下。乌克巴尔终于明白，那是冰面裂开的响声，在卡里斯特永远不可能听到。

溢出的水流与碎裂的冰面交融，冰面之下出现了巨大的影子，迅速上浮。很快，从冰川的裂缝中传出悠远绵长的鲸歌，原来海中的影子是成群的大鲸，原来这种大鱼就是鲸。鲸歌一阵接着一阵，高低起伏，似是远古传来的梵唱。乌克巴尔忽然懂了，这就是"春"——冰雪初融，万物复苏。

环形废墟

欧罗巴没有人。

　　乌克巴尔跟分批到达的拓荒者队伍找遍了大半个欧罗巴星球——这并不困难，欧罗巴本就比卡里斯特小不少，洋流也为他们提供了足够的动力，但他们没有找到哪怕是一个欧罗巴人，仿佛这些居民把这个诗一样的星球归还给了宇宙。但拓荒者们找到了一个环形废墟，应该是欧罗巴文明留下的遗迹。

　　遗迹由铅灰色的合金砌筑一圈而成，中间有一个眼睛状的图腾，下方镌刻着图腾的名字——主神朱庇特。遗迹修建在万米厚的浮冰之上，基座深入冰层之中。站在遗迹外，可以看到冰层下没有任何生命——尽管欧罗巴海洋里的物种多样性比卡里斯特丰富得多。遗迹周围的冰层和海水非常清澈，能一直看到十万米深的地方，但还是看不见海底。借助透镜，拓荒者们才在大海深处看到了成堆的大鲸骨架，远不像诗中那样清晰可见。毫无疑问，距那首诗歌的创作已不知过去了多么漫长的时间，在这期间再没有生命造访这里。似乎所有的鲸群都避开了这里，或者说，死在了这里。

　　乌克巴尔进入遗迹之中，顺着圆环的形状逐步探索这个亲近又未知的文明。令所有人都没有想到的是，尽管巨大的环境差异造成了语法习惯的迥异，但欧罗巴居然使用着跟卡里斯特完全一样的文字和语言系统。更巧合的是，欧罗巴对乌克巴尔母星的称呼，同样也是卡里斯特。

　　完全理解一个陌生文明是非常困难的，所幸语言相同，当时的乌克巴尔至少了解了自己的星球处在一个怎样的大环境之下。作为卡里斯特早期文明三大支柱的天文学在两个文明接触的一瞬间分崩离析——卡里斯特的天文学建立在观测之上，可所有的人都生活在明半球，只拥有一半的天空，总结出的天文规律只能残缺不全。

他们终于明白，欧罗巴和卡里斯特都是朱庇特的卫星。

朱庇特便是卡里斯特文化中的太岁星，是一颗大得无法想象的气态行星，拥有一百二十九颗卫星。这个数字并不固定，众多卫星在围绕朱庇特运行的过程中受到宇宙尘埃的阻力影响，终有一天会脱离运行轨道，坠入朱庇特。而朱庇特巨大的引力场又会捕捉外围的天体碎片，形成新一代的卫星。

在这些卫星之中，只有艾奥、欧罗巴和加尼米德这三颗卫星受到轨道共振的保护，幸免于难。同样，这三颗卫星由于距离朱庇特足够近，受引力影响很大，又因引力潮汐摩擦天体产生了大量的热。

欧罗巴就是受到朱庇特的引力撕扯，导致冰川周期性开裂，与此同时潮汐热也达到峰值，冰层的断面逐渐融化。这一周期因公转轨道和朱庇特的引力波动而固定，为欧罗巴历法中的一年。而冰层被引力撕裂的日子，称为"开春"。

那些造成欧罗巴表面常年光晕流转的带电粒子也来自朱庇特。因此，朱庇特成了欧罗巴文化中创造生命的主神，行星表面巨大的红色风暴气旋被奉为神的眼睛，成为欧罗巴最重要的图腾。

对此，乌克巴尔不太能共情，因为卡里斯特早期文化中所有的神都只能带来灾祸和死亡，从不象征着创生和造化。

卡里斯特位于三颗轨道共振的卫星之外，孤独地绕着朱庇特运行，却得不到来自朱庇特的任何馈赠。但跟它们一样，卡里斯特也被朱庇特的潮汐锁定，成为同步卫星，永远是同一面朝向朱庇特，也就是卡里斯特的暗半球。

欧罗巴的表面非常活跃，星球面层的年龄只有一千五百年到两千年，故而诗歌中才会写道"映照千年的冰川"；如果在卡里斯特，这个数字会被改写成四十五亿年。卡里斯特表面的地质年龄十分古老，这就意味着星球在诞生的初期便完成了内部结构的分化，数十万米的岩层阻断了表面冰川与地下海洋。再加上缺少潮汐热，朱庇特的带电粒子流也抵达不了这里。卡里斯特的唯一热源是八千亿米之外的遥远恒星，表面的热对流几乎不存在，如此便造就了亿万年不变的气候和环境。

另一方面，朱庇特巨大的引力使得二氧化硫都聚集在了卡里斯特的暗半球，明半球则是不致命的二氧化碳。这样的宇宙环境导致卡里斯特的两个半球宛如两颗不同的星球，暗半球因此成为死亡之地，成为传说中的黑暗大陆。正因如此，朱庇特在卡里斯特文化中成了象征死亡和灾祸的太岁星，统治着黑暗大陆。从某种意义上讲，这样的说法也没错。

卡里斯特位于朱庇特卫星轨道的外围，为内圈的卫星挡住了绝大部分陨石，它的存在保障了欧罗巴优渥的环境。可正是这些巨量陨石，在卡里斯特表面轰撞出了密集的冲击平原，成为人们赖以生存并建立文明的地方。

明暗的分界使得卡里斯特人千万年来都生存在背离朱庇特的一面，直到此刻，他们才知道自己并不孤单。

尽管年事已高，乌克巴尔仍然拥有狂热的求知欲，他和拓荒者们如饥似渴地学习着遗迹留下的文明。与欧罗巴先进的科学相对照，卡里斯特人很快认识到了自己的缺失——卡里斯特缺少系统性的科学理论。

相比于欧罗巴成熟而系统的光学和电磁学，卡里斯特拥有的只有光学仪器和电磁设备的制造技术。这些都是积累生活经验总结出来的实用技术。极端恶劣的自然环境导致卡里斯特文化中实用性的至高地位，他们没有闲心思去研究和归纳出抽象的自然规律。

欧罗巴的环境是流动的，是圆融一体的，他们可以站在冰上顺着洋流日行八万里，到达星球的任何地方。生活在这样一颗星球上的人们很自然地习惯用联系的眼光看待问题，因此也擅长把看起来不相关的自然规律联系起来，从而发展出完整的科学体系。卡里斯特则不同，他们的早期文明以环形山城邦为单位，绝大部分人终其一生都活在出生的地方，如此形成的民族性格决定了他们天然缺乏联系的意识。他们所有的实用技术虽然合称制造术，本质上却各不相关。

乌克巴尔和他的追随者们走出遗迹的时候，这座遗迹已经在冰海之上漂过了很远，夜色中也不难看出周围的冰川已变了走势。可猩红的风暴之眼仍然高悬天空正中。他已经知道遗迹的真名是朱庇特神庙，为了追逐朱庇特的猩红瞳孔而修建。

那颗红色的风暴之眼会在朱庇特表面移动，而欧罗巴相对朱庇特的位置也一直在改变。因此，神庙的基座采用了卡奥斯动力系统，在随洋流漂移的过程中，它内部的线圈切割着欧罗巴多变的星球磁场，将能量储存下来，再在必要的时候释放，推动神庙转向，保证遗迹一直处于朱庇特之眼的正下方。

长夜之下，乌克巴尔再次吟诵出那首传世的诗歌：

猩红的瞳孔高悬，映照千年的冰川。
冰川之下海流湍盈，巨鲸骸骨交叠，又是千年。

毫无疑问，诗歌正写就于神庙落成之时。卡奥斯动力系统启动产生的能量场屠戮了下方大海中的所有大鲸，自此，神庙的航线之下再不会有任何生命。这时乌克巴尔终于明白，诗句并不像卡里斯特人揣测的那样是单纯表达对造化之奇的赞颂，更多的其实是对弱势物种的悲悯和喟叹。

卡里斯特人没有这样的闲心，他们只会悲叹自身。

欧罗巴人已经离开了这颗诗一样的星球，甚至带走了存在过的所有痕迹，只留下这一座朱庇特神庙，日复一日地追逐着朱庇特之眼——按照卡奥斯动力系统的设计理念，它也许永远不会停下。

没人知道欧罗巴人为何离开，又去了哪里。他们造访过卡里斯特，不过没有任何惊扰和干预。若不是特隆发现了那句至关重要的古代诗歌，背向朱庇特而生的卡里斯特人可能永远都不会发现欧罗巴的存在。黑暗大陆上飞行器的着陆方式和欧罗巴的现状都说明，欧罗巴人绝不是为了逃离什么灾难而离开了母星，他们可能是出于更纯粹的原因。

后来，卡里斯特人成立了欧罗巴文化研究机构，他们研究欧罗巴的文献和科技史，最终得出了一个极为感性的结论——欧罗巴的冰洋已经承载不下文明的大船了，因此欧罗巴人选择驶向太空，去追求更广阔的星辰大海。

最后，乌克巴尔派拓荒者带回了神庙中记载的所有技术，重建了卡里斯特的科技体系。后人以此为基础建立了直央学术院和技术开发局，乌克巴尔因此成为名誉创始人。

一百二十六名引灯人已经穿过彩虹桥，在卡里斯特暗半球中央的航天发射井集结。技术开发局早就清理了暗半球大气中的硫元素，如今的暗半球已不再是象征死亡的黑暗大陆，但安土重迁的卡里斯特人依然不愿意移居另一半球，暗半球因此被留作技术改造和大型实验的场所。

卡里斯特人连暗半球都不愿意移居，就更别提欧罗巴了。欧罗巴表面冰海奔流带来的居无定所，在欧罗巴人看来是极致浪漫的星球漂流，在卡里斯特人看来却是孤苦无依的颠沛流离。事实上，定居欧罗巴的卡里斯特人只有一个，那就是乌克巴尔。

因为远在朱庇特行星群的边缘得不到任何眷顾，卡里斯特的气候亘古不变。在乌克巴尔的重大发现之前，这里从来没有任何历法概念。后来，卡里斯特沿用了欧罗巴的纪年方式。

为了追寻更好的生存环境，先驱们以生命为代价寻找了三千年。可真当找到了欧罗巴，卡里斯特人却无法接受。最终，他们也没有选择移居，而是决定依靠自己的力量改良母星。据此通过的最高提案，便是天灯计划——利用核聚变融化星球表面的坚冰，创造春天。

暗半球经历了近三百年的技术改造，如今，正对着朱庇特的深空航天发射井已经修建完成。

技术改造和修建发射井需要大量的金属资源，母星无法供给。因此另外两颗卫星"艾奥"和"加尼米德"成为优质矿产的产地。这两颗卫星表面密布着活火山，无法孕育生命，却为资源开采带来了天然的便利。尤其是艾奥，在朱庇特的引力潮汐挤压下，艾奥表面持续喷发的炽热熔岩最高可达到四十五万米，采集艾奥的资源甚至不用登陆星球表面。

　　我们按照事先分好的小组顺次登上飞弹滑行器,我跟银灵学姐和铂安学长一组,铂安负责高空"抛绳",我跟银灵负责现场"接引"。航天发射井深入星球内核,借助星球深处的交变电磁场弹弓,将飞弹滑行器抛射出去,进入深邃的太空。

　　约莫过去一天的时间,我们越过了加尼米德的轨道,看到了前方的欧罗巴。真如在学术院学到的那样,欧罗巴宛若太空中的一颗水晶,流光宛转,随波而流。

　　为了活跃气氛,我问道:"学姐,你说为什么欧罗巴跟我们用着一样的语言呢?难道我们跟他们的种族是同源的?"

　　"目前只有这一种解释,但谁都不知道那个源头是什么。"银灵说话时心不在焉,仍有些紧张。我知道,她在出任务之前都会很紧张,尽管她的能力毋庸置疑。

　　接近欧罗巴的轨道之后,滑行器很快进入了朱庇特的引力范围,开始逐渐加速。不多时,我们就看到了悬停在艾奥轨道上的四十二艘灯塔航舰,但比航舰更引人注目的是缀在航舰末端的天灯——晓之车。这四十二座晓之车是集整个朱庇特卫星群的资源建造而成的,比航舰大得多,呈圆润的椭球形,外围是巨大的弧形辐条,辐条表面绝对光滑,在太空背景的映衬之下,让人不禁联想起欧罗巴深海中的巨鲸骨架。辐条之间的火花棱镜几乎看不出来,因为晓之车的内层静默着,看不到任何光——当然,它需要我们来点亮。晓之车的内核是最先进的聚变反应炉,既然已经停在这里,就说明每一座晓之车都已经收集满了来自艾奥的氢元素。万事俱备。

　　我们乘坐的四十二枚滑行器开始减速,按次序嵌入对应的灯塔航舰中。灯塔航舰的推进器位于航舰前端, 正对朱庇特, 在滑行器就位后立刻解除了制动, 受引力作用向朱庇特靠拢。我和银灵迅速地进入各自所属的引灯机甲, 完成资格匹配。铂安则进入航舰前端的驾驶舱, 开始搜索朱庇特表面的磁场极值点。航舰后端的晓之车已经准备好了所有设备, 包括从卡里斯特地底的带电深海获得灵感从而设计出的磁场约束和吸收中子的流体屏障。

卡里斯特从欧罗巴文明中学到了核裂变和核聚变的理论技术, 但整个朱庇特卫星群都找不到足量的铀和钚, 所以核裂变只能停留在理论阶段。

核聚变的原料倒是非常丰富, 艾奥的轨道上覆盖着巨量的氢云团, 可没有裂变的高温作为引燃, 聚变反应依然无法进行。直央学术院的天文学士们通过几百年来对朱庇特的观察, 从坠入朱庇特的小型卫星获得灵感, 提出利用朱庇特表面大气点燃核聚变的方法, 制订出了天灯计划中最核心的点灯行动。

我们此行的目的, 便是点亮晓之车。

朱庇特乱流的大气已经近在眼前, 即使是从高空看去, 地面也像是一个凹面。因为朱庇特的体积实在大到难以想象, 是卡里斯特的两万倍。灯塔航舰开始减速, 靠推进动力抵消引力的影响。铂安驾驶着航舰在朱庇特表面寻找, 朱庇特超强的磁场复杂多变, 要找到极值点颇不容易。

"找到了。" 通信频道里传来铂安的声音。

舱门打开, 我和银灵的引灯机甲同时离舱, 启动卡奥斯动力系统向航舰后端移动。晓之车的锚固也解锁, 向下方湍急的气流坠落。银灵的机甲悬停漂移, 从上方与晓之车的电磁锁耦合, 而我驾驶机甲移动到它的下方,稳稳托住。

正在这时,远处几个炫目的光团从朱庇特表面升起,看来别的引灯小组已经开始点火了。

这时频道里又传来铂安急促的声音:"不好,点下移了!"

我很快明白过来,远处的点火行动影响了这一区域朱庇特表面的磁场,干扰了此处的极值点。

"下移!"银灵在频道里喊道。

铂安也知道此时犹豫不得,调小了推进器的功率,向下追逐那个极值点,我和银灵牵引着晓之车紧随其后。

"抛绳!"银灵先一步喊道。紧接着,航舰上的计算机也确认了极值点的新位置,铂安立刻回正推进系统,开始抛绳。我跟银灵的机甲快速闪开,只见上空航舰倒悬,真如一座钢铁的灯塔般定格在重云之中。

抛绳开始,灯塔航舰向下射出一条金属巨缆,金属缆绳受引力作用向下疾速坠落,在抛出一万米后,前端抵达磁场的极值点,尾端脱离航舰。朱庇特有着可容纳近两百个卡里斯特的辽阔天空,缆绳刺破浓稠厚重的云团,在磁层中飞速切割着朱庇特的磁感应线,牵引出庞大的电流。于是雷暴像涟漪一般往周围扩散激荡,棕红色的云团被雷暴撕碎,推到了灯塔的上方。下方温度陡增,席卷起能够容纳二十个卡里斯特的巨大风暴。

飓风的核心里开始了剧烈的爆炸。缆绳被引力加速,摩擦使它变得炽热,点燃了朱庇特大气中的氢气。六千万米高空的巨大势能在一瞬间转化成热能和电能,灼热的气浪逆着引力袭来。

飓风裹挟着雷暴,渲染出夺目的强光,我们都调低了视镜的透光率，以防失明。风暴眼中，恒星一样炽热的光晕已经很难用色彩来描述，光晕突破了我们能看到的光谱范畴。云团被撕碎又重聚，我们的机甲与灯塔在空中飘摇，宛如茫茫云海中的几点砂砾。尽管距离风暴眼很远，但爆炸产生的冲击波依然不可小觑。我们都将各自的动力系统开到最大，才勉强不被这场几乎可以炸毁卡里斯特的飓风卷入。

元素被剧烈的爆破炸开，却又在行星巨大的引力作用下再次聚合。

连锁聚变。

聚变的位置已经非常接近朱庇特的固体核心，点燃了表面流淌的液态氢。液态氢在朱庇特内部极大的压力之下早已转化成导电流体，被激起了难以言喻的剧烈反应。聚变过程中，高能粒子不断电离出来，汇聚成束。

"点火！"银灵和铂安在频道里同时大喊，我机甲上的仪器也显示侦测到高能射线反应。两台引灯机甲迅速下坠，在数据模型的帮助下停在了最佳位置。银灵启动了晓之车，其中的聚变反应炉开始运作，磁场约束张开。我紧接着开启了晓之车底座上的光弧窗口，让高能射线射入其中。

我紧紧地盯着舷窗外湍急的红色云海，射线的波长在可视光谱之外，肉眼并不可见。但那一刻，我仿佛看到了卡里斯特人数千年来与寒冰大地相处的悲壮历史一帧帧闪过，在重云中翻涌，最后被来自朱庇特深处的高能射线刺穿。终于迎来了这一天，数千年来象征着死亡和灾祸的太岁星，在卡里斯特人的智慧和努力之下，造就了创生春天的神迹。

晓之车被点亮了。

在我们的注视下，达到初始温度的反应炉里开始了聚变反应，灯罩辐条上擦过一股极高的热量，在云层中引燃出黄红色的火焰，随即热量立刻收敛。炉内反应在磁场约束的作用下成为可控聚变，火花棱镜散射出温柔的虹光。

"点灯成功！"三个声音在频道里同时响起。我和银灵把稳定下来的晓之车重新安回灯塔末端，接着驾驶机甲回到航舰舱内。走出机甲，我们脱下绝热防护服，冲进驾驶舱与铂安击掌庆贺。

公共频道里一阵又一阵"点灯成功"的呼声此起彼伏，很快我们就收到了返航的总指示，航舰穿破汹涌的红云，开始上浮。我和银灵瘫坐在各自的座位上，享受着狂喜后的疲倦。还没缓过劲来，铂安忽然叫出声："燃料不够了！"

我跟银灵先是一惊，接着明白过来。点灯行动前，由于极值点过低，航舰降落到了比计划更低的高度，受到引力的影响更大。为了对抗这种影响，灯塔只能长时间保持在更高功率的推进输出上，导致使用了超出计划许多的燃料，以现在的燃料储备，根本无法逃逸朱庇特的巨大引力。

"快向总部求援！"银灵说。

这次点灯行动，除了一百二十六名负责现场任务的引灯人，还有天灯计划的总部负责宏观协调和调度。总部位于艾奥的同步轨道上，离朱庇特很近。一盏已经点燃的晓之车是极其宝贵的资源，总部不会放任不管，一定会想尽办法营救。

不过，我不知道能有什么办法。因为通过简单计算就能知道，艾奥此时正运行到朱庇特的对面，总部与我们之间隔了一整个行星。

"没有响应，信号断了。"铂安话音刚落，我和银灵已经站在了控制台前。连锁聚变的剧烈反应造成了磁场在紊乱中激增，电波通信都无效了。

长期的训练让我们不会立刻自乱阵脚，但这也只是暂时的。让卡里斯特损失一盏已经点亮的晓之车，我们无论如何也不能接受。虽然守着一个可控核聚变反应炉，它几乎拥有无尽的能源，但我们不能现在"唤醒"它。一旦内部反应炉的能量被释放到外层，虽然能够提供动力，但晓之车产生的热量也会将灯塔航舰迅速气化。

"关闭航舰主发动机，启动卡奥斯动力系统。"银灵忽然开口。

我跟铂安都看向银灵，非常不解。卡奥斯动力系统的原理是切割磁感线，航舰和机甲都配备了卡奥斯动力系统，这种动力系统是用来在星球表面浮游时转向的，对于逃逸朱庇特引力没有一点帮助。

银灵神色坚定，吐出了一个词："磁重联。"

铂安率先明白过来，按照银灵说的开启了卡奥斯动力系统，并在计算机中输入搜寻指令。我也紧接着领会了银灵的意思。磁重联是指磁力线断开后重新连接的过程，此过程中会释放难以想象的能量。朱庇特表面湍流般的等离子体因为携带电荷，同样可以容纳电流。刚刚的聚变反应抽空了这片区域等离子体中的大量能量，因此在气流中造成了巨大的电压差，电压差击穿气团产生电流，电流产生了新的磁场。通信中断，也是因为磁重联造成了激烈的电磁激发。刚刚的核爆导致此处的磁场不断迁移，只要找到下一个磁重联的位置，卡奥斯动力系统便能将磁重联产生的巨大能量转化为动能，从而帮助我们逃逸朱庇特的引力。

"找到了，正向下一个磁重联点前进。"铂安喜出望外。

磁重联爆发的巨大能量驱动了卡奥斯动力系统，我们感到一阵头晕目眩，若不是动力系统室特殊材料的保护，我们也会落得跟大鲸一样的下场。磁重联的现象在恒星表面表现为耀斑，在行星表面就很难用肉眼看到了。朱庇特表面吞吐着剧烈的浊红气团，卡奥斯动力系统迸发的动力就像一只无形的巨手将灯塔航舰抛射出去，重回到深邃的太空中。朱庇特浓重的红云依然在我眼中有视觉残留，片刻后才被漆黑的太空取代。借着惯性，航舰驶入艾奥轨道，铂安重新启动发动机，利用剩余的燃料缓缓返航。

通信终于恢复了正常，公共频道里传来总部的声音："欢迎返航。"

晓之车并未被"唤醒"，但辐条表面的温度依然不低。灯塔航舰航行的过程中，晓之车微弱的热量还是点燃了艾奥轨道上的氢云团和钠云团，带出青黄色的流火，让晓之车如流星一般划过漆黑的太空。

越过加尼米德的运行轨道，前方就是母星卡里斯特。我们已经能够看到其他四十一盏晓之车平稳地安置在了卡里斯特的同步轨道上——我们是最后一组返航的引灯人。

接近卡里斯特轨道后，灯塔航舰解锁了与晓之车的耦合，这盏最后到达的晓之车缓缓地回归了属于它的位置。

我们三人共同按下了控制按钮，远程"唤醒"了晓之车。光热通道开启，内部的反应炉开始与外层的火花棱镜相连，炽热的等离子体源源不断地向外折射和散射，弧形的辐条缓缓地旋转起来，如同一座破晓的车轮，升起恒星般的光芒。四十二颗温暖的"恒星"串成明亮的星链，萦绕着卡里斯特运转，成为长明的天灯，挂满了我们的母星。

我知道，天灯的热量很快就会照射到星球表面。自星球形成四十五亿年以来，卡里斯特的坚冰将第一次被融化，在星球表面生存了四千五百年的卡里斯特人，也将第一次听到冰川裂开的声音。当聚变的热量融化了冰川，漫漫冰原化作温润的水流滋养万物，晓之车温暖的灯光映照着冰水流淌，所有的卡里斯特人都将真正理解什么是"湍盈"。

我仿佛听到了地上人们欢呼的声音。

而我们一百二十六名引灯人的名字，也将有幸像特隆和乌克巴尔一样，镌刻在廷德尔平原的方尖碑上。

天灯计划，正式完成。

冰雪初融，大地回春。

2019.11

作者按：朱庇特即木星，艾奥即木卫一，欧罗巴即木卫二，加尼米德即木卫三，卡里斯特即木卫四。

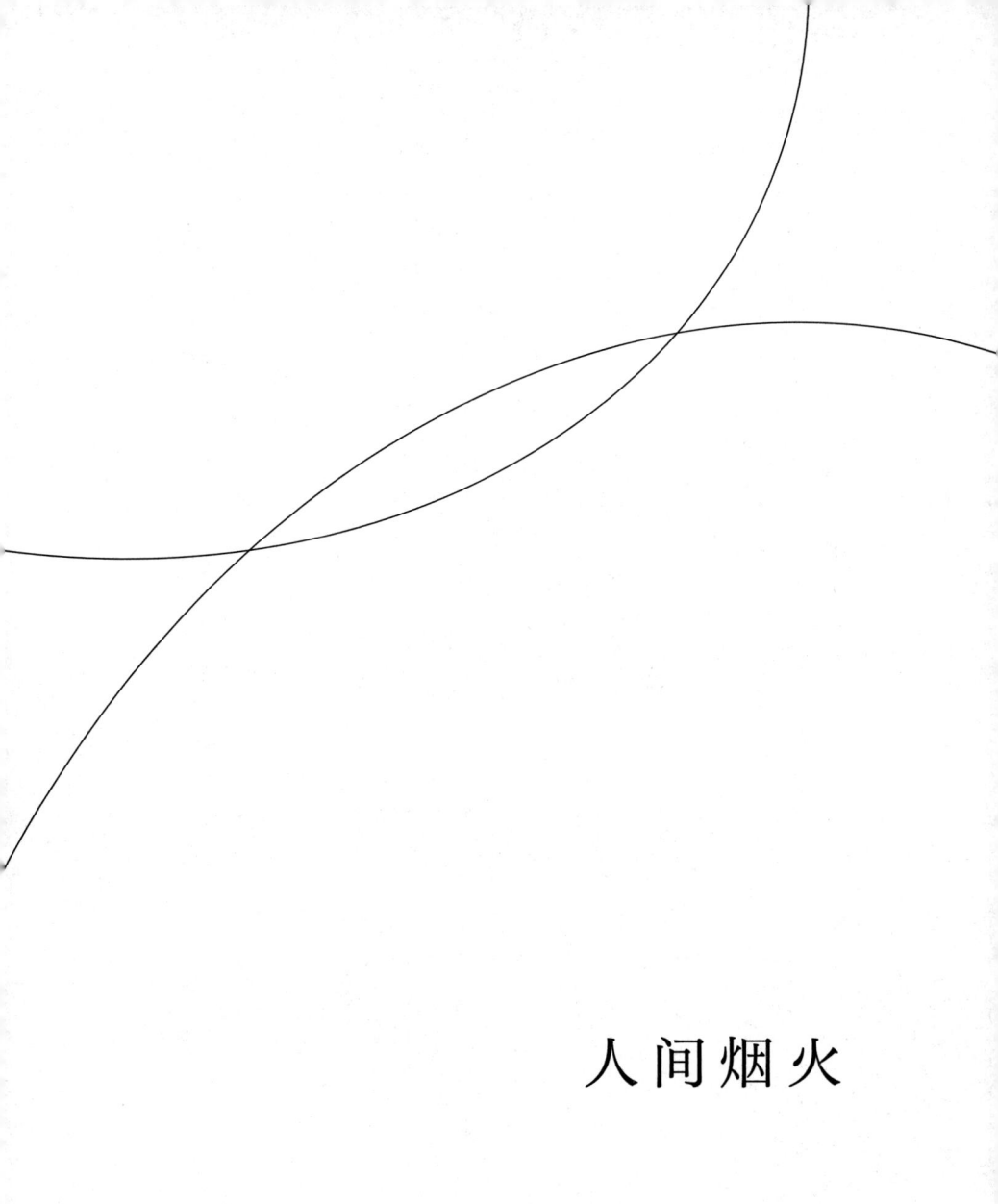

人间烟火

1

那一天,在解放碑跨年的十万群众都目击了一位从天而降的老人。

你从白色飞行器中跳下,哨兵机器人抱着你在半空中打开了降落伞。

新年的钟声轰然敲响,拥挤的人群中爆发出欢快的喧闹。无数的祝福和欢笑伴着千万氢气球飘向了天空,旋转成彩色的风暴。与此同时,人们以夜空为银幕,投射出无数绚烂的虚拟烟火,夜放花千树。

你跳下后,飞行器轰然炸成烟花,夹杂在一道道五彩斑斓的虚拟花火之中,真假难辨。

钟声渐渐停息,碎落的烟花影像划落天际,映红了你凌乱的白发。你也落在了解放碑前拥挤的人群之中,惊起阵阵尖叫:"天哪!

他竟然是个活人！"

"他不是陆良吗？ Epoch集团的总经理！"

你穿过无数人的身体，穿过无数拥挤的全息影像。那时候虚拟现实技术已经很发达了，每个人可以实名注册一个虚拟分身。植入体内的芯片通过数据接触模拟五感，虚拟分身无论在哪里，本体都能同步一切所见所感。这样一来，人与人之间的社交也基本可以用分身来代替。此刻拥挤在解放碑四周的十万人，皆是虚拟投影。

你穿过十万个虚拟的分身，如同行走在鬼魅之间。

影像到此停止，二十年来，这段过去我已经用VR体验了无数遍。

二十年后，我才终于还原了当初发生的一切，从互联网的各个角落、从监控系统的残留数据，甚至从当初上传到网络的手持摄像机里拼凑出了这段视频，拼凑出了前因后果。因为那时候，年幼的我与你仍有一江之隔，还未相遇。

"又在看啊？"姐姐控制轮椅挪到我身边，伸手揉了揉我的头发，一个大盒子静静地躺在她的腿上。

"是啊，这不知不觉都过去二十年了。"我看着姐姐垂下的双鬓，她依旧美丽，但确实不年轻了。

"看不出来你还是个怀旧的孩子。"姐姐咻咻地笑着，眼角皱起调皮的鱼尾纹。

"得了吧，你都认识我二十年了，还不知道我是什么样的人吗？"我打燃火，点上她叼起的烟，"况且我也不是孩子了。"

姐姐喷出一口淡淡的烟雾，透过烟气眯起眼睛看着我，"孩子！

你就是孩子，永远都是！二十年过去了，你一点儿都没变，除了普通话好了一点儿。"

"得，得。"我举双手投降。

"休息一下，吃点儿水果吧。"她抽了几口，便掐灭了。烟是她瘫痪后染上的，后来心态放宽了就一直说要戒，虽然十多年也没见成效。

"今晚最后一遍了。"我又一次按下了重播。

2

那时候陆良刚从江北中心逃出，蹒跚地跑到了江畔的沙洲，向对岸望去。

江的对岸是灯火通明的渝中半岛，大雨初霁，升腾起的雾气萦绕着高差错落的建筑群，灯红酒绿洇在水雾中，化而不散。他抬眼正要细看，便对上了冰冷的眼神——如果那也能被称为眼神的话。

那是一对浮在半空中的眼球。眼球上迅速蔓延出完整的神经网络和大脑，紧接着浮现出了渐趋完整的骨骼，被条条肌肉包裹起来，血管蔓延，衣物紧随皮肤覆盖了全身——瞬息间一个完整的人凭空出现，一个妙龄女子。

"还是被你们找到了！"陆良叹了一口气，闭上眼睛，片刻后又睁开，看着眼前凭空出现的人，以及她身后鬼魅一样聚集在江面之上的十四个影子。

"陆老先生，您是逃不掉的，监控早已遍布了整个城市的每一个角落，虽然您的虚拟分身还在公司，但您的真身到哪儿都会被发现。最新一代的监控系统是您主导开发的，您不会不清楚吧。更何况您跟大家一样都植入了芯片，芯片本身就有定位功能……"

"我知道。"老人挥手，毫无阻碍地穿过了来人的头颅。面前的一群人都是全息投影而非实体，芯片让他不得不看到这些。这种投影看得见、摸不着，有身体、没影子，因此被称为"鬼"。

全息投影当然挡不住他，但既然投影已经找上门来了，说明眼前这个叫洪文景的安保队长跟她手下的哨兵，很快就会到了。

老人没有回应，在江边找了块大石头坐下，像松了口气，掏出一张特殊的纸折了起来。

"陆老先生，您别妄想逃跑了吧，我们很快就会追上你。"洪文景的"鬼"这样说着，又指了指夜色中暗涌的嘉陵江，"更何况，你一个人没法过江。"

老人毫不理会，尽管她说得没错。这里是嘉陵江与长江的交汇之处，从前有两座大桥把渝中半岛与两边的江北嘴和南岸区连接起来，如今已不复存在。对于我们这种平民而言，大江成了天然的阻隔。但对于赛博区的新人类来说，则多的是交通工具让他们上天入地——比如正在驶来的无人机Drone。

Drone发动机的低吼声越来越近，但老人仍未起身，榉木般干瘪的手指不紧不慢地动着，手中的纸渐渐成形。

"我们来了。"话音刚落，队长与她身后的队伍都消散在夜雾中。

白色的Drone划破夜色，悬停在老人身后，带起的气流吹乱了他不甚浓密的白发。舱门打开，真实的队长缓缓走下，机器人们迅速窜出,列队一圈将两人围在其中。机器人身着黑色兜袍,与之前江上的鬼影一般无二——那是Epoch集团开发出的新一代安保机器人:哨兵。

"陆先生,跟我们回去吧?"队长对着老人的背影说道。

老人折好了一只小船,放上一支点燃的蜡烛,轻轻地搁在江面上。他徐徐起身,看着小船远去,这才点了点头,与队长一同上了Drone。

"我不明白,陆先生为何要逃?"队长递来一杯热巧克力,"当然,以我的身份,没资格问您这些,但您肯定要给公司一个交代。"

"没资格就别问。"老人自顾自地在舱内的暖气里舒展着冰冷的手指。队长自讨没趣,放下热巧克力,便回身走到驾驶台前。

然后她吃了一惊,"Drone这是在往哪儿开?"

她在震惊中回头,却见老人一脸漠然,根本不打算解释。她在驾驶台上拨弄几番,却发现没有操作权限。Drone就这样缓缓地向江对岸的灯火中驶去。

舱内的显示屏一闪,出现了一张苍老但健朗的面庞,一头银发梳得整整齐齐,淡金色的领针压住酒红色的领带,领口内衬着真丝方巾,西装的戗驳领上别着一朵暗红的干花——那是Epoch集团董事长,张丛原。

张丛原慵懒地抬眼,"陆经理,你随便入侵城市交通系统,这不对。"

陆良冷哼了一声,没有回答。

队长这才明白过来,陆良是城市监控系统和交通系统的总设计师，操控公司的Drone路线简直轻而易举。她发现办公室里的是分身后，想当然地认为那只是个障眼法，转头就开始搜寻本人，却忽略了虚拟分身本就拥有公司内网的权限代码，以此进入公司系统后的陆良可以远程操作。

她早该想到，既然陆良主导了城市监控系统的设计，怎么会没办法屏蔽监控呢？老人当然不能独身渡江，所以引来了她。

老人起身走了一圈，将一个个磁卡插入Drone配备的十四个哨兵胸口。队长下意识地准备阻止，却见董事长没有任何举措，一时间也不好妄动。

张丛原又问："但我不明白，从监控上看，你往电脑里载入交通系统的病毒还有五分钟才完成，为什么现在就已经执行了？"

陆良头都没回，"附一层全息就行，这种真真假假的事你不是最擅长吗？"

张丛原温文尔雅地哦了一声，又问："陆良，你逃什么？"

陆良忽然转身指着屏幕，"张丛原，你还装什么啊？把我克隆出来用了这么多年，有劲吗？"

队长大骇，我也无比震惊。二十年后我才知道，那个改变了一切的老人，那个位于Epoch顶端三十年的陆良总经理，居然是个克隆人。

张丛原并不诧异，"嗯，原来你知道了啊。"

陆良话里有些冷笑的意味，"六十多年前，你父亲张郁青克隆出了我，用我的内脏为体弱的你治病，完了不就该把我处理掉吗？你偏说我作为克隆体有着跟你一样的智力，用机械身体补全了我，留下来为你办事，还赋予了你自己的记忆，那时候你就该想到有这么一天。"

"能告诉我你是怎么发现的吗？"张丛原道。

"我被克隆出来的时候你十四岁，你给我植入的记忆当然跟真实时间有十四年的差距。你别小瞧了我的，不，你的智力。"陆良想了想，忽然苦笑，"这世上，每个人都有一个全息分身，但也规定了只能拥有一个。你不一样，呵呵，我不过也只是你的分身而已。我的名字陆良，只是一个地名罢了。"

"当年的档案应该销毁了啊。"张丛原若有所思。

"你父亲用的可全是公司资源，克隆记录和义肢手术的记录自然没有，但资源的使用记录或多或少保留了，从这些资料中还原出真相是什么难事吗？"

张丛原挑了挑眉，"真相有什么意义？你拥有着多少人梦寐以求的地位，不值得放弃。既然我们是一样的，你应该也明白这个道理。"

"你们把这人间变成了鬼地，公司营造的这一切不过是虚假的繁荣，我只想还他们一个真实。"

"真实？什么是真实？"张丛原几乎笑出声来，"消费者们乐意为这些你口中的'虚假'买单，公司乐得为他们服务，有什么不对？"

"消费者们愿意花钱进入虚拟的世界，这没有问题。现实产业受到冷落，发展迟缓，这也是产业变迁必经的阵痛。但公司下一步的计划，是犯罪，重罪。"

张丛原眼中闪过一丝狠戾，"你都知道了？"

"事实上你们一直都在犯罪。"

"那又如何？"张丛原整理了一下袖扣，"你又能做什么呢？"

"我是你的克隆体，别小瞧了你自己。"陆良话中带着挑衅，"你猜不到我要做什么吗？"

张丛原没有言语，苍老的脸庞上笑意渐浓。

"让我来猜猜，你用显示屏来跟我对话，那你的虚拟分身现在在哪里呢？"陆良伸手遥指张丛原，似乎要透过屏幕指到他本人脸上。

"你的分身在哪里，我的就在哪里。"张丛原一脸从容。

陆良却像是忽然岔开了话题，"我们刚刚聊了有没有五分钟？"

"你说什么？"

老人闭上眼又睁开，"还有十秒钟，就是整整五分钟。"

张丛原终于露出了愠怒的表情，"你电脑上的倒计时，不是载入交通系统的病毒！那到底是什么？！"

"都说了嘛，这种真真假假的事你不是最擅长了吗？"陆良从容地走向一个哨兵，"当然，我也一样。"

Drone的舱门忽然打开，陆良走到队长身边，拿起已是半温的巧克力，轻声地说："多谢款待。"

陆良怜悯地看了一眼还在震惊之中的她，"不好意思了，洪队长。你知道了这么多，张董应该不会放你活下去了。"

队长在惊恐中抬头，就见哨兵从后抱住老人的肩膀，跳出了舱门，其余十二个哨兵也紧随其后。洪文景猛然转向显示屏，发现它早已黑了下去。

哨兵抱着你在半空之中打开了降落伞，解放碑四面的天空中投射着巨大的虚拟屏幕来直播春节联欢晚会。你一饮而尽杯中的巧克力，随手将纸杯团起扔了下去。

你落地的一瞬，影像也戛然而止。

我看着画面停在无数虚拟身体欢呼与尖叫的场景，心中久久不能平静。虚拟分身之间的信息传递是通过数据，植入芯片的人可以借此与分身们进行交流，他自然也能听到人群的呐喊和欢呼。

但若是二十年前的我——没有芯片的平民经过这里，只能看到空无一人的解放碑广场和天空中投射着的四面巨大的虚拟屏幕，直播着春节联欢晚会。

那是分身的狂欢，与我们无关。

3

监控残留的数据只有这么多了。十万分身，无疑是监控系统的高热运算点，邻近崩溃的边缘。你的出现，显然给高热的运算区域压上了最后一根稻草，系统瞬间崩溃。落入十万虚拟数据的瞬间，你的存在从网络上暂时消失了。我知道，你当然也知道，你抓住这个时机，沿着邹容路向前奔跑而去。

好在之后我便与你相遇了，我的记忆可以弥补这片空白。

我与你相遇在渝中岛上。

那天晚上，岛上的居民都开始庆祝新年的到来，家家户户欢声笑语，敲锣打鼓。因为岛的地基荷载有限，修不了高层建筑，所以这里没有烟花爆竹的禁令，岛上弥漫着淡淡的硫黄和火药味，还有年味。

我见到你的时候，你刚飞过长江的支流，正坐在屋边，从哨兵机器人身上拆卸下零部件修理着自己的义肢。准确地说，最先看到你的不是我，而是我从垃圾堆里捡来的老款家用机器人……的脑袋。

它的脑袋滚到你的脚边，脖子处还留着数根电缆线暴露在外，一张一合的嘴里咿咿呀呀地发出古老的电子音："新年……新……新年……新……"

模糊的吐词里还夹杂着电流的爆破音。

"我没抱稳，他脑壳滚落喽，不好意思哈，爷爷。"我走到你面前。

"没得事。"你捡起那颗头，又看了看我怀里抱着的机器人的身体，特地改成了重庆话，"勒是你的唛？"

我害羞地笑了笑，"不是，我在垃圾堆堆头捡的。"

"儿娃子，你叫啥子？"你问道，"啷个不跟妈老汉在屋头欸？"

"出来耍嘛，我叫小冬。"那时候，我的注意力全在你的机械义肢和你身旁高大的哨兵身上，年幼的我哪里见过如此精密崭新的机械。

"我叫陆良。"

"爷爷，勒东西修得好不嘛？"

你摸了摸我的头，"我要看一哈儿才晓得。"

你接过机器人的头颅和身体，仔细地检查了一番，便打开便携工具箱，修理起它的线路板和关节部位。随后，你想了想，看了一眼旁边已经被拆掉双腿的哨兵，叹了一口气，开始着手拆卸它的能源系统。

我问:"爷爷,你要把它的心脏给小新唠?"

"小新?"你回头,"勒个机器人叫小新唠?"

我点点头,"是嘞,他一直新啊新地唱,有点点儿哈①,我就喊他小新。对喽,你的机器人叫啥子欸,爷爷?"

想必你从没想过这个问题吧,我看到你愣了一会儿,便掏出能源核心给小新安上,"就叫小年吧。"

哨兵双眼的光芒迅速暗了下去,变成一堆毫无生气的铁。但我的视线还停留在它身上,也许机甲是每个男孩都憧憬的浪漫吧。

你拍了拍它,有些抱歉道:"不好意思啊,老伙计。"

拥有了新能源的小新开始连贯地唱起歌来:"新年好呀,新年好呀,祝贺大家新年好……"

我好开心,我走到已经熄灭的哨兵面前,抱了抱这个高大的铁家伙,"谢谢你,小年。谢谢你把生命给了小新。"

"你觉得他们也有生命唠?"你肯定觉得我的行为很幼稚吧。

"是嘞,他们可以动,会说话,啷个不是生命嘛。"我回答道。

你哑然失笑,又从哨兵身上拆下一些能用的部件,把小新修得焕然一新,顺便把哨兵的喷射器也安到了小新身上。

"爷爷,你从哪里来的嘛?看样子不是岛上的哦。"

"我从对岸来。"

"对面的渝中商圈唠?"我指了指对岸。隔了一条江,对于我来说,那里简直是另一个世界。Epoch集团的虚拟分身系统吸引了大量拥有购买力的人群加入,成为所谓的"赛博新人类"。实体经济被严重挤压,只能费尽心机拥抱分身系统及其周边产业。直到许多年

---

① 有点傻。

后我才知道, 建立虚拟系统的计划是带有明确目的性的, 从Epoch集团创立之初就定下了。它是一个巨大的资金蓄水池, 经过数十年的积累, 扼住了几乎整个城市的资金流。这一切都是为了最后的计划。

你摇了摇头, "还要再对岸。"

"江北科技园嗦?" 我羡慕极了, "老爷爷, 你是科学家哇?"

"科学家? 算不上哦。" 你这样说着, 也向江北看去。江北区竖立着无数高耸塔楼, 其中最高的江北中心在雨后的雾天甚至看不到顶。

"你既然出来耍, 想不想到对面耍一哈?" 你指了指对面的渝中区。

"想啥子想? 解放碑的热闹是他们的, 我们跑过去啥子都看不到。我想去南岸, 他们说百鬼街才好耍。"

"我也要去勒点儿, 一起去噻。" 你对我说。

"真的唛?" 我喜出望外。

"你妈老汉不担心你晚上在外头唛?"

"没得事, 他们放心得很, 我转哈子就回去。"

你忽然想起了什么, 拆下哨兵身上一个发光的盒子挂到我脖子后面, 又摘下哨兵的双眼当作目视镜给我戴上。

"楞个① 的话你也可以看得到我们的世界喽。" 你说。

"真的唛?" 我将信将疑。

"去了你斗② 晓得了噻。"

---

① 这样。
② 就。

我向屋角的哨兵道了别，便抱着小新跟上了你的步伐。小新一路仍唱着："新年好呀，新年好呀，祝贺大家新年好……"

我推着姐姐的轮椅上了天台，如今我们的脚下就是当年的江北中心。这个城市的夜晚从来就是不眠的，层层灯火中的城市夜景尽收眼底，这就是你说的"参差十万人家"吧。二十年后的今天，我站在了你的位置上，终于体会到你眼中的风景、你眼中的世界。

"姐姐，你说爷爷还会醒来吗？"我看着远处，问道。

姐姐跟我一样向远方眺望，"我也不知道啊，都二十年了。"

我低下头，梳理着姐姐绸缎般的长发，挑了一根出来，"姐姐，你有白头发了。"

"别拔，拔一根长三根呢。"姐姐喃喃地说。

远处放起了电子烟花。是啊，很晚了，马上就要零点了。

"你喜欢过年吗？"姐姐忽然问。

"还好，小时候很喜欢过年，现在也就马马虎虎吧。"

"嗯。"姐姐应了一声，也就再没了话。

我看着岛旁的长江，二十年前我也是这样看着那宽阔的长江问你："爷爷，咱们哪个过去？"

你只淡淡笑道："等着看吧。"

话音刚落，从两江交汇处转来一艘小纸船，纸船闪着零星的火焰从黑暗中驶出，是一盏河灯。我觉得那江中的灯火真好看，可惜只有一盏，若是再多上几盏、几十盏，甚至上百盏，星火集聚地点燃江面，会是多美啊。

长大以后，我一直很爱一部叫《呼兰河传》的小说，作者是许多许多年前的一位女作家。因为小说还原了我当时的想象，长长的呼兰河，承载了千百盏漂泊的灯火。

"河灯是你放的唛？"我看着你。

你点点头。

"我老汉说，河灯一般是缅怀去世的亲人的，是吗？"

"对，还有对未来美好生活的向往。"

河灯不紧不慢地荡到我们面前，烛光扑闪，倏忽灭了。纸船却发着光拆散开来，在江面上摊作一张纸，似是浸了江水泡发开来一般越来越大。

"走，我们上去。"你说着便往纸上一踏。

我被眼前的画面震惊了，半晌才叫道："爷爷，你斗是科学家，你还说不是！我老汉说了，江北那些科学家都是无所不能的，上天下地哪儿都去得。"

你只是笑道："上来嘛。"

我抱着小新小心翼翼地踏上江面上这张薄薄的纸，纸载着我们向江对岸缓缓航行而去。我一直蹲着，反复看着那张神奇的纸，光晕像水一样在纸面上荡漾流淌。你带来的一切，都像神话中才有的宝物。

快抵达对岸时，纸面渐渐显出要沉没的态势。我吓了一跳，"爷爷，它啷个看到起像要沉欸？"

"看来你虽然个子小，但还是加了斤两。"

纸面吃水越来越深，我佯装镇定，"没得事，我水性好得很，真的沉了，我拉到你游过去！"

你看着我，当时你肯定觉得我傻得可爱吧，你逗我说："要是拉不动我，你就一个人游，莫管我，两个拉到起，两个都跑不脱。"

"不得！你相信我嘛！"说话间，纸面下沉的速度越来越快，我紧紧地抱着小新，一只手拽上了你的袖子。

纸面彻底沉入水底。江水太冰冷，我左脚忽然抽筋，使不上劲来。

"啊！"我疼得大叫。

4

黑夜中忽然伸出一双手，分别抓住了我俩的衣领，将我们提出水面。你回头一看，笑道："是你啊。"

"没错，是我。"一个貌美的大姐姐对我们笑着，飞行在夜空中的哨兵抱着她的纤腰，将我们仨带到了岸上。那时我还不知道，她就是Epoch集团安保总队的队长，洪文景。

"还要谢谢陆先生留下最后一台哨兵，救了我一命。你在Drone上那么说，是为了让张董以为我真的死了吧。"洪文景道。

"他很快就会知道你还活着了。"陆良在岸边抖了抖身上的水。

"陆先生，你下一步准备怎么办？"洪文景一边逗弄着我怀里咿咿呀呀的小新，一边问道，"现在我有资格问了吗？"

你讪讪一笑，"还惦记这茬儿呢？"

"我知道，陆先生是故意装作疏离我吧？"洪文景一阵莞尔。

"没有下一步了，我要做的事都已经做好了。"你轻叹一声，"现在我只想去百鬼街看看。”

“做好了？”洪文景有些不敢相信。

“我像是那种什么都不准备，撒腿就往外跑的人吗？”你苦笑道，“先往上走吧，咱们边走边说。”

我们上了山，南岸傍着山体修建了许多高差各异的房子，与渝中江北参差的高楼不同，这里多是居民自己搭建的。堆叠的楼宇各抱地势，钩心斗角。庞杂离奇的建筑群间，一道灯市蜿蜒而上，便是百鬼夜行街了。

你告诉我，这百鬼街是在原来老街的旧址上修建的，各地的游客们都热衷于用虚拟分身前去游玩，一年到头热闹非凡。但老街翻新的时候，老一辈的居民们安土重迁，不愿搬走，一直住了下去。他们跟我一样没有分身和芯片，老街上常年来来往往的虚拟人群，他们看不到。只有偶尔分身大量汇集时，人们会听到轻微的噪波和电流声，如同鬼地。再加上老街旧时的称呼早被忘怀，所以人们都习惯称之为“百鬼夜行街”。

春节期间，附近居民也常逛街，真人与分身同乐。

沿着山路拾级而上，很快便走进了久负盛名的百鬼街，我也终于明白了百鬼街其名的另一层含义——走在这条街上，可以回溯时光。

街两旁有各式各样的店面，都是我从没见过的。檐牙高啄，廊腰缦回，这边管弦呕哑唱罢，那里笙箫歌吹登场。琴瑟凤鸣，箜篌婉转，这些都是演义小说里才有的画面，我从未想过它们能以这样真实的样貌重现。溯洄从之，这一弯是江南烟柳；溯游从之，那一弯是大漠孤雁。

你们的世界，果然是另一个世界啊！

街上有真实的周围居民，但更多的还是各地慕名而来的虚拟游客。他们携家带口，各自的机器随从也跟在一旁。不看服饰，我也分辨不出他们谁是真人、谁是分身。

这是我第一次看到你们的世界，没有一丝一毫是我能够想象的。

可惜哨兵的传感器只能让我看到虚拟的世界，听觉和嗅觉是同步不了的。"乱花渐欲迷人眼"，我能听到的只有偶尔路过的真实行人的脚步声和交谈的方言声。这一整条长街看似盛大和繁华，闻起来却尽是雨后的青砖和苔藓味。

借来的视野，让百鬼街的华丽显得尤为蹩脚，跟海市蜃楼一样，只是虚假的繁荣。

"陆先生，您电脑上的倒计时究竟是什么？"洪文景还是忍不住问你。

"你知道公司准备把监控系统、交通系统、虚拟分身系统等所有现行的城市系统统一到一个大体系之下吗？"你问道。

"啊，"文景愣了一下，"听过传闻。"

"系统的统一早就开始运行了，并且准备在新年过后正式完成并发布出来。"你意味深长地看了洪文景一眼。

"所以，"文景思忖片刻，"你是准备在系统合并的时候有所行动？"

"你现在还能感觉到你的虚拟分身吗？"你却反问道。

洪文景一愣，"不能，被注销了吧。"

"对，我的也被注销了，出事之后我俩的分身肯定第一时间被注销。每个人只能实名认证注册一个分身，去世之后就自动注销。但

75

有一个人, 即使他去世了, 他的分身依然会被留存。"

"你是说……"

"张郁青。"你的眼神明亮, "他是公司的创始人, 也是对城市系统理解最深的人之一。当他去世的时候, 他的分身会作为遗产留存起来。"

"更何况,"你继续说道, "如今的技术条件下, 一个人的分身拥有本人所有的社会身份、权限和知识体系。结合公司最新的卷积神经网络技术, 高层的分身甚至可以拥有本人的思维。"

"这样一来……"文景姐震惊地捂住嘴, 半晌才道, "张老爷子岂不是……永生? "

"永生其实算不上, 只不过张老爷子的分身会介入城市系统的合并过程, 通过数据化成为超级程序, 利用他的知识和思维协调合并之后的大统一体系。"

"然后呢? "

"然后圈钱。"

"圈钱? "

"公司推行数字货币系统已经很多年了, 数字货币去中心化的特点使得他们可以绕过监管机构。只要获得50%以上的计算力——尽管这并不容易——就能影响整个市场。公司掌握的计算力已经很高了, 因为虚拟分身这个寡头产业的后台都是属于公司的, 借由这次大一统体系的建立, 还能进一步提高算力。而超级程序一旦介入, 就会变成市场经济中那只'看得见的手', 加剧整个城市的资源向公司倾斜。更何况公司这么多年来已经积累下了难以想象的庞大资金, 利用这个资金杠杆, 可以撬动整个城市。"

"也就是说这是一场金融欺诈？"洪文景惊讶地说道。

"可以这么理解。"

"张郁青融入了大一统体系，几乎等同于控制了整个城市。其实话说回来，也只有他有这个能力。"

洪文景立刻反应过来，"不，还有两个人也有这个能力，一个是张丛原，还有一个就是……"

文景姐话还没说完，就看到你嘘声的手势。紧接着，她就从嘈杂的人声中分辨出屋顶上的脚步声。

"来给我收尸的。"你轻声地说道。

文景姐姐招呼哨兵翻上了屋顶。

姐姐回来的时候，我们正站在一家卖孔明灯的铺子前。

"嗯，小冬，你喜欢孔明灯唛？马上元宵了，要不要去买一个？"你问。

"用不到，我家斗是卖孔明灯的，我只是觉得这家的灯很乖。"

"喜欢斗进去看嘛。"

你刚说完，我就开开心心地跑进铺子里。店里的孔明灯不是我家卖的那些能比的，它们材质特殊、造型别致，每一盏都像在讲一段故事。

我出来的时候，却看到虚弱的你倒在姐姐怀里。我问你怎么了，你只说没事。后来文景姐才告诉我，在你逃出之后，张丛原就已经给你的心脏起搏器发出了指令，起搏器早就慢慢地失效了。

但当时的你只是服下一颗药丸，淡然地对我说："小冬啊，你拿到勒个钱，买个孔明灯放给我看嘛。元宵节我就不在唛，我想提前看到。"

我当时又哪里想得到那么多，只知道按你的话去做，再次跑进了铺子里。

我们渐渐走到百鬼街的尽头，也是老街的最高处，回身看这一路走过来的唐宋元明清。从这里远眺，透过南岸落拓的民居看远处的江北、渝中、渝中岛。

"参差十万人家。十万人家十万窗，窗外一清平，窗内百家事。"你轻声念叨，"过个年都得分出彼此，这年过得就没劲了。"

"老爷爷你说啥子？"我没听清你说的话。

"啊，没得啥子。"你舒展开眉头，笑着摸了摸我的脑袋。

片片红色的枫叶从空中飘落，翻飞间化作鞭炮噼啪炸开，炸裂出两条龙灯夭矫翩飞。我跳着去抓那虚拟的龙舞，自然抓它不到。跳了几下，我闻到一缕飘来的香气，肚子里传出咕咕的响声。

"啷个？饿了哇？"你笑问道。

"饿惨喽！"我直叫苦。

"那就吃饭噻。"这是第一次看到你笑得那么放松，我们说笑着走进街边一家小吃店。百鬼街虽是为虚拟游客开放，大多是玩乐的店铺，但毕竟周围有居民，饭馆虽少还是有的。

一说起要吃饭，我就习惯性摘下了目视镜，一路繁华随之不见。老街像被剥开了华丽的伪装，露出了真实的样貌，沿街的铺子少去了大半，眼前的这一家馆子就显得尤为难得。街上赶集的人们不算少，但跟刚刚相比难免稍显寂寥。

"三碗酸辣粉，"你笑着看了看我，"再加三个煎蛋。"

"要得!"店家嘹亮地应了一声,揭开店门前的铁皮桶锅,用力把芡好的红薯粉从铝瓢的孔洞间捶打进锅里。锅里沸煮着高汤,蒸腾的水汽扑了出来,直把门前挂着的几盏灯笼都卷了里头,点染出橙红的光晕。我卖力地抽了抽鼻子,贪婪地吸入醇香的水汽,嘿,这才是人世间该有的烟火气嘛。

师傅把上半身从乳白色的热气里探出来,问:"刚出炉的锅盔,几位老师要不要来两个嘛?"

"要得。"你点点头。锅盔盛在缺了口的白瓷盘子里先端了上来,炸得金黄的面皮底下汪了一盘子的油。店面不大,水泥的地面泛着潮,塑料的凳子坐上去吱呀作响,跟灯市相比只能用简陋来形容。可我真的喜欢。

一会儿,酸辣粉也端了上来,烫好的红苕粉过一遍凉水,沥水过油后淋上酥黄豆、大头菜和肉末做的浇头。我狼吞虎咽地吃了起来。

墙角老旧的电视机里正在放新闻,"著名企业家张郁青老先生昨夜逝世。"

很多年后,我才能把这则新闻跟你放入江中的河灯联系起来。

电视里又匆匆插播了数条新闻:

"Epoch集团前任董事长张郁青涉嫌使用人体克隆技术,属于严重违法行为,相关部门目前已介入调查。

"Epoch总经理陆良携巨额公司财产出逃,款项现仍下落不明。"

我愣了半晌,忽然明白了一切。

我转头看向你,才发现你已经趴在桌上睡着了,身前的粉没怎么动。我伸手探了探你的鼻息, 确实只是睡着了。

看着熟睡的你, 我做了一个这辈子最正确的决定, 然后抱着小新出门, 飞向属于我的渝中岛。

我回来的时候, 看到了正在店门口寻找我的你, 睡醒的你像忽然老了许多, 由文景姐姐搀扶着走出门, 浑身散发着垂垂暮矣的气息。

终于, 你看到了空中的我, 我缓缓地降落在对面店铺的歇山顶上, 松开手中的孔明灯, 灯孤单地飘向空中。那一刻, 你苍老的脸上露出无比欣慰的表情, 我又向老街那头指了指, 你顺着我的指向看去——

长江的彼岸, 黑黢黢的渝中岛上升起了一盏又一盏的孔明灯, 几盏、几十盏、上百盏、上千盏。成百上千的孔明灯陆续升上快要破晓的天空, 如同千百漂泊的河灯, 只是不再顺流而下, 而是扶摇直上, 撕裂了浓稠的夜色, 变成橙红色的群星, 照亮早已暗淡多年的深邃夜空。

我看到你站在原地老泪纵横。

半晌你才回过神, 向我走来, 被门槛绊了一跤, 一个趔趄坐倒在了路牙上。

你再也没有起来。

文景姐姐周身的衣物连同皮肤一起如蛇蜕般褪去, 露出了里头的机械外壳——人类的身体变成了一台拟人程度更高的新型哨兵, 在夜色中泛着森然的银光。

哨兵猛然伸出右手，变作锋利的钩爪，从背后刺入你的身体，又快速拔出。你的鲜血缓缓地流了出来，原来你的心脏一直在不断衰竭。周围的行人在惊叫中四散逃开，而更多的则是分身，在一闪之后消失，只留下数据的残影。

哨兵站在原地，变回原形的手指间捏着一枚沾血的芯片。你是克隆人，芯片是在肉体成形过程中植入的，没办法分离，只能以这种方式取出。

我的惊叫声被悲痛哽咽在喉头发不出来，泪水还没来得及流出，就看到哨兵通红的复眼转向了我。我根本来不及细想突发的这一切，慌忙启动小新的飞行功能，向渝中岛飞去。

采用旧版推进系统的小新显然飞不过全新型号的哨兵，急智中，我看准时机关闭了小新的飞行器，身体抱成一团落在胡乱搭建的窝棚上。我撞破了好几层帷帐，缓冲掉下坠的动能后滚落在地上。

我知道我的膝盖和手肘磕破了，但我根本顾不上。我在岛上交杂的巷道中连滚带爬地穿梭、逃窜着。Epoch集团的快速发展挤压着实业的生存空间，岛上低廉的地价把实体经营和作坊式的小厂房都吸引到了这里，但毫无规划可言。我唯一的优势就是地利，这是我从小玩到大的城堡，每一条错杂如毛细血管的小路对于我来说都像掌纹一样熟悉。但如果是从未到过这里的人，渝中岛对他们来说就是一个迷宫。

岛上的居民们还在庆贺着新年，周围爆竹和锣鼓的噪音喧闹着，将我的存在完全隐去。我在这毫无监控设施的盲区里奔跑，那是二十年后的现在无法重温的自由。

奔跑中，我忽然踢到了一个柔软的肢体，紧接着一个女人的呻吟声把我拉回现实——路边是重伤的文景姐。我急刹在路边，从逃跑的慌乱中惊醒。停下脚步、恢复思考之后，迟来的冷汗才瞬间湿透了衣背。体力和精神都受到了极大的损耗，回过神来的我趴在地上剧烈呕吐起来。

"小冬……"文景姐缓缓地睁开眼，声音依旧虚弱。

我抬起头，手脚并用地爬到文景姐身边，不知所措地看着她身上的伤口，"文景姐，你啷个了嘛？"

"公司派来了全新型号的哨兵，我根本不是对手。"文景姐好容易才缓过气，从旁边已经瘫痪的旧式哨兵身上取下兜帽，草草擦去身上的血，借助身后的短墙勉强直起身子。

"陆先生呢？"

"爷爷……老爷爷他走了……"我泣不成声。

文景姐轻轻招手，把我喊到身边替我擦去了满脸的泪水，却不顾自己的漂亮脸颊上已全是血污。

"为了尽量把他们引开，我选择逃向了渝中岛，但还是在战斗中受了伤，"文景姐捂着自己受伤的腰部，"陆先生的尸体现在怎么样了？"

"老爷爷心脏里头的芯片遭挖出来了，尸体摆在百鬼街上。"我把最后发生的事情都告诉了文景姐，但实在不忍心说出哨兵是伪装成她的样子断送了老爷爷最后的生命。

说到这里，我忽然想起，"文景姐，刚刚你说'们'，到底来了好多哨兵？"

"五六台吧，都是最新型号。我拼尽全力，结合地势打游击才毁掉一台。"

"啷个只有一台来追我们了呢？"我有些想不通。

文景姐苦笑，"小冬啊，你懂过陆先生吗？"

我茫然地摇摇头。

"那你相信陆先生吗？"

我用力地点点头。

"那我们就去找出这个答案，去追回陆先生的芯片！一旦芯片落到公司手里，被他们知道了老先生的计划和个中细节，先生的努力就付之东流了。"文景姐挣扎着想起身，伤口的血却流了一地。疼痛扭曲了她的脸，她伸手拆下旧式哨兵身上的喷射器，咬着一块碎布，忍痛射出一阵短促的火焰烧结了自己腰上的伤口。

我闻到一股肉体烧焦的气味，姐姐也疼得几乎晕了过去。我慌张地爬向姐姐，当初我没有考虑到，姐姐仅仅处理了表面的伤口，内脏的创伤还在，不处理很容易感染。如果当时我就坚持把姐姐送到医院，或许她就不会在轮椅上度过后半生了吧。

姐姐捂着腰，颤颤巍巍地站了起来，从哨兵的工具包中找出一支肾上腺素打进血管里。

在文景姐的要求下，我带着她穿过拥挤的厂房，来到了江边——我与老爷爷初遇的地方。在那里，被遗弃的哨兵"小年"还静静地躺着。姐姐走到小年身前，伸手探进它被打开的胸膛里，然后掏出了一个枪形的仪器。

"勒是啥子？"我问。

"EMP。"姐姐面露喜色，"电磁脉冲武器，一旦发动，所有的电子设备都会失灵。"

"啷个会在勒点？"

　　"陆先生肯定知道会有追兵过来，所以在这里设下了埋伏。一旦公司的追兵来到这里，就会触发EMP。"姐姐又从小年体内掏出一个GPS信号发射器，它有节奏地闪着莹莹蓝光，"这是当时在Drone上陆先生插进去的磁卡，应该是当作诱饵，粗略地仿制了陆先生的定位信息。只可惜公司新型哨兵的识别能力提升了，忽略了这个埋伏，直奔陆先生而去。"

　　"你是嘟个晓得的？"

　　"我不晓得啊。"姐姐笑着，"我只是相信陆先生神机妙算，总会直接或间接给我们留下点儿有用的东西。果然，陆先生从不让咱们失望。"

　　"那接下来嘟个办？我们要潜入江北中心吗？"我有些惴惴不安，"就我们俩？手无寸铁？"

　　"你不能去。"

　　"嘟个不能去？姐姐不要小瞧我嘛！"我一下急了起来。

　　"那里很危险的！"姐姐一脸严肃。

　　"那这里就不危险了唠？"我一下拉住她的手，"你把我丢在勒里我才害怕哦！"

　　文景姐看上去无所顾忌，其实心里也没底。江北中心的确凶险，但仍有哨兵追击在后，而且它们已经捕获了我的影像，把我带在身边其实她更放心。

　　"那好吧，但你必须听我的！"她按住我的肩膀，认真地说道。

　　"要得！我们要准备啥子？"

　　"没时间准备。不过我曾是安保队长，对于那里的安保系统了如指掌。"文景姐突然换成一副轻松的样子，"更何况我们还有

EMP！"

"你会带我从系统的漏洞入侵吗？"我感觉浑身的血都热了起来，起了一身鸡皮疙瘩。

"我会带你爬下水管道！"文景姐也是一脸斗志昂扬。

5

姐姐拿起了放在腿上的大盒子，转过头来递给我，"喏，给你的新年礼物。"

我有些诧异地接过来，那是一个硬纸盒子，入手挺沉，"怎么忽然想起来给我准备新年礼物了？很反常啊。"

姐姐皱起鼻子佯怒道："你什么意思，姐姐对你不好吗？快，低头把耳朵给我拧拧！"

我笑嘻嘻地低下头，"姐姐对我当然好啦，没有姐姐我早就死掉了。可这二十年来你也从没给我准备过新年礼物啊。"

姐姐倒没有真的拧我耳朵，只是轻轻点了点我的鼻尖，"相信我，这可是你梦寐以求的礼物。"

梦寐以求？以我现在的身份，能称得上是"梦寐以求"的东西还真不多，至少我一时间想不到。我半信半疑地拆开包装，打开盒子，然后愣在了当场。盒子打开的一瞬间，扑面而来的是浓郁的水土腥气杂糅着铁锈的甜腥味，里面静静躺着我的小新，那款老爷爷亲手修好的机器人。小新的躯体锈蚀得很厉害，拿出来的时候伴随着铁锈簌簌掉落。它下半身的外壳完全剥离,只剩下没有胶皮的电线和液压管跟锈涩的轴承纠结在一起。暗绿的苔藓和水草从它身体的每一处缝隙里溢了出来,这具熄灭了二十年的老式家用机器人里长出了崭新的生命。

"姐姐,你是从哪儿找到它的? 它不是丢了二十年了吗?"我惊叹。

"姐姐厉害吧?"姐姐露出与她年纪不符的娇笑,像是在邀功,"这些年里我一直雇人在嘉陵江里打捞它,最后在一堆哨兵里找到了它。要不是这样,以它这么小的个头,早就被江水冲到下游去了。"

我轻轻抚摸着小新斑驳的躯壳,真没想到二十年后我还有机会找到它,对我来说,这真是最好的新年礼物了。毕竟除了目视镜外,小新是你给过我的唯一东西了。你的东西对我来说无比珍贵,要不是迫不得已,我也不想弄丢小新。

毕竟当时,我都已经自身难保了。

当时,我跟着文景姐,避开了哨兵巡查的密集区,一路来到了嘉陵江边。

"还是飞过切?"我问。

"小新还坚持得住吗?"文景看向我。刚刚小新已经拽着我们俩飞过了渝中岛前的长江支流,实在不敢保证飞行器还有足够的动力带我们飞过更宽阔的嘉陵江。

"不晓得。"

"这个时候也只能一试了。"文景姐说着抱起我,背上小新便启动了飞行系统。我们贴着江面低空滑翔着,一路划破了江面上凝固的夜色。眼看就要抵达对岸了,巨大的江北中心忽然亮了起来,建筑外立面的泛光照明浮现出张丛原倨傲的姿态。

我跟文景姐都同时暗骂一声,紧接着就听到从四面八方传来的蜂鸣,上百台飞行哨兵如蝗虫般将我们包围。我心想完了,一台哨兵就已经够麻烦的了,这老家伙居然这么大方地叫来了上百台。虽然哨兵的初始程序里规定它们无法直接杀人,但这时候只要让我们受伤,然后掉进江水里,保准没命。

"文景姐,你不是说你对安保系统了如指掌的嘛。"我哭喊道。

"给老娘闭嘴!抱紧我!"

我忙伸出双手双脚像考拉一样紧紧缠住了她。文景姐得隙腾出双手,掏出腰后的双枪便是一番扫射。我挂在文景姐身上,被枪支频繁的后坐力震得像个上了发条的铁皮青蛙。弹雨逼退了几台靠近的哨兵,但几乎伤不到它们分毫。

忽然,周围的哨兵向后退开一圈,我还没来得及高兴,就听到一连串机栝运作的"咔嗒"声。哨兵们身上射出无数点鱼鳞般的银光,我勉强能看到每点银光之间流淌出若隐若现的丝线向我们拢来。

"不好,是'天罗'。"姐姐的声音里透着一股寒气,"哨兵队的抓捕网。"

我打了个激灵,这丝线这么细,收拢起来可以毫无滞涩地割破我们的皮肤甚至肌肉。江上的风大了起来,我刚喊出口"啷个办!"就被吹散了。

"没办法了,"姐姐低吼一声,"屏住呼吸!"

我一下子脑筋没转过弯来,"啥?"

"屏气!"文景姐一声大喊,紧接着我背上就是一空。

　　我放弃思考，深吸一口气屏住。下一秒我就感到一阵失重，跟文景姐一起向下坠落。周围上百台哨兵同时失去了动力，坠入滔滔江水中。落水前的一瞬，我看到江北中心大楼上张丛原的投影扑闪了几下，熄灭了，像是被掐断了电源。

　　原来文景姐在危急关头拿下了我背上的EMP，屏蔽了所有的电子设备，包括抱着我们飞行的小新。水流湍急，文景姐拉着我向前游去。水流被我的目视镜阻隔在外，能看到姐姐曼妙的身姿在水中游弋，像一条柔美的人鱼。

　　我很快熟悉了水势，手脚并用地向前游去，减轻了姐姐的负担。

　　老爷爷，我没骗你吧？我的水性真的很好。

　　我跟着姐姐游向岸边，刚换上一口气，就被文景姐拽着向下潜去。继续游了几米，前面的岩石上出现了扑朔的光圈，水下隐约的光亮都来源于此。游近一看，才发现那是精钢铸成的巨大水轮机——这就是姐姐说要爬的下水道。

　　向前，水流开始形成一个漩涡汇入水轮机中，机械运作如雷鸣般轰响。数层锋利的精钢桨叶高速旋转，不断切碎浑浊的水体和水草等漂浮物。我们的身体忽然不受控制，被水体裹挟着绞向水轮机——这个该死的排水口现在居然在吸水！

　　我又觉得自己要死了，而且死法还颇为凄惨。但紧接着我就看见文景姐纤细的腰肢一拧，用力扬起右手。我眯起眼睛看去，原来姐姐的手里攥着极细的丝线，隐约反射着水下昏暗的光。丝线的另一端串着数十台哨兵，虽然它们及时松开了天罗，但数量太多，还是有些彼此纠缠在了一起，在姐姐用力地拉扯下率先进入了漩涡的虹吸范围，飞速卷向水轮机。

那一串哨兵很快就被卷入桨叶里，桨叶固然锋利，但哨兵的合金装甲同样坚硬。哨兵群顺着水流涌入水轮机中，水轮机的几层螺旋桨是错频旋转的，这样才能形成无缝隙的切割过滤面。受挤压变形的哨兵很快就绞了进去，卡在层层桨叶之间，水轮机硬生生地被逼停了。

姐姐游过来抱住我，顺着水流钻进了水轮机的间隙。我被管道里的水压拉扯着，感觉自己像进了一个巨大的抽水马桶。

6

醒来的时候，我已经躺在了地面上。姐姐正在一旁包扎手掌，即使戴着手套，她的手还是被天罗割破了。我坐起身，看到旁边是一个巨大的水池，水面上零星漂着几台哨兵的残躯。看来我们被水流吸到了这个集水井里，姐姐带着我爬出了水面。

"这是江北中心的下水管道吗？"我吐出一口浑浊的水，抬头望着看不到尽头的巨大管井。巨型的机械臂清理着管道中的泥沙和残污，清洁机器人沿着管壁上的凹槽滑动，收集着一些细小的漂浮物。也正是这些小型机器人带来的光照亮了整个下水道。

"好大哦。"我说。

"江北中心的下水道跟整个城市的下水道相连，公司占据了其中一个入江排水口。"姐姐揉着自己的肩头，刚刚水下的那次剧烈发力几乎让她脱臼。

"明明是排水口，啷个会开始吸水了欸？"我想起在水下噩梦一样的经历。

"整个江北中心的巨大能耗只有压水反应堆才能提供，核能转化为电能都是需要水作为介质的。"

"就是……"我想了想，"烧水？"

"对，就是烧水。"姐姐咯咯地笑着，湿漉漉的头发黏在她的脸上，她笑得可真好看。姐姐又继续说，"更何况还需要水来作为中子慢化剂，反应炉跟超级计算机的冷却也需要大量的水。这一系列过程中蒸发掉的水量很大，需要定时补充。公司每个月都会从嘉陵江里抽取一次活水，我们正好赶上了。"

"要排水，又要抽水，莫法囤起来用吗？"我想起了那道一边放水一边排水的数学题。

"孩子话，需要用水跟需要排水的时候能是一样的吗？这么多水搁哪儿啊？反正就靠着江，随用随取呗。"文景姐伸手点了一下我的鼻尖。

"我本来斗是娃儿嘛。"我吐了吐舌头。

"好啦好啦，你是孩子。"文景姐说着朝我眨了眨眼睛，"怎么样，刚刚姐姐厉不厉害？"

"好霸道哦。"我想了想，"可姐姐你啷个晓得我们会被哨兵围攻呢，还晓得借用哨兵卡住螺旋桨？"

"我不知道啊，我本来是打算用EMP停止水轮机的，但没想到遭遇了哨兵，被迫先用了。EMP可以蓄能，但是到下一次使用还需要很久，我只能急中生智喽，谁让那群傻东西自己串在一起了呢。"

"哇，姐姐你可真棒！"

文景姐笑着摸了摸我的脑袋，"小冬啊，你不只要相信陆老爷爷，也要相信姐姐我呀。"

"下面做啥子？开始爬下水道吗？"

"休息好了吗？休息好了就起来吧。"文景姐伸出手。

我拉着文景姐的手起身，背上了放在地上的EMP。这时我才注意到，自己昏迷过去的那段时间里，文景姐已经从哨兵身上卸下了所有能用的枪械和武器，武装了全身。哨兵的设计很特别，同我的目视镜一样，它们身上几乎每一个有功能的设备都能被拆卸下来单独使用。我跟着姐姐爬上了混凝土管壁上的水手梯，小而不断的水流落下来，淋着我们。文景姐一边攀爬，一边还时不时地抬手点射，打落我们周围的清洁机器人。

"这些机器人的清理线路是预设好的，一旦周围忽然出现影响它们行程的东西——比如我们，信息就会传到监控中心。"姐姐说。

"然后喃？"

"然后，就会有大家伙过来了。"她话音刚落，我们就听到管井上方传来了机械撞击的声音和异样的"嗡嗡"声。仰起头，虽然能看到的只有管井顶部的无尽黑暗，但是毫无疑问，有什么东西过来了。

"说来就来！是Spider！"姐姐加快了爬行的速度。我紧跟着文景姐，只听得上方的"嗡嗡"声越来越大，而且靠近得越来越快。

"上面！"文景姐发现了水手梯上方的涵洞，一个翻身滑了进去，伸手把我也拉了上来。这是一条排水廊道，底部有一些积水，但不影响我们前进。文景姐拉着我的手跑了起来，她说Spider是一款大型修理机器人，因形似蜘蛛而得名。它们是装备精良的管道清道夫，游走在各种水电管井中负责维修设备。Spider在管道内移动的速度非常快，而且转向灵活、神出鬼没，在这种封闭空间里它们比哨兵还要难缠。

"说好的修理型机器人喃！"我大喊。

"修理我们啊，也没什么问题。"文景姐显然已经意识到我的小短腿拖累了她的步伐，索性拎起我扛在了肩上。

"姐姐……你……顶到我……我的肺喽……"颠簸中，我被她身上的枪械硌得七荤八素。

"给我闭嘴！"文景姐火气很旺。

我闭上了眼睛，刚刚还和蔼可亲呢……

突然，背后空气一室，Spider已经爬进廊道里了！我睁开眼，看到一团黑影堵住洞口，紧接着黑暗中亮起了无数红色的眼睛。

"它们来喽！"我哭喊。

"没事儿，我有分寸，你别尿了就行。"文景姐说着转进了一个廊道的分支。这时她已经跑进了完全的黑暗里，但她反而冷静下来，在逼仄的空间里驾轻就熟地左拐右拐，显然是对这个庞大的地下网络了如指掌。

文景姐跑着，Spider的脚步声越来越远，渐渐听不到了。我安下心来，看来她没有骗我，果然是深谙安保系统的好手。

"妈的！"文景姐忽然站定，我在急刹中飞了出去，又被她凌空抓住，随手提在身侧。

"我迷路了，地下水道的结构在改变。"她说。

"啥子哟?！"我手舞足蹈地骂道。

"我从来没听说过这些管道是可以移动的，但现在看来真的是这样。"

"那啷个办欸？"这时候那些远去的"嗡嗡"声好像又清晰起来，而且变得更加密集，似乎从四面八方压了过来。

"我也不知道。"文景姐又把我扛回肩膀上，双手拔出枪械攥紧。

"我……我好像晓得。"我眼前忽然一亮，目视镜上由深浅两种蓝色勾勒出了整个地下排水网络的三维模型，一条红色的路线穿行其中，在曲折中向上。红线的起始处有一个正在闪烁的红点，应该就是我们所在的地方。我不知道这条红线通向何方，但这目视镜是你给我的，它忽然亮了起来，似乎只有一种解释……

"你晓得？"文景姐吃了一惊。

我把我见到的讲给她听了，她沉思良久，说："就按这条路线走吧，你想到的那种可能几乎是不可能说得通的，但也没有别的办法了。"

"但如果勒个地图是张丛原发来诱骗我们的嗬？"我想到另一种可能。

"这的确是最合理的解释，要真是这样，那就只能主动出击了！反正被它们抓也是抓，自己送上门去反而痛快。"文景姐咬了咬牙，"快，小冬导航竭诚为我服务！"

在一片压抑的"嗡嗡"声中，我们循着导航奔跑着。视镜中红色的路线在不断变化，蓝色的管道也在时不时地重组。这种变动非常小，如果不是整体看真的发现不了。我产生了一种奇怪但清晰的感觉，如果这个地图真是张丛原发来诓骗我们的，地下管网实在没有必要一直改变了。

"小冬正在重新为您规划路线。"我看见目视镜里的路线再次改变，一本正经地讲起了普通话。

"路线又改了？管网结构又变动了？"文景姐很不耐烦。

"没有。"我看着毫无改变的蓝线。话音刚落，我就又听到窸窸窣窣的金属步伐从各个方向飘了过来，越来越清晰。

"我们被发现了！"文景姐显然也听到了，她加快脚步。我们按目视镜更新的路线行进，过了一会儿，那种令人烦躁的窸窣声又远去了。

"看来路线修改是为了避开它们。"话说到这里，我忽然心下一跳。

文景姐显然也想到了这一点，"现在可以肯定这个地图不是张丛原发过来的了，不然他可真是太无聊了。"

说话间，我们已经按着路线转过了好几个弯，避开了几次Spider的围剿，周围的环境也渐渐变得干燥起来。

"既然不是张丛原发的，那就是……"我喜形于色。

文景姐很快打断了我，"别高兴得太早，我们的位置已经暴露了。现在我们还躲得开是因为它们还没有形成包围圈，但也快了。"

话还没讲完，文景姐已经举起了右手的枪。紧接着就是一阵尖锐细碎的蜂鸣，右侧的黑暗里忽然跃出一簇发着红光的眼睛，浓烈的机油味扑面而来。她的枪口立刻射出明亮的火焰，将那只Spider钉死在墙角。

这只是个开始，大量Spider从黑暗的角落里不断地冲出来，突袭变得越来越密集，姐姐打空了好几把枪，随手丢弃。我们都不作声，在黑暗的甬道里，能依赖的只有听力。我明显感到姐姐出了一身汗。

无数红色的眼睛出现在前方，文景姐忙刹住脚步。下一秒，红眼们从四面八方冲了出来，将我们围在中间，包围圈在刹那间完成。

文景姐深吸了一口气，从肩上抓起我缓缓地放下，站直，拔出一根冷焰火擦亮，轻轻地抛出。条状的冷光源在空中翻转，映亮了周围的空间。我们借着光看清了拥挤在巷道里、挂满在管线上的Spider，它们一拥而上。文景姐有意识地朝一个方向集中火力，打空两把枪后，逐渐清空出一处墙角。枪战中，冷焰火一次次地掉落下来，又一次次被踢向半空。

但这一次，文景姐把焰火踢向了我。

"抓住它，靠到墙角去！"她大喊。

我颤颤巍巍地接在手里，跑向那个安全的角落，文景姐也靠了过来。不得不说，姐姐在临战时的急智是超群的，不到一分钟，她就解除了腹背受敌的窘境。润滑油箱或油泵中枪的Spider们燃烧了起来，火光照亮了整个廊道，更加触目惊心。廊道被密密麻麻的机器人挤满了，根本看不到边际。

文景姐打空了身上所有的枪，Spider立刻扑了上来，靠火力压制勉强维持的扇形防线瞬间瓦解。文景姐把最后两支枪甩在眼前一只Spider的"脸"上，抽出绑在后腰的两根银色短棍。我这才看清那是两根哨兵的胫骨，姐姐不但把哨兵装备的枪械打包带走，还把人家的腿也给撅了！她抄起钢骨就朝蜘蛛的关节砸。构成哨兵躯体的合金强度极高，不是这群做修理用的清道夫可以相比的。柱状的金属骨骼很适合这种钢铁相交的战斗，不会因为剧烈的碰撞而卷刃甚至崩口。看来姐姐在一开始就考虑到兵刃相见的情况。

源源不断的Spider如潮水般涌上，姐姐的身上和脸上被偶尔凑近的钢爪或迸溅的碎片带出了一道道口子。更要命的是，姐姐换气的间隙变得越来越短，显然漫长的战斗已经透支了她的体力。她手中的钢骨也不堪重负,毕竟不是被设计来当武器用的,这时已经磕出了无数细小的缺口,被砸到变形。

终于,两根钢骨同时崩断,姐姐也单膝跪地,大口地喘气。武器断掉的瞬间,她紧绷的神经也断开了。其实姐姐早已耗尽了体力,只是靠毅力强撑着。眼看这群令人作呕的机器人就要扑到姐姐身上,我哭喊着跳了出来,拔出背上的EMP往前一送。

跃到半空中的Spider掉了下来,周围的大部队也都瘫痪了。在这条机械长河中,如同一石激起了千层浪,涟漪所到之处,红色的眼睛都熄灭下去。

姐姐震惊地回头看着我,却因为喘气说不出话。廊道又暗了下来,被丢在一边的冷焰火扑闪着,照亮了我布满泪水和汗水的脸。我跟姐姐茫然地对视着,谁都不知道发生了什么。

好一会儿,文景姐才缓过气来,问:"你启动了EMP?"

"我……我没有哦。"我说得断断续续,"EMP的能量还没充满的嘛。"

我跟姐姐面面相觑,都想到了同一个可能。

目视镜又再次亮了起来,里面浮现出一个慈祥的笑脸。

你对我说:"小冬,好久不见。"

7

"我们一厢情愿地去找陆先生的芯片,其实是错的。"文景姐说,

"陆先生的计划原本万无一失,唯一的漏洞反而是我们造成的。"

"那有什么办法呢?"我推着文景姐来到了解放碑,远远地看着碑前熙熙攘攘的人群,那都是真实的个体。随着Epoch被推翻,虚拟分身系统也受到了冲击。二十年来,人们也重新习惯了采用真实的身体去生活、去交际,不再是当初的"人鬼殊途"了。

又有几拨跨年的人群从我身后的街角走出来,好多都端着吃食,有酸辣粉、糍粑、冰粉,也有锅盔。我甚至能闻到他们手中飘来的酸辣和甜香,在湿漉漉的空气中,显得尤为动人。这才是过年的感觉啊。

是你,把大家从缥缈的海市蜃楼拽回了满是烟火气的人间,这才是人间。

"不过还好,虽然计划没能执行到最后,但老爷爷的心愿也算是完成了。"

轮椅上的文景姐点点头,没有说话。

新年的钟声即将敲响,夜空已经被绚烂的电子烟火布满。远处的人群喧闹而欢快,他们都抬起头,我知道,他们在等待你。

从那一天起,每一年春节都会有一个老人的虚拟影像从空中跳下,为了庆贺新春,更为了纪念那个二十年前的老者,为了纪念你。

你的虚拟影像,是后人复原出的数据分身。由于本体已死,分身没有任何思维,只是一具全息投影罢了,落下之后,就会消失。就如那时在地下管网里,救了我们之后,你仅仅是在目视镜里打了个招呼,就不见了。可你的计划,远不该仅仅如此啊。

芯片被抢也是你计划中的一环,可惜我们后来才知道。

二十年前,Epoch集团准备把所有的城市系统统一到一个大体系之下，以数字货币为引子，控制整个城市的经济。

但你逐一破译了大量节点的数据库，并植入了自己的算法。你一逃离江北中心，这些算法就开始运转，公司的数字货币体系受到掣肘。公司不得不投入大量计算力来清除这些障碍，也因此暴露出了巨大的运算薄弱面。

你的分身从你出逃的那一刻起就被严密监控起来，后来也被注销掉了。但规则其实有一个漏洞，那就是除了人类之外，正规出厂的机器人也可以注册分身，比如哨兵。你在虚拟分身技术的基础上，设计出了加持卷积算法的电子脑，同步了自己的意识，并将其植入一台公司正式生产的机器人中，也为它注册了分身。它就成了你，它的分身一直隐藏在公司系统的内部，等待时机。

既然我们能在饭馆里看到新闻报道，就说明公司的行为已经暴露了。克隆人类是严重违法行为，这种极其负面的消息被报道出来，公司想掩盖，就得花费更多的精力。相关部门正式介入调查，再加上暴露出巨大的运算薄弱面，公司的系统对你来说门户大开。

那五分钟的倒计时，是电子脑的分身融入系统的进程。当公司开始利用系统解码你的芯片时，隐藏在系统中的电子脑分身便会接收到芯片所有的数据，成为真正的、你的意识。与此同时，你预先准备好的远程服务器也利用数字货币体系的去中心化，进行庞大的运算博弈，门户大开的系统不是你的对手。从江北中心上张丛原的影像被强行中断，到给目视镜传送整个地下管网的地图导航，都是系统博弈的结果。

可正是因为电子脑的分身同步了你的芯片，你的意识中有了关于我跟文景姐的记忆，你选择救我们。

我们想去追回你的芯片，反倒给原本天衣无缝的计划带来了一丝裂痕。

十二台哨兵原来的使命是在各处游走，干扰公司的注意。可为了救我们，其中的一部分又折返了回来。你唯一没有料到的是公司派遣了新款哨兵，两败俱伤之后仍有一台追上了我。

这还不是症结所在，当你的意识终于连接上我的目视镜时，我们已经潜入了江北中心的地下管网，陷入了 Spider 的围剿之中。你不得不分出计算力来营救我们，这使得公司的系统有机会反扑。最终，你熄灭了公司所有能够自由活动的机器人，但代价就是被系统彻底绞杀。思维矩阵崩溃，你的意识破碎成一段段残缺的代码，散落在系统中，浮浮沉沉二十年。

"是我杀了陆先生。我跟你说要相信他，可自己都没有做到。"文景姐不知何时又点起了烟，"如果我们真的相信他，就不该去做那些多余的事。"

"别胡说。"我一把抢过她手中的烟掐了。我当然知道，文景姐一度染上很重的烟瘾，真正原因并不是神经感染导致的下半身瘫痪，而是获悉事实后觉得是她杀了你，是她害得你计划失败。虽然 Epoch 最终还是受到了制裁，但是你好不容易在系统中重生的意识，却为了救我们而湮灭。当初是她提出要找回你的芯片，这二十年来她一直归咎于己，为此苛责自己。

"如果陆先生的计划真的完成了，我们的生活肯定会更好吧？"姐姐没有回头，只是淡淡地问我。

这个问题她问了我很多遍，但没有人能回答啊。你的意识破碎之后，公司的系统也受到重创。相关部门的调查因此得以深入，发现了 Epoch 集团这么多年来一直用公共服务和基础建设的名头遮掩着腌臢的行径，光鲜健全的公共运营策略之下，是计划长远的阴谋。公司因此被取缔，张丛原入狱。经过二十年的整改，公司阴谋导致的资源倾斜已经得到了恢复。难得地，人们也渐渐找到了科学技术、城市运营与生活气息之间的平衡，城市面貌焕然一新，被科技发展推着前行的人们终于找回了失去已久的烟火气。但谁都会觉得生活还能更好，我们也不例外。

"机器人最大的优点就是可以自我复制，这个道理我都懂，老爷爷会不懂吗？"我岔开了话题，"姐姐，你说老爷爷会不会还有后手？他这么算无遗策的人，真的会没有备选方案吗？"

还没等姐姐回答，新年的钟声就敲响了。漫天烟火之中，你的影像从天而降，落入人群之中。人群响起了震天的欢呼和呐喊，他们手中彩色的氢气球在同一时刻被放开，旋转着升空，让我想起了那年壮观的孔明灯。

我蹲下身，贴在姐姐的耳边说："新年快乐。"

"新年快乐。"姐姐说。

我们看着你的影像从空中落下，不知不觉间眼角还是有了泪。

老爷爷，我们真的好想你啊。

姐姐怀中的小新忽然亮了起来，锈蚀的喉头颤动了几下，能听到铁屑窸窸窣窣掉落的声音。短暂的嘶嘶声过后，它开口了，电流的爆破音很响，像一小束一小束的烟花在它小小的身躯里绽放。但我们还是听到在电子噪音之下，有一个苍老的嗓音在低声哼唱：

"新年好呀，新年好呀，祝贺大家新年好！

"我们唱歌，我们跳舞，祝贺大家新年好！"

　　我跟文景姐猛地回头看向彼此,都在对方的眼睛里看到了无以复加的震惊。

　　那是你的声音!

2019.7

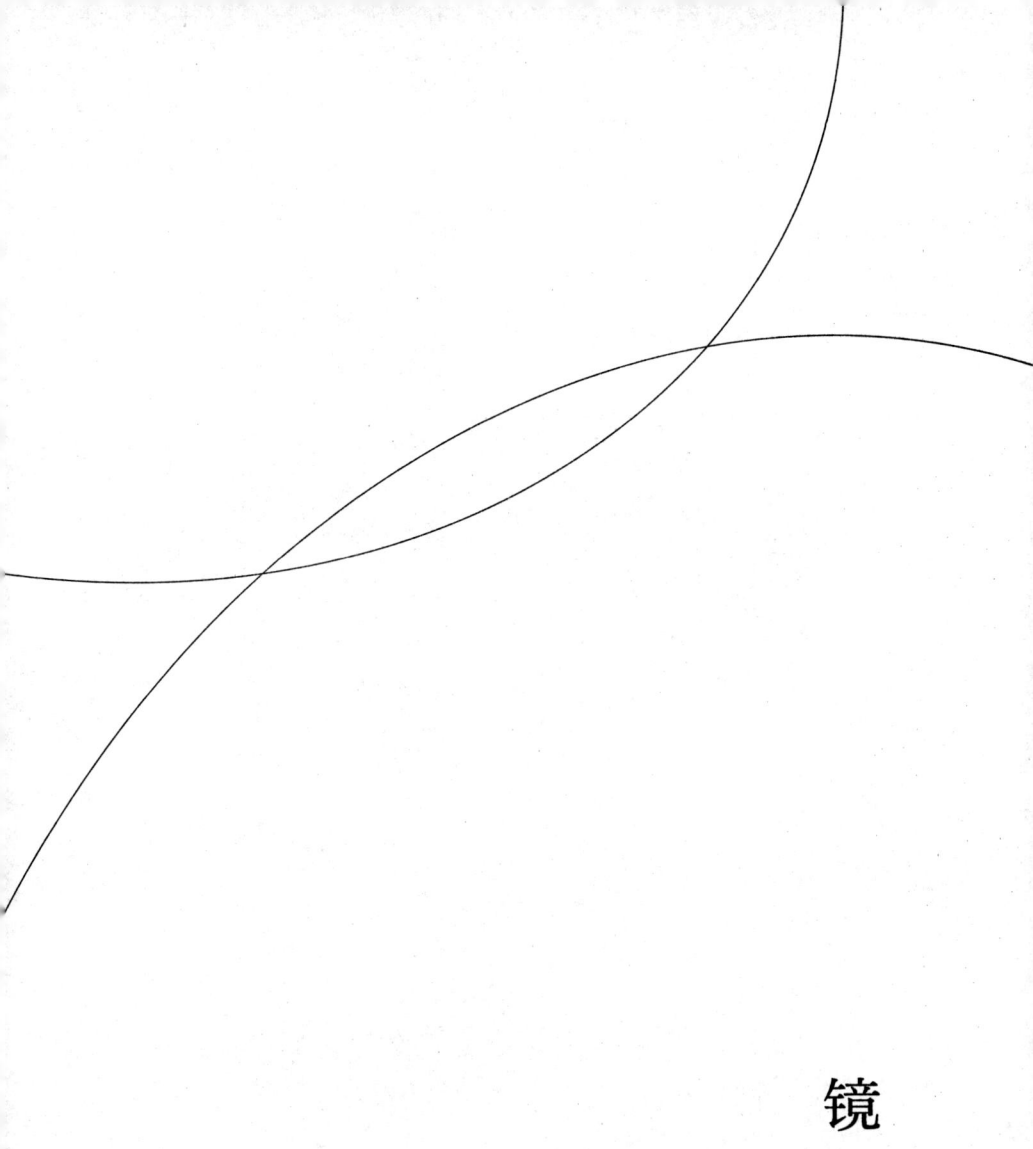

镜

1

"目标已进入射程范围内，坐标（0，47，167）已锁定，请指示。"我压低声音说完，反复琢磨着瞄准镜里那个背影，那人的左脚似乎不太便利，总觉得背影有点儿眼熟。我抬起头，透过外围的特殊介质看向远处漂浮在水体之上的神秘城市——克莱因城，那是一个规则之外的领域。

很快，眼前便浮现出组织下达的明确指示："准许射击。"

"收到。"我扣下扳机的一瞬，镜头中忽然闪现出另一个人的背影，他挡住了我的狙击对象，紧接着就被子弹击中，倒在地上。而我要狙击的那个家伙，也从瞄准镜中彻底消失。

"见鬼！"我骂了一声。抬起头，却发现随着我扣下扳机，一切都发生了变化——建筑开始变形，视野中的透视关系像被吹大的肥皂泡，垂直于地面的线条都向外膨胀弯曲，眼前的画面宛如一幅广角镜头拍成的照片。

　　我立马反应过来，是包裹着城市的那层隔离介质产生了形变，像凸透镜一样扭曲了成像。也得益于视角的变化，城市的更多细节呈现在我眼前。我看到城市的屋顶上一个个巨大的金属球缓缓地滚动着，正是这些按一定频率转动的大铁球控制着城市外特殊介质的性质和形状的变化，保护着这座城市。我在隐蔽点观察这座城市很久了，在这期间，外围的介质就曾出现过一次全反射。介质变成一面镜子反射出城外的一切，相对的，整个城市都被隐藏起来。幸好后来全反射的状态解除，否则别说锁定狙击对象，我连城市都看不到。

　　我琢磨着为什么之前没能发现这挡枪的倒霉孩子也在房间里，这个房间是个完全对称的纯蓝色空间，按理说一个人在这样的房间里应该很容易被发现才对。说来也巧，（0,47,167）这个坐标，在RGB色系中与之对应的就是著名的克莱因蓝，被称为最蓝的蓝色。

　　突然，狙击对象又一次出现在了我的视野里，他从原先藏身的房间中一瘸一拐地跑上楼顶，好像准备逃跑。我骂了一声娘，正要再次锁定他，但城市外的介质还在变化，介质之外的我根本无法捕捉他的准确位置。我把心一横，冒险进入了介质之中。

　　介质是一团油性的液体，有着足够的浮力让我在其中游动。我不敢回头去看自己的身体，因为我知道自己已经进入了这座城市"所见即所得"的领域中，一旦看到了流体波澜里被扭曲了身体的"像"，我的身体也会被真正扭曲。我边游边在心里埋怨不靠谱的组长，成天就知道喝酒，昨晚给我的这个任务居然只有狙击坐标，连对方的具体信息都没有。

　　我穿过介质，踏上了这座屹立在水面之上的城市，这里灯火通明、人群熙攘。我身上很干净，油性介质居然没有一丝残留，这让我很惊讶。但更让我惊讶的是，在这个号称"所见即所得"的城市之中，人们能做到的，也只有"所见"——在这里能起作用的只有视觉，其他一切感官都被剥夺，周遭的一切犹如默片。

　　或许正因为这里只有视觉，所以看到的信息就是一切了。

　　我环视了一下四周，眼见楼顶人影闪动，想来那就是我的狙击对象。但奇怪的是他好像又不瘸了，腿脚很利索，一溜烟跑进了降落下来的飞行器里。我连忙抬手举枪，飞行器就起飞消失在视线中。动力系统启动时喷射出大量灼热的气体，似乎烧焦了大片楼顶。

　　"该死！"我知道没办法击杀他了。但我很快安慰自己，我得到的指令只不过是一个时间点的狙击坐标，并没有明确说是谁。也许我狙击到了那个忽然出现在坐标里的背影，已经算是完成了任务。

　　这时，我产生了一种异样的感觉，背后好像有人！我猛然回头，却没看到任何人。可这种被注视的感觉一直笼罩着我，不但挥之不去，甚至愈发明显起来。我起了一身冷汗，只觉得此地不宜久留。而且不管怎么样，都只能先回基地再说，因为在介质之内的我收不到任何指令和信息。

2

　　基地却是空无一人，这个时间点，不应该啊。

大厅里的显示屏忽然跳出一则任务指令：

任务城市：克莱因城。

刺杀坐标：（0，47，–167）。

我眉头一跳，这是我昨晚收到的那则任务！难道说我的任务确实失败了，要重新执行？但我立刻注意到，任务内容下方标注的时间，竟然也是昨天晚上！我感到隐隐的不安，组织下派的任务一旦失败就不再重复，即使有二次执行任务的机会，也会重新安排一次，绝无可能沿用上一次的下达时间。

除非——系统故障，同一个任务发送了两遍？又或者……我不敢去想剩下那个可能，太怪力乱神了。我思考着这个问题，同时走遍了整个基地，还是一个人都没有，除了不知为何多出的许多水迹。

再次回到显示屏前时，我终于察觉到坐标的第三位多了一个负号，仔细看了看，那个负号居然是用记号笔写在屏幕上的！到底是谁加了这个负号？基地里又到底发生了什么？

负号加在了第三位竖坐标上，那新坐标所指的对象，难道在水下？

众所周知克莱因城这座神奇的城市是漂浮在水面之上的，水下还有什么吗？只有倒影吧。

想起倒影，我心里咯噔一下，"所见即所得"这条超出常识的规则再次浮上心头，我不由得感到一阵不安。我捡起地面上残留的水渍，摸出了熟悉的滑腻感，水中掺杂着不会在身体上留下任何痕迹的油性介质。

我惧从心起。

基地的大门忽然打开，喝得有些醉醺醺的组长回来了。他眯起仅剩的一只左眼看了看我，又看了看屏幕上显示的指令，歪嘴一笑，"哟，你已经看到啦。那就不用我传达了，照任务执行就是了。"说完他便打了个满是酒气的饱嗝，摸了摸光秃秃的下巴，转身走开了。离开时，咧开的嘴角还在上扬。

年过四旬的组长已是大腹便便，但奇怪的是脸上却没有赘肉，连胡茬儿都没有，乍一看还很年轻，仿佛身体的发福进程跟脸部脱了节。但由于饮酒过量，这年轻脸庞上的肌肉难免有点僵。

见鬼！直到此时此刻我才意识到，无论是我先来到基地看到了任务指令，还是喝酒回来的组长如此不负责任地传达指令，都与昨晚如出一辙！

时间真的倒退了？

组织的命令是由不得耽搁的，即使一头雾水，我还是收拾好装备再一次前往那座水中城市。当然这一次我留了个心，因为我总有一种不好的预感盘桓在心头，所以我提前给基地的飞行器设置了一道命令，十二小时后会自动飞向克莱因城，接我出来。飞行器搭载着我的私人权限，只有我的虹膜能解锁。

这次的坐标在水下，我没办法像之前那样从城市之外寻找狙击点。虽然不太擅长近身战，但我还是硬着头皮穿过了那层油状介质。几乎就是在进入介质的一瞬，我恍惚间好像抓住了一些线索。透镜对光线有扭曲作用，那么在"所见即所得"的领域中，光是不是代表了一切呢？如果光代表一切的推论正确，那么产生了形变的介质也能够扭曲时间？

这个想法真是太荒谬了！我都被自己的想法逗笑了。正想着，周围的介质再一次产生了变化，我紧盯着眼前渐渐变形的城市，加速游动起来。我知道，当周围介质变化到临界状态时，光会出现全反射，城市里的一切都会被介质包裹在内，光和信息无法到达外界哪怕一丝一毫。到那时候，整个城市便会从世界上消失。

这介质一如神话里常年笼罩海中仙岛的雾气，每隔数十年雾气散开，仙岛才会现于世间。

我穿过介质，再次来到默片般的城市中，抬头仰望着狙击对象逃离的楼顶，那里空空如也，连被飞行器烧焦的痕迹都没有，仿佛什么都没有发生过。稍稍熟悉了一下只有视觉的世界，我便寻找路径向城市的底部走去。穿梭在稀疏的人流之间，一路上我的精神一直紧绷着，不住地四处张望。因为没有了嗅觉和听觉，即使有人从身后接近也无法察觉，这一点使得我异常紧张和不安。

周遭一片死寂，内心的焦虑却愈来愈盛。正当我再也无法忍受这震耳欲聋的寂静时，一个诡异的身影从我身旁掠过——那是一个纯白的人影！几乎就是同一时刻，内心里一个声音呐喊着，叫我追上他，潜意识的力量驱使着我拼命追赶。

我追着那个白色的身影拐过了一个个街角，但总是差上那么几步。虽然始终无法赶上他，但随着距离的拉近，我渐渐反应过来，其实他并不是白色，只是他对于我来说太过耀眼。他的身体表面反射了周围所有的光和信息，没有什么能在他的表面停留。好像他的全身也包裹着城市外围的那层介质，时刻处于全反射的状态，近似于理想化物质中的"绝对白体"。

他似乎知道我的需求，一路带着我来到了城市的底部，我根本无法想象这样一座庞大的城市居然只靠着一根根柱子支撑矗立在水面上。我向水底深深地望下去，希望看清一根根承重的柱子到底是打在怎样的地基之上。可我能看到的，只是水面倒映出的另一座城市。

白体停住脚步的时候，他的周身巨细靡遗地反射出了水面上下两座城市的影像。无数细节顺着他身体的轮廓和纹理呈现在我眼中。仅仅是看着他出了一会儿神，下一秒他便出现在了我的身边。我条件反射地想抓住他，但刚一触碰他的表面便感觉到从未有过的寒冷，那是反射一切能量的物体所独有的冰冷，没有一丝热量能在他表面停留。他似乎有话想对我说，但这个世界里没有声音。只停顿了几秒，他便与我擦身而过，离开了这里。

身体的寒冷引发了心底的一阵寒意，"所见即所得"这五个字再次在我心底叫器，一个难以置信的想法在我大脑中炸开——难道水面中倒映出的城市，也是真实存在的？水面上下的建筑群，互成彼此的根基？

我站在与承重柱相连的横梁上，久久凝望着深深插入水中的柱子，凝望着水中的倒影，凝望着倒影中复杂的建筑构造，凝望着城市的每一个细节。终于，我注意到了水中那个茕茕孑立的自己。

他对我笑了笑。

凝视深渊过久，深渊将回以凝视。

我浑身的每个毛孔都炸开了！进入这座城市以来，我无时无刻不在提醒着自己警惕这个世界的特殊规则，甚至进入介质的时候都努力克制住了回头看的冲动。但这一次，我还是忘记了。

水中自己的一颦一笑都让我感到再熟悉不过，厌恶油然而生。从他的每一个毛孔中，我都能闻到扑面而来的怠惰、沮丧、贪婪、嫉妒、虚伪和丑陋,以及这一切完完全全呈现在面前带给我的无限恐惧。

我不能忍受他的存在。

我抬手就是一枪,但他动作比我更快,一枪击中了我的左腿。身为狙击手,他跟我一样对光线的折射有着近乎本能的反应:从水中射击水面上的对象时,应瞄准目标的下后方。但这里是"所见即所得"的世界,弹道与光路相同。他跟我犯了同样的经验性错误,我也因此捡回一命——他瞄准的其实是我的心脏。

腿部的剧痛一闪而逝,紧接着我就看到他的左腿受伤流血,而我的身体完好如初!他也吃惊不小,但很快便忍痛举枪对着我几个点射。我仓皇躲到柱子后面避开他的攻击,同时也看到自己手上的枪冒着烟,我猛然明白过来,他击中我的第一枪连接了本体与镜像,水面上下的我们竟然交换了身体!

镜中镜外,究竟哪个是幻象?

身后的枪声渐渐平息,我偷偷探出头,发现他早已消失不见,只在地面上留下了一摊血迹。被子弹激起的涟漪渐渐平复,水面又逐渐恢复到镜子一样的平静——镜子里倒映出的我正从柱子后偷偷探出脑袋!

巨大的恐惧直击我的后脑,我在惊恐中向上爬去——或是说向水底爬去。我不知道那一瞬间的倒影有没有再形成另一个"我",那个"我"甚至有可能越过水面追过来,但我根本不敢回头去确认,只有没命地逃离这个鬼地方。

3

回到城市表面之后，我平复了恐惧，开始琢磨着如何离开这个诡异的城市。

首先我得回到真实的世界，而不是像这样囿于水底。如果说倒影给我一枪可以连接实体与镜像，那么同理，我回到水底再对着自己的倒影开一枪，或许又可以回去了！

想到这里，我颇有几分欣喜，检查好枪械没有问题之后，便原路折返到城市底部。现在的我再也顾不上那个该死的狙击坐标了，不管在这水底我该击杀的究竟是个怎样的货色，我只想逃走。

我几乎是狂奔到了城市的底部，对着刚刚出现的倒影就开枪。我非常精确地射在左腿的相同位置，避免一切变量可能造成的误差。

倒影左腿中弹，半跪在地上。

然后什么都没有发生。

我一愣，随即发狠又开了一枪，击中他的脚踝，他吃痛地跌坐在地上。但我还是没有与他交换。情绪积压已久，我忽然崩溃，恶向胆边生地对他开了一枪又一枪，我看着倒影里身中数枪的自己痛得龇牙咧嘴，但这个世界由不得他发出哪怕一点儿声音。

枪里的子弹终于被我打空，千疮百孔的他跌入水里。我从崩溃到愤怒到麻木，最后一脸冷漠地看着另一个自己被我活生生打死。

兴许是绝处逢生，兴许是病急乱投医，看着浮尸随水流漂远，漂过一根根直插水中的巨柱，我想到了最直接也最粗暴的方法。看来我真是被这个鬼地方吓傻了，这么简单的方法我都没有想到。我顺着柱子向前爬去，柱子连通了水体的表里，连通镜像与实体。

再一次浮出水面的时候，我仰望着头顶上方的城市，那一刻我忽然陷入了莫大的迷茫中——我该怎么分辨哪个是实体，哪个是镜像？即使可以分辨出，这两者真的有区别吗？

一切有为法，如梦幻泡影如露亦如电。

我艰难地攀爬上柱子之间的横梁，在横梁间发现了些许血迹。大概终于回来了，我这样想着，松了一口气。有些疲惫地向地面以上缓缓走去。

回到地面以上，我第一眼看到的就是那个瘸着左腿的我在介质中游动，向外面的世界游去！我奔跑着，妄想追上他。奔跑中，我忽然觉得那个瘸着腿的背影如此熟悉。

我终于意识到，奔跑中不断后退的街景，是我曾在瞄准镜中见到过的。另一个我穿过介质的样子，一如光线穿过凸透镜射向外界。

在城市底部的枪战让我明白，看到的就是一切。另一个我顺着在凸透镜中的光路进入外界，射在了我最初的入射点之上，抵达了过去的时间。

而我，也在第一次进出介质的时候，回到了一天之前。

而他又会去往几天之前呢？我不得而知，但无疑是更早的时间点。

那个荒谬的想法是真的，这次我再也笑不出来了。

　　眼看着他进入了外界、消失在视野里，我这才跑到了城市边缘。可就在到达城市边际的那一瞬，包裹着城市外围的介质形成了全反射，四面八方的球形镜面反射出无数我的倒影！我终于明白，为什么现在街道上空无一人，因为他们都知道马上会出现全反射。全反射让城外的人无法发现城市的存在，但对于城里的人来说同样也是噩梦。

　　无数个我出现在眼前，绝望的我疯狂地嘶吼，却发不出任何声音。我歇斯底里地举枪射杀球形镜面中反射出来的自己，我不知道放任他们就这样离去会有怎样可怕的后果，但我根本不愿一试。一个个中枪的自己仰面惨叫着，却没有一点声音。无声的杀戮就这样开始，大量的鲜血涌入介质中，染红了城市外的一整个介质球。一些未中枪的自己也回身开枪自救，来自四面八方的枪弹将我笼罩，我慌忙找掩护躲藏。这时我忽然察觉，在这个无声无味的世界中待得太久，连我大脑中思考的声音都开始变得断断续续。我的手开始渐渐"白化"，变得能够反射周遭的影像——一如当初那个白体的人影。

　　无我相。

　　在这诡异到恐怖的场景中，我放下已经滚烫的枪管，转身就跑，毫无目的地，奢望能够逃离这个鬼地。幸好，剧烈运动带起的新陈代谢和热量冲淡了身体开始"白化"的趋势。

　　四面八方的镜面中，仅存的、未中枪的影像们也一同转身奔跑，却不知跑向何处。

　　无众生相。

4

耗尽了体力的我在重重高楼之间停步，这才发现自己的手臂被弹雨擦伤，正在流血，也渐渐感到疼痛。我只好撕下衣服的一角草草包扎。高大的建筑挡住了我看向外界的视线，也带给了我特殊的安全感。我终于回过神来，自己竟然无意中跑到了最初的狙击对象所在的那栋楼，坐标（0,47）。

这么一想，另一个我穿过介质的背影又再次浮现在我脑海中，我似乎抓住了什么线索，那是一种冥冥之中的感觉，但我自己都不愿相信。

要验证这个想法，我就必须到最初的那个地方去，坐标（0,47,167）。

我怀着忐忑的心情进入了大楼，穿过昏暗的玄关，穿过玄关里一道道暗红色的鸟居，前方是一片长长的镜廊！数十面镜子里，残留着上一个经过这里的人的倒影，他们被困在了有限的镜子空间中无所适从。

如果每个过客的影子都会被留在镜子里，那么为什么最终只剩了一个？

我一步一顿地经过这一个个镜子前，看着我的倒影成为镜子空间中新的到访者。在没有声音的世界里，他们无法交流，我看到镜子里的倒影有的相安无事,有的大打出手,有的甚至互相残杀。

走在镜廊中,我有些模糊地意识到,也许每被投影出一个新的我,都是自己的另一种可能。每一次倒影都近似一个平行世界,诠释着未来的各种不确定性。

我站在其中一面镜子前,一身的冷汗湿透了衣衫。镜子里瘫坐着一具遍体鳞伤的尸体,右眼上戴着简易的眼罩——那是年轻的组长!他的眼罩是随手撕下一截衣服绑成的,显然是在克莱因城里受伤后临时的应急处理。我念头急转,过了好一会儿才冷静下来。死在这里的应该只是组长的镜像而已,恐怕是多年前组长经过这里时留下的。但我很快意识到不对,在我之前,组织上从没有执行克莱因城任务的相关记录。但很显然组长是来过这里的,可为什么基地里的任务备案中没有与之相关的任何痕迹呢?退一步讲,组长明明已经来过这里,熟知了这座城市里诡异的一切,为何却对我只字不提?

隐隐地,我产生了一种极度不祥的感觉:当年组长来到这座城市,会不会遭遇了跟我一样的经历?所以他才只字不提,成天酗酒?我原本已有些清晰的脑海再一次浮现起飘忽的迷雾。

一边想着,我的脚步一边缓缓向前,自己的倒影也映入了这面镜子。倒影走到组长的尸体前,摘下沾着血迹的简易眼罩,戴在自己的右眼上,然后转过来对我露出了诡异的微笑。我悚然一惊,浑身的寒毛都炸了起来。不知道是不是我的错觉,戴上眼罩的自己,跟年轻的组长实在是太像了。

我惴惴不安地继续往前走,但很快又停下了步伐。脑袋里"嗡"的一声,一瞬间我几乎失去了思考的能力。镜廊尽头的一面镜子里,挂着我自己的尸体。镜中尸体的穿着与当下的我一般无二，连手臂上包扎的布料都完全一致——这里我来过？但我很快意识到没那么简单，连伤口都一模一样的话，似乎只有一种解释……

"嘀"的一声，我的思绪被打断，镜廊尽头的老式电梯停在了我这一层。随着"吱呀"一声，锈迹斑斑的电梯门打开了，映入眼帘的是一幅素描画，我隐约记得那是埃舍尔的《画手》：两只手各执一笔，互画彼此，互为表里。结合进来之后所经历的一切，看到这幅画后我竟有些不寒而栗。

眼看电梯门就要关上，我来不及多想，握了握已经被打空的枪，走进电梯里。电梯的两边是整面的镜子，两面相对的镜子互相反射，倒映出层层叠叠的无数影子，大大小小地向外无限延伸开去。

由于透视关系，最近处的人影尤为巨大，经过多次反射的影子越来越小，毫无还手之力，完全是人类和巨人的差距。看着大大小小的自己互相残杀，我竟也没太多恐惧和厌恶，只是觉得那些自己太过陌生。但细想来，这些年里我手上也没少沾人命，早就浸染了戾气。

陌生的自己处于陌生的境地，在从未遇到过的情境里做着从未想过的举动。

电梯终于到达了顶楼，门缓缓打开，外面是一条走廊。我顺着走廊向前走，前方有一扇虚掩着的门，我看到了那个熟悉的背影，他跷着脚在房间里踱步。我推开门，尽管知道这个世界没有声音，但我还是下意识蹑手蹑脚地向那个背影走去，同时偷偷地拔出了匕首。随着一步步地走近，眼前这个背影与游向外界的另一个我的背影渐渐重合起来。我终于明白，之前我不愿承认的那个想法的确是真的。职业杀手素质的驱使下，我放慢了呼吸，将心率降到最低，身体也随之抑制不住地"白化"起来。"白化"之后的表面反射出这间屋子里妖冶的蓝色，我知道此刻的我已与房间融为一体，很难被发觉。

思考的声音越来越难以捉摸，没有语言思绪，我快要丧失逻辑思考的能力了。我终于来到他身后时，虽然没有声音，但他还是像知道我的存在一样，拖着伤瘸的左腿转过身来——他就是我，年长的我。

他手上拿着一台计时器，"3——2——1——"

倒计时在我走到他身边停下的时候数到了零。他从计时器上抬起目光，对着本已隐藏于环境色彩的我笑了笑，脸上的皱纹挤到一起。紧接着，他在平板电脑上熟练地敲了四个字并点击发送："准许射击"。

我如遭雷击，一瞬间明白了一切，心中再次有了声音，大喊着不愿接受。我不知道他的倒计时是从什么时候开始的，但毫无疑问，他对我到达此处的时间点了如指掌，甚至精确到了秒。这意味着我来刺杀他的这个场景，他早已经历了太多次！随着一身冷汗从骨缝深处挤了出来，我本就不稳定的"白化"状态也迅速褪去，我就好像突然凭空出现在了这个房间里。

视野里，整座建筑都发出了巨大的震颤，我知道，那是我的飞行器准备降落了。脑海中如电光火石一般，我猛然惊醒，要开枪了！

紧接着，我透过手中匕首上的倒影看到身后一颗子弹破空而来！在杀手的求生本能之下，我几乎是条件反射地偏过头，躲开身后射来的子弹。我的视线也随之偏移，看到匕首上自己右眼的倒影与子弹的影子重合在一起——倒影中子弹射进了我的眼睛里！一阵锐痛后，我的整张脸流满了滚烫的鲜血，右眼瞬间失明。我紧紧地捂着脸卧倒在地面上，剧烈的疼痛使我蜷缩成一团。

我挣扎着起身，摸了摸已经血肉模糊的右眼，跟我想的一样，里面根本没有弹片。

没想到只是看到了倒影里的子弹，我就失去了右眼。

站起身来，我却发现眼伤没有那么疼了，至少没有想象中那么无法忍受。我挣扎着爬起身，狙击对象已经不在这个房间里了。我知道此刻的他逃向了屋顶，忙捡起匕首，蹒跚地追寻上去。

出了房间，我只觉得一阵茫然，我看不到任何通道或者阶梯通向楼顶。右眼的伤口没有止血，流出的血液已经渐渐开始影响左眼的视力。我四下打量一番，发现手边的矮柜上放了一排威士忌，思忖了一下，我打开一瓶酒浇在右眼的伤口上消毒，剧痛！

我喝了一大口酒。这个世界也没有味觉，烈酒入喉没有任何味道，但好歹还有麻痹神经的作用。我撕下一截衣服包扎了右眼，做了简易的处理后，又随手揣了两瓶酒进背包里，这才顺着走廊向前走去。

5

这层楼的结构好像是对称的。走廊的尽头是另一个纯蓝色的房间，除了房间的正中放着一张老旧的书桌。书桌上放着几张泛黄的纸之外，与刚刚走出的那间一模一样，我拿起一看，居然是乐谱手稿。粗通乐理的我看了几行，发现是首赋格曲。再往下看了看，我愣住了，居然是巴赫的《螃蟹卡农》。我能认出来，是因为老组长的爱好除了喝酒，就是一遍又一遍地听这首卡农。说实话，我一直觉得这首卡农听起来莫名诡异，不知道有什么好听的，更何况还是一遍又一遍地听，这导致我在这个没有声音的世界里，只是看着音符都起了一身鸡皮疙瘩。

可是这里为什么会有篇乐谱？我疑惑地反复看了几遍，发现乐谱是完全对称的。我这才忽然想起，这首卡农之所以著名，就是因为它正放和倒放都是一样的，两个声部互为镜像，被称为"可以写在莫比乌斯带上的乐曲"。身处这个诡异的城中，看着这首完全对称的乐章，再想到组长日复一日地循环着这首曲子——而我甚至不能辨别他是正放还是倒放！我又感到一阵恶寒。

我放下这叠看不出什么头绪的乐谱，又翻了翻书桌的抽屉，在最低一级的抽屉里，翻出了一张人皮面具。我很欣喜，隐藏身份是杀手的本能，戴上这副面具，刺杀会变得更容易。面具摸起来很真实，不知道是不是用极度仿真的凝胶制成，完全是人皮的质感。摸起来这么真实，难道是……

兴许是在这个让人抓狂地方待久了，我也变得疯癫起来，我竟然产生了一个非常疯狂的猜想：我的触觉只是思维定式产生的惯性，其实我是因为看到，所以才能感觉到！想到这里，我闭上仅存的左眼，很快，手中的触感也淡化消失了。我甚至不确定手上是不是真的拿着东西。

我被自己的证实惊出了一身冷汗。其实我早就没有触觉了，我能摸到东西，只是因为我看到了它，然后大脑皮层替我补全了它们的触感。我再次睁开眼，因为这张面具做得实在太逼真了，那种人皮一样的熟悉触感再次回到我手中。

我又想到之前的争斗和所受的伤，因为我看到自己受伤了，而身为杀手的我又对这种疼痛再熟悉不过，所以经验使我剧痛无比。想到这里，我看向手臂上的枪伤，原本已经被我忘记的伤口上，迟来的疼痛像蠕虫一样爬了上来，又向周围爬去。为了进一步证实自己的想法，我又产生了一个疯狂的念头。

我把匕首扔在书桌上，然后闭上眼睛在桌上胡乱摸索和用力抓捏。果然我无法通过触觉感知桌子的形状边际，也无法找到匕首究竟在哪儿。乱摸了好一会儿，我终于睁开眼，发现左手已经不知道什么时候被匕首划伤，鲜血淋漓。睁开眼后，左手终于疼了起来。

真他娘的太诡异了，更诡异的是，我他娘的居然在追杀我自己！管不了那么多了，还是离开这里要紧，而离开这里最好的方法，就是搭上那艘被我自己叫来的飞行器。我狠狠吞了几口酒，戴上人皮面具，又把外套脱下反过来穿上，这样可以让那个年老的我认不出自己。

其实那时候我就应该想到，既然是年老的我，恐怕已经经历了我现在面临的一切，又怎么会被自己的把戏骗到，但那都是后话了。

我再一次回到走廊里，走廊的两端都是封闭的房间，走廊里也没有通向楼顶的阶梯，那家伙到底是怎么上去的？我又看向走廊正中那台锈迹斑斑的电梯，可毫无疑问，这里就是电梯能达到的最高层。脑中电光一闪，我想起电梯轿厢里挂着的那幅埃舍尔的《画手》。几乎是同一时间，我又联想到了埃舍尔另外两幅同样著名的画作——《上升与下降》和《瀑布》。在他的画作中，扭曲空间里的瀑布坠回了原点，楼梯不分上下。原本埃舍尔画中的反常都是只能停留在视觉层面的惊奇，但这里可是"所见即所得"的世界啊！

想到这里，我蹲下身子向前挪去，将视线高度放到了原先的一半。接着诡异的一幕便发生了：眼前那间房的门一点一点地不见，仿佛什么东西正自下而上一点一点地把它遮住，当房门完全消失的时候，我看到了一道向下的楼梯！果然，当我放低视线的时候，就走上了一条与刚刚完全不同的路。

走廊的秘密在于借位。其实这条走廊由两块有轻微坡度的断面组成，正常高度的视角下，这两块断面就连成了一体。在只有视觉的世界里，其他感官都是由经验勉强补全的。但这里的建筑构造实在太诡异了，经验起不了作用。更何况这条走廊的墙面、顶面、地面都是同一种接近纯黑的深灰色，光线又暗，只靠肉眼根本无法察觉轻微坡度的存在。如果一直以寻常视角行走，这条廊道永远是一条死胡同。但蹲下之后，在降低了的视角里，我所在的断面就与下方的另一个断面连了起来，我走到了房间下方的空间里。

我顺着楼梯往前走，昏暗的光线里我根本无法分辨到底是在往上走还是往下走。当然，身处这个世界中，我也无法用常识中对建筑结构的理解进行判断。硬着头皮往前一直走，终于看到了光亮，我走出楼梯，来到了一个室外的平台。顺着水手梯向上爬，我终于一个翻身上了屋顶。飞行器的振动越来越剧烈，我知道它快要起飞了，急忙矮着身子飞奔上前，在舱门关起的前一秒一个跟头滚了进去。紧接着，飞行器喷出一股灼热的气体，随后升上天空。

不知道为什么，越接近那个"他"，我的恐惧就越深。这艘飞行器的内部构造我再熟悉不过了, 很快就找到了一节逃生舱躲了起来。在这种寻求躲避的时候, 失去听觉触觉就让人更为不安。但之后发生的一件事很快转移了我的注意力, 我透过舷窗看到了持枪的"我"匆匆追来——那是第一次进入介质后的我。他循着狙击对象的踪迹追击至此, 也拉开了所有故事的序幕。

6

　　我看着下方那个慌张的自己, 他正为无法完成任务而懊恼。但我没有一丝震惊, 有的只是麻木。我由衷地想, 要是当初没有进入这座城市该多好, 这一切都不会发生。突然, 从"我"身后的小巷里又走出一个人影, 我定睛一看, 居然是组长! 仔细看去, 那人要苍老了许多, 身材也比较消瘦, 不像组长的大腹便便。但毫无疑问他就是组长, 结合之前在镜廊看到的组长留下的倒影, 我终于确定下来: 组长确实来过这里, 我看着的这个人, 就是组长留下的镜像。

　　组长缓缓走向"我", 他走得特别缓慢, 身体也逐渐"白化"起来。走出小巷的时候, 他已经完全"白化"。"白化"后他的身体线条、面部轮廓是我非常熟悉的, 我发出了无声的惊呼, 他就是指引我下到城市底部的白体! 白体的脚步愈发慢了下来, 接着诡异的一幕出现了, 他渐渐变得透明, 逐渐消失在我的视线中! 这是不可能的, 全反射只有在纯色的房间中反射了周围的颜色才不易被发觉, 决计做不到隐形, 更何况还是在行进之中。从光学上讲, 能做到这一点的只有负折射材料,光线的传播路径会绕开负折射的物体,从而达到隐形的效果。但负折射材料只是理论中的技术,难道他的身体表面已经达到了负折射的效果?

正当我出神的时候,白体已经缓缓走到了"我"的身后,"我"也终于隐隐感觉到他的存在,猛地回头。但他已经完成了全身的负折射覆盖,消失在了所有人的视线中。我一阵毛骨悚然,当初我总觉得有人在背后看着,转过头却什么都看不见,现在想来这根本不是错觉。虽然我也已经看不到他了,但从他之前的行走趋势来看,此时他已经站在了"我"的身后。庆幸这个世界里只有视觉而没有触觉,否则当时的我可能会感到他呼吸时的气息喷在我的后颈上!

他到底想干什么?

不过根据我的记忆来看,他没有伤害我,或许只是在背后观察我,在第二次进入城市的时候领着我下到了城市的底部。可这也说不定!这个世界里没有触觉,即使他对我做了什么我也感受不到,而现在他也消失在我的视线中了,谁也看不到他做了什么。或许我的身体也会"白化",不是因为城市的环境对我造成了影响,而是他在我身上动了什么手脚?

但真相究竟如何,我永远都不会知道了。

飞行器渐渐远离地面,我也收束心神、死死地盯着逃生舱的门,提防着一切可能出现的危险。飞行器飞出了介质层,忽然恢复的听觉让我惊了个趔趄,周围的声音不再是喧闹,而是震耳欲聋,发动机的声音如同雷鸣炸响在耳边。浑身伤口传来的痛楚仿佛要撕裂我的身体,右眼的剧痛更是疼得我神志恍惚。我抑制不住,发出一声凄厉的惨叫，叫声太响几乎震破了我的耳膜。我咽下几大口酒，压下疼痛和惊悸。紧接着，我就听到一阵急促的脚步声，一深一浅——是他来了！我几乎想都没想就决定主动出击，杀他个措手不及。

我咬牙忍下一身的剧痛，凝神追寻着脚步声。在声音来到门前的一刹那，我猛地踹开舱门，挺出匕首便是一个突刺。我扑了个空，紧接着便感觉到一阵巨大的逆行气流，险些被卷出飞行器。我慌忙撑着舱壁稳住身形，才发现这老王八蛋居然乘着我对面的另一个逃生舱跑了，船舱也因此缺出一个破洞。我腰眼发力一个翻身，紧紧地趴在破洞一侧的舱壁上，拼命按下了应急开关，一道防风舱门迅速降下，封住了逃生舱脱离产生的缺口。

这一连串动作在数秒间完成，几乎用尽了我浑身的力气。飞行器内的气压终于恢复了正常，我颤颤巍巍地站直，浑身的骨头都要散架了。

忽然一记闷棍从我右眼的死角处打来！我下意识抬手格挡，小臂一痛，匕首瞬间脱手。神经反射在此时发挥到了极致，我左手向下一捞就接住了下坠的匕首，顺势向右上挑刺。来人身形一缩，我就势伸展开被逼得蜷成一团的身体，大开大合地劈砍了几下把他逼退，这才看清来人——又是年老的我！这老家伙居然空放了一个逃生舱来诓我，实则是躲在一旁伺机攻击。我忙于对抗虹吸的气流，竟没发现他的存在。好在他在失衡的气压下也无法动弹，只能等到现在才来偷袭我。

这老东西真是跟我一样狡猾！我气不打一处来，挥动匕首想弄死他。老家伙突然掏出一面镜子，克莱因城给我留下的阴影让我下意识地躲开。他趁势挥动右手的钝器，我这才看清是一个灭火器。

看清的下一秒我就被这玩意儿击中了下巴，眼冒金星，一时站立不稳。他眼疾手快，又是一记灭火器砸向我的膝盖，我就势向下一坐，躲过了被砸碎膝盖的危险。没想到，老家伙这一砸竟然只是虚招，他反而飞也似的退入身后的逃生舱内，还顺手把灭火器掷向我。我侧身避过，就见舱门迅速关上，眼睁睁地看着仅剩的逃生舱脱出飞行器而去。我慌忙起身，趁气压差还没达到无法抗衡的程度，眼疾手快地按下了应急按钮，这才捡回一命。

经过这两番折腾，我真的一点儿力气都没有了，瘫坐在地上，恨得牙痒痒。可还没等缓过来，我就感到飞行器在剧烈地摇晃。我悚然一惊，这才意识到发动机声像炸雷一般并不是因为我刚恢复听力没有适应，而是本身就出了故障！我连滚带爬地冲进飞行器的控制室，这才发现所有的仪表都失灵了，指针像疯了一样狂摆——这老家伙是铁了心要置我于死地啊。

飞行器急速下坠，下方是礁石嶙峋的海岸线，黛色的海浪抨击在犬牙一般错综林立的礁石上，像玻璃碴一样碎成点点雪白。尝试修复引擎无果后，我只能跌跌撞撞地在船舱内寻找降落伞等救命的东西，结果破的破、损的损。我估计了一下，以这个下落趋势，飞行器将正好坠毁在遍布乱石的海滩上。老东西什么都算好了，真的一点儿活路都没给我留。

也算是急中生智，转了几个念头之后，我总算找到了活命的路子。我先是打开了飞行器上还能工作的反助推系统，将功率开到最高，最大限度地减缓了它下坠的趋势。接着，我把机上的安全绳索整理出来，首尾相连接到了几十米长，把钛钢的锁扣锁在机身的横杠上，另一端在自己的两肩和腰上绕了几圈，打了个救生结。一切准备就绪，我穿上救生衣，打开气阀，充气之后我活像一个米其林轮胎人。我戴上飞行头盔，最大限度地保护了自己的头部。两个逃生舱都已经离机，但发射逃生舱的弹射系统还在，我把身体当成逃生舱，用最小的弹射功率把自己射了出去。

脱离飞行器的一瞬，我感到强大的气流将我托举起来。鼓胀的救生衣像球一样包住我，也因而产生了巨大的空气阻力。但重力仍然占据着主导，我不停地下坠，飞行器也不断向前飞行。终于，绳索的长度到达了极限，长绳一绷，我感觉身体都要被扯散架了。我咬牙忍耐着，水平向的空气阻力跟飞行器的拉力不断抗衡。我透过防风镜观察到飞行器的下坠趋势在减缓，庆幸反助推系统还挺好用。

飞行器渐渐接近海岸线，我也像个风筝一样越飞越低，接近了海面。我估摸着差不多了，抬手一火箭筒轰掉了飞行器。飞行器爆炸的冲击波被充气的救生衣承受了大半，也把我抛向更远更深的海域。绳索的另一端不出所料地烧了过来，但还没烧到绳子的一半，我就掉进了海水里。

下坠的趋势直到我沉入几十米的海水里才终于被消除。饶是我长于水性，游到岸边的时候也几乎虚脱了。我遥望着熊熊燃烧的飞行器残骸，庆幸捡回了一条命。

7

我上岸的第一个念头就是去继续追杀年老的自己，以解心头之恨。但这个念头很快就被另一个想法取代了，我要从根源上解决问题。我一路向基地赶，也渐渐发现自己已经穿越时间回到了好几年前。

乘飞行器穿越介质的时候，我全部注意力都在舱内的状况上，没有关注介质的变化。想来那时候介质的折射率发生了极端变化，离开介质时，折射角大幅增加，我被折射到了许多年前的时间点。

这一次，我已经不再震惊于克莱因城的诡异法则和我的反常遭遇，而是想抓住这个机会。

既然穿越了时间，我就能够改变过去。

我把手中的枪械拆解开来，甩掉里面的海水，一块零件一块零件地擦干，熟练地组装好，更换上飞行器上的补给弹匣和备用火药。我随手开了一枪，还好，能用。

经过了几天的跋涉，清晨的时候，我来到了基地门前。基地比我印象里小了很多，看样子是扩建之前的，这时候我还没有入职。幸好大门的密码是一直沿用的，我蹑手蹑脚地潜入基地。进入基地之后，我轻车熟路地攀上走道顶部，顺着复杂的排风管道一路向里爬，巧妙地避开了所有监控。后来的基地是在原有建筑基础上扩建的，因此我对现在这个小基地也非常熟悉。约莫快到组长的住处，我翻身一跃，轻手轻脚地落到了地上。

突然从前面拐角处传来了脚步声，再翻身上去已经来不及了，我攥紧了手中的匕首，只待给他致命一击。来人走出廊道，我刚要挺身刺出，就见他立正敬礼，毕恭毕敬地喊了一声："组长好！"

不好，组长什么时候到我身后了吗？现在他还不认识我，这下完蛋了。但我很快就反应过来，我身后没有人，他这一声"组长"，喊的就是我！

我震惊得手脚冰凉，但还是故作镇定地与他寒暄一番，随后支走了来人。

该死，原来这副人皮面具，在人脸上撑开之后竟然是组长的脸！惊悚之余，一些信息在我脑海中渐渐拼在了一起，浮现出模糊的轮廓。

我继续向前走去，推开了组长寝室的房门。房间里依旧循环播放着那首我厌恶至极的《螃蟹卡农》，我循着乐声进了里屋，看到年轻的组长正穿着睡衣，对着镜子刮胡子。我缓缓地走到他的身后，透过镜子，我看到了自己现在的脸，跟已经刮去胡子的组长一模一样。在克莱因城里的时候，出于对镜像的恐惧，我一直尽力躲避着各种可以反射成像的东西，以至于我都不知道，自己顶着组长的脸一路走到了这里。

诸相非相。

组长手中的刮胡剃刀掉进了水池里，他显然也看到了身后的我，缓缓地转过身来，一脸的剃须泡沫都没洗。经过最初的惊讶后，他似乎早就知晓了我会到来，淡淡地对我说："你来了。"

我脑中的念头瞬间转了几十遍，之前经历过的一切都像走马灯一样飞快闪过，一句话脱口而出："你也是从克莱因城出来的吗？"

组长淡然地点了点头。我忽然感到了莫大的恐惧，这就意味着他也穿越了时间，也经历过与我一样的轮回。我同时也产生了强烈的愤怒，他知晓了一切，却任由我执行这个该死的任务，我的所有遭遇都是因他而起。

我猛地想起城里那个引诱我到城市底部的白体,"克莱因城里那个白色的人影,也是你留下的镜像吗?"

组长摇了摇头,"不,他是本人,我才是镜像。"

我如遭雷击,震惊、愤怒与恐惧驱使着我举枪指着他的头,手指按到了扳机上。那种恐惧是莫名的——的确,在克莱因城里,镜像让我吃够了苦头,但没理由我会对别人的镜像恐惧到如此地步。这恐惧仿佛都不是来源于面前这个镜像本身,而是来源于某种不具名的意味……

组长屹立不动,眼神冷静得让人不安。整个房间里弥漫着的沉默压抑得令人作呕。

那团不具名的恐惧像纸上的水渍一样越浸越大,我握枪的手止不住地开始颤抖。我的思绪仍然没有停下,不断地回忆和思考经历的一切。忽然我认出了组长的眼神,那不是单纯的平静,而是对猎物的审视。我很快意识到这种审视背后的危险,危险的临近刺激着我瞬间冷静下来,持枪的手立刻稳住。我看到他的右手正以非常微小的幅度向背后探去——我浑身的肌肉都紧绷起来。

组长身形一晃,右手如闪电般劈到身前,一团夹杂着泡沫的水花甩进了我的眼睛里。我紧闭眼睛慌忙后撤,下一秒就感到手背一阵锐痛,手枪脱手。幸好我早有准备,凭记忆的位置掷出了握在左手的匕首,紧接着就听到组长一声闷哼。我飞速蹲下,草草擦了眼睑上的水,忍痛睁开,捡起地上的枪,抬手扣下了扳机。

随着一声枪响,一切都消散在那团自枪膛喷射而出的硝烟之中。组长仰面躺倒,后脑重重地砸在盥洗池边,手中沾血的剃刀也摔在了地上。我站起身,对着他的头部又补了两枪。一阵狂喜随着子弹出膛涌上心头，我如释重负地丢掉枪，从现在开始，我就是自己的主人。

我走上前，正准备试一试组长这张脸到底是真是假，手刚伸出去，一个念头令我毛骨悚然——

不对！再过一段时间，真正的我就会来基地入职，可世界上又怎么能同时出现两个真正的我呢？这个念头冒出的一瞬间，那团恐惧再次出现了，并且显现出了真正的面貌。

一切都联系到了一起，一切都能说通了！我惊得浑身发抖，冷汗浸湿了衣衫。我想起了在克莱因城底因为开了一枪而与镜像交换身体的经历，但第二次的时候，无论我怎么开枪都无法完成交换。这是我到现在为止唯一的不解。

这个问题的答案很简单，我甚至早就想到了，只是一直不愿意、也不敢承认。其实根本就不存在因为开枪而交换身体的现象，那一瞬间的交换，只是因为镜像忽然产生了自我意识，本体的记忆也完整地复制到了镜像里，记忆的副本与镜像的自我意识衔接的一刹那，镜像自己产生了身体交换的错觉。

从克莱因城底水面里爬出来的镜像，其实是我。

我当然恐惧，也不愿意承认。谁愿意承认自己才是假的呢？

继承了副本记忆的同时，我也拥有了自身的意识。之前所有的遭遇，从城外狙击到克莱因城底的枪战，都只是复制过的本体的记忆，我根本没有亲身经历过。我所以为的交换身体，事实上只是我被复制出来了。自那以后的一切，才是我真正经历的。

颤抖了许久，我终于冷静下来。既然我活了下来，而且想要继续存在下去，本体就必须死，无论是哪个时间点的本体。

我不再关心死去组长的这张脸到底是真是假，开枪把它打了个稀烂，毁掉了心里最后的恐惧和不安。我决定利用组长的身份在全世界范围追杀正在逃逸中的年老的本体，而当年轻的本体来到这个基地的时候，我自有办法对付他。

想到这里，我喝了一大口的威士忌，看着镜子中陌生又熟悉的那张脸，露出了满意的笑容。

笑容消失的时候，僵硬的人皮面具上，咧开的嘴角还在上扬。

2018.10

发条城

我们塑造我们的建筑，而后我们的建筑又重塑我们。

————温斯顿·丘吉尔

1972年，美国密苏里州圣路易斯市的普鲁伊特·艾格社区被政府炸毁，评论家查尔斯·詹克斯宣布现代主义建筑就此死亡。

1

井言海从床上挣扎着起身，在几番大幅度的深呼吸间稍稍平稳下心绪，他动作有些迟缓地转过头，望向窗外浓稠的夜色和寂静沉睡的建筑群，再望向更远处山峦那边灯火通明的不夜城。山那边的万家灯火和山这边死寂的黑夜，正是他梦中的过去和梦外的现实。

梦里他又回到了当初还是结构工程师的时候，回到那时他站在

137

山峰间的观景台上，俯瞰这座机械一样每日按规程运作的城市。当时的他还感叹城市中的每一个人都宛如钟表上的零件，而如今，他已然身处其中。

走到卫生间，打开水龙头却没有一滴水，井言海这才想起，早已过了晚上十一点，整个区域的给排水都已经停止。因为夜晚十一点过后，城市的最后一班水工也已经下班，作为联系这座小城市并供给运作的发条——水，也断了。井言海只得拿出两瓶矿泉水，擦拭脸部和身体，洗去梦醒流出的一身虚汗。

井言海抬起头，与镜子中的自己对视，深深地望进彼此瞳孔深处，仿佛一个在看上辈子，一个在看下辈子。

回到房间后，他匆匆服下高效的安眠药剂，抓紧时间睡下。毕竟他早上六点还要去城市边缘的水流中枢工作，体力工作是很累人的。

2

下午六点，从水流中枢下班的井言海累得像条被抽掉脊柱的狗，酸痛感充斥着他的肢骸，仿佛每根肌肉纤维都被撕裂。

他回头望了望依山而建的巨大钢铁设施——整个社区运作的关键——水流中枢：水流如同血液，而中枢便有如心脏，将用水输送到社区的每一个角落。除此之外，这里高低起伏的地势，足以将水流势能的变化转化成电能供给社区用电。当然，这其中所有的运作都由人力完成，一切用水输送的能量以及所有的电能，事实上都是居民的体能。换句话说，整个社区运行所需要的能量，都间接来自居民的线粒体。

一只大手拍上了井言海酸痛到几近散架的肩膀，"小海啊，今天又工作了这么久啊。"

井言海龇牙咧嘴地回头，"老丁啊，别拍，疼。"

丁茂林笑着就势在井言海的肩头揉捏了几下，"你们年轻人就是有活力啊，规定每人每天工作五小时，你却从早上六点做到现在。不过，住在这里吃喝不愁的，做这么久你图个啥呢？"

"我想攒钱买点东西。"井言海笑笑。住在这个名为"至治"①的社区之中，没有所谓的房租，食物都按时定量供应，绝大部分居民便安于现状。每天的硬性工作指标是五小时，额外多出来的工作时间根据社区建成之前的定额人工费按工时计价。

老丁挠了挠有些脱发的头顶，"小海啊，你住进我隔壁也快半年了吧，还是想出去吗？"

面对这样一个有些尴尬的问题，井言海神色复杂地看了一眼丁茂林，想了想还是点了点头。

"嗨呀，"老丁讪笑道，"你们这些年轻的刚来这里都想着出去。其实这里没什么不好啊，你按时做工，就有饭吃；你做得多，就额外给你钱。都是真的凭力气吃饭，吃掉的饭变成力气，再变成社区的动力，是真正的公平啊。不像外头的世界，钩心斗角，什么都靠关系。社区里的日子好得很啊！"

---

① 出自《史记·货殖列传》："《老子》曰：'至治之极，邻国相望，鸡狗之声相闻，民各甘其食，美其服，安其俗，乐其业，至老死不相往来。'"

井言海附和地点点头,"老丁你说得是。"

"是啊。"老丁又继续说道,"其实在这里住下真的蛮好,从前我经营数码商城,但很快被电商取代了。我又转行当个体户开餐馆,但日子也不好过。每天都睡不好觉,哪天赚少了点,就怕第二天会破产,然后住进这里。之后房价一天天地涨,房租一天天地翻番,每天晚上都是睁着眼睛过夜,睡不着哇!哎呀,现在想想当初真的不是人过的日子啊。在外面的时候大家都说这里头就跟监狱似的,甚至还有个观景台让外面的人参观,大家都怕得很。但真的进来之后,发现其实也没有什么的,日子过得简简单单也没压力,觉睡得特别踏实。有人在观景台上参观又怎么样呢,反正不影响我们。生意不好做,钱不好赚,那又怎么样?不好赚就不赚了呗,能好好活下去就成,日子还是要简简单单的啊,你过段时间就懂了啊,小海。"

"嗯,嗯。"井言海附和几声,跟丁茂林并肩走了一段。

两人走到他们所住的那个单元楼前时,井言海被一个画面牢牢抓住了视线——一个长发的年轻女孩子正蹲着,手上拿着一块饼喂一只三花猫。他认识那种饼,是由粗粮和高蛋白压制而成的"什伯"①,有着丰富的营养和高热量,是社区给每个居民提供的除了公共食堂的主食之外补充能量的速食。女孩动作轻柔地将手中的饼子掰碎,一块一块喂给小猫。从井言海的角度,可以看到她绝美的侧脸,女孩那发自内心的笑容和眼神中流露出的喜悦和温柔,是他在他三十多年的人生中从未见过的。

"啊,是她啊。"老丁随着井言海的视线望向那个女孩子。

---

① 出自《道德经》第八十章:"小国寡民,使有什伯之器不用,使民重死而不远徙。"

"你认识？"

"夏语冰，住在二单元，多漂亮的女孩儿啊，可惜了。"

"可惜什么？"井言海一直注视着夏语冰的视线这才转向老丁。

"唉……"老丁长叹了一口气，"本来这孩子有望成为社区建成以来第一个真正搬出这里，毕业后到外面工作的人。毕竟她读的是影视类学校，娱乐行业是为数不多的目前还没被人工智能完全取代的领域了。"

"然后呢？"

"可是她没能毕业。"

井言海刚想继续问下去，就看到夏语冰站起身，似乎是听到这边的谈论一样转头向这边看来。若不是亲眼所见，井言海怎么也想象不到有人能在站起身这么短的时间里，将脸上原本那样温柔而又阳光的表情转化为对一切都不关心的漠然——那种他在这个社区中见了太多太多次的熟悉的漠然。

其实身旁的丁茂林是个特例，像他这样在"至治"社区住了十多年还待人如此热情的实在是很少了。社区里的其他住户，绝大部分人脸上都成天挂着夏语冰此刻的漠然，像总没睡醒一样。

夏语冰淡淡地看了一眼不远处的两人，便转身上楼了，顺便把手中剩下的一些碎饼子塞进自己的嘴里。

"她为什么没能毕业？"井言海望着夏语冰远去的背影，半晌才问道。

"谁知道呢。你说老两口供她读书十几年，不容易，也尽了抚养义务。可她没能毕业也就算了，回来之后也没见怎么工作，吃喝都得依靠老两口。就她刚刚喂猫那块饼子，还不是老两口从嘴边省下来的。"老丁神色和语气间都难掩鄙薄。

"而且，我听说，她在做那种工作咧！"老丁忽地压低了声音。

"什么?!"井言海被老丁诡异的语气吓出一身冷汗。

"听说她每天晚上会做那个，主播！"

"主播啊。"井言海松了一口气，搞什么啊，没什么大不了的嘛，吓人一跳。这种在网络上直播各种表演或是日常生活的行为，按当下流行的说法叫"个体网络偶像"，但老丁还是沿用了主播这种老旧称呼。

"是啊，还是每晚深夜档。"老丁吐了吐舌头，"当然，我也没看过她的节目啊，不知道她都直播些什么。"

"她应该也没有直播什么见不得人的东西吧。"

"当然不可能了，有人看着呢。"老丁笑得意味深长。

"有人看着？"

"从这个社区的网络上发出去的任何内容都有人审核，不是随随便便就能发到外面去的。"

"原来还有这样的事吗？"井言海有些吃惊。

"哎呀，反正是个没什么人气的主播。"

"也对，如果很有名气了，也不会住在这里了吧，早就搬出去了。"井言海有些出神，他知道网络偶像是现下娱乐行业的重要组成部分，总有人喜欢看这些鸡毛蒜皮的琐事。只要有了一定的名气，身价被抬高，网络偶像也能成为一个职业身份，当然就可以凭此离开这个社区。

"不说这些了，别人爱怎么活怎么活，我反正是要回家睡觉去了。"老丁说起这个便两眼冒光，"我要好好享受享受刚买的按摩枕，花了我半年的额外工资呢！"

3

不知是因为过了三十岁之后睡眠质量渐渐不好了，还是因为这个社区里处处都是冷冰冰的混凝土墙面，井言海发现搬进来之后自己常常在半夜醒来，即使每天的体力劳动都非常累人。

深夜，又一次梦醒的井言海打开了自己的笔记本电脑，看着缓缓开机的界面却不知道接下来要干什么。他旧日的工作早已被人工智能取代，电脑桌面上的CAD软件图标现在已经成了人工智能的界面标识。

井言海不傻，早在五六年前他就看得很清楚，那时人工智能的水平已经可以从技术层面上代替结构工程师的所有工作。但他也很明白，自己没被立刻取代，是因为结构设计这种涉及安全问题的行业，法律意义上需要人来承担相应的责任和安全风险。可他怎么也不会想到，只是几年的时间，科技的高速发展就已经从概率上极大地降低了土木行业的质量问题，而这种法律上的问责也在效率和经济的大潮之中被彻底弱化，自己被人工智能彻底取代。

他忽然记起白天里跟老丁谈到的夏语冰直播的事情，打开网页，不太熟练地搜了几个直播的网站。所幸很多年前主播的实名制认证便已非常完善，即使是第一次看直播，他也没用多久便找到了夏语冰的直播房间。她的直播视频非常多，几乎每周都有几个，但关注和热度实在是少得可怜。

井言海浏览着女孩过去的视频，忽然页面跳出主播开始直播的提示，他心下一跳，犹豫了几秒便点开了。

他非常吃惊地看到视频里的夏语冰挂着灿烂的笑容，虽然跟白天逗猫时的表情比起来显然生硬了许多。夏语冰陆陆续续说了些什么，但井言海几乎什么都没有听到，他只是注视着视频里那个美丽的女孩子，想象着此刻就在隔壁楼栋的她正跟自己一样，在深夜对着泛起荧光的电脑屏幕，不知出于何种考虑挤出谁都能看出生硬的笑容。

"我们来玩个游戏吧！"夏语冰突然提高了声调，语气中也有些欢愉。

"大家在弹幕上发一些时间、地点、人物和做什么的关键词，我来随机选择连成一句话，看看怎样的组合最有趣。"她又继续说道。

真是个无趣的游戏啊，井言海想道。

屏幕下方原本寥寥无几的弹幕稍微多了起来，都是五颜六色的，有些还闪着光，井言海试着敲了一个句号发了出去，却发现是灰色的。看了一阵子，他发现弹幕的内容反映出了良莠不齐的所谓弹幕礼仪，有几条实在是不堪入目，但夏语冰好像不甚在意的样子。

忽然飘出一条同样是灰色的弹幕，"地点：发条城市"。

发条城市啊……如果是这个社区的名字，还真的是很合适……

果然，视频里的夏语冰看到这条弹幕也愣了一下，一脸意外地看着屏幕。

井言海盯着那条灰色的弹幕缓慢地从屏幕的这一边移动到另一边，口中反复念叨着"发条城市"这四个字，整个社区的景象浮现在他脑海中，由水这个媒介带动着运作起来，如同巨大的机栝转动着。

夏语冰随口与弹幕上的内容互动了几句，便念出整合了弹幕罗列出的时间、地点、人物、事件的第一句话："一百年后的黎明，一头饥饿的霸王龙，在发条城市，写着无人问津的蹩脚小说。"

这句话还挺有嚼头。井言海这样想着，将一个熟悉的名字——密斯·凡·德罗敲入弹幕中。只输入了一半，笔记本电脑却显示电量过低，继而自动关机了。

井言海望着黑下去的屏幕，熟练地从抽屉里摸出蓄电LED筒灯安到墙上，心想果然还是要攒钱买个新电脑。眼前这台电脑实在是太旧了，十一点过后整个社区断水断电，真的不方便。每天那么多人忙忙碌碌地搬水，最后也只有这一点点电而已。

井言海站起来伸展了几下，发觉自己仍然毫无睡意，便靠在窗前打量着自己面积不大但好在不用租金的住房。便携蓄电筒灯照度确实不低，但想要照亮整个房间还是不容易，苍白的灯光映衬着没有任何装饰的、灰白混凝土的墙面和天棚，在黑夜中显得尤为寒冷。真不是个人住的地方，还是得找个工作，搬出去。

但从现在社会上的就业形势来看，人工智能代替了几乎所有当初依靠计算机的工作，只留下少许的行业佼佼者操盘着整个行业。而被人工智能影响最少的，除了那些需要非机械思维甄别的体力活，便是庞大的娱乐行业了，尤其是创造类。

这时，井言海又想起刚刚夏语冰念出的那句话和"连词成句"这个游戏。其实井言海小时候就常常玩类似的游戏：大家把时间、地点、人物、事件写在小纸条上，随意写很多，然后折起来分类堆好，从四堆纸条中随意各挑出一张，连在一起组成一句话。

回想起童年时这个游戏，井言海忽然脑中灵光一闪：这个游戏揭露了句子的每一个组成结构，而这样的每一个句子中也就蕴含着最简单的情节。其实抽象来看，所有的故事都由时间、地点、人物、事件这几个元素组成，正是元素的质量和组合方式决定了这样的故事是不是足够吸引人。

井言海仔细思忖了这个问题，并提出一个假想：只要有一定数量和质量的素材库，将元素随机提取出来排列组合就可以形成无数的故事——至少是故事构架，唯一的技术难题就在于需要一个甄别程序来择优排劣。但仔细想想，这个工作实现起来并不困难，井言海知道几年前就出现了可以模仿巴赫风格的编曲程序，乐曲的每一个元素是音符，或许数学性更强一些。但把故事架构分解成四类元素之后，逻辑关系也比较明晰了。

另一方面，目前的社会技术泛滥、文化凋敝，其实小说或者散文都几乎没什么市场了。为大众所接受的都是影视剧或者各种VR体验剧情，因此只需要一个有着故事架构的剧本，而不需要像小说那样严谨布局、打磨语言。故事构架配合如今技术环境下的普通电脑，甚至是简单的虚拟投影穿戴设备都能完成的视频动画效果制作，就可以很快制作出为观众所喜爱的作品。总而言之，在如今这样的大环境下，一旦量产故事构架的程序被推出，就可以量产娱乐产品。

井言海在中学时代学过很长时间编程，他前后好好地思考了一下这个量产故事的想法，发现技术上其实是可行的，从这个角度入手，或许真的可以离开这里！接下来要做的就是赶紧攒钱买一台好用的电脑，然后开始着手编制。

他刚想到这里，就见墙上的筒灯闪了几下，熄灭了。

4

被一上午的体力活掏空身体的井言海迎来了一天中最憧憬的时刻——饭点，饥肠辘辘的他捧着餐盘来到窗口前，却惊讶地发现负责分派食物的居然是夏语冰！

老丁确实说过她有时会在公共食堂做工，但他没想过真会跟她在这种场合相遇。井言海的惊讶神色还凝固在脸上未缓和，却见夏语冰转头望了自己一眼，将固定分量的食物放在盘子上后，竟然在素冷的脸庞上绽开一个灿烂的笑容。

她朝我笑了？居然又是那种冷漠与笑容之间的骤然转换？难道我……我长得像只猫吗？

井言海这样想着，魂不守舍地拿着食物走到食堂的一角坐下吃起来。

正低头吃着，井言海的视野忽然暗了下来。他一抬头，就看到夏语冰竟在自己对面的座位上坐了下来，从自己的餐盘里拿了一片菜叶子，慢条斯理地吃起来。井言海感到手脚一紧，在每天原本最放松的吃饭时间里，他不由得变得局促起来。

她想干吗？

夏语冰率先打破了尴尬的沉默，"你住进来多久了？"

"六个月多一点。"

"外面的世界是怎么样的？"夏语冰上身前倾，眼神有些憧憬地望着他。

"呃……"井言海没想到她会问这样的问题，沉默了一会儿，"很难讲，挺复杂的，各种人都有，什么事都会见到。反正真正在社会上，所有的都与利益相关，一切都是以利益为第一导向的……"

"这些我都知道。"夏语冰打断了井言海的话语，"我不想听关于人的，我想听的是外面的世界。"

井言海愣住了，不知该如何回答。

"你看见过大海吗？"夏语冰问。

"见过一两次。"

"能说说吗？"

"嗯……"井言海好好地想了想，将年少时去过海边的几次经历从记忆深处翻出来，"我小的时候海很蓝，天气好的时候，海面跟天空连在一起，蓝色由深到浅依次渐变上去，还有这么几朵云，像……白颜料涂上去的。"

"你语文学得不太好吧。"

"……"

看着一脸窘迫的井言海，夏语冰忽然扑哧一声笑了出来，"对了，还没问你的名字呢。"

"我叫井言海。"

"我叫夏语冰。"

"我知道你叫什么。"井言海神色有些恍惚。

"我知道你知道我的名字。"夏语冰狡黠一笑。

　　井言海又窘迫起来。夏语冰吃完了菜叶子，调笑般地看着他，"那个碎嘴的老丁跟你说了不少我的事吧？"

　　井言海木讷地点了点头，却见夏语冰望向窗外，语气飘然，"如果能出去，我是说如果，那时候你带我去看看海，好不好？"

　　"好……好啊。不过，为什么是我？"

　　夏语冰盯着井言海看了一会儿，才说道："你跟这里的人不一样，你转头看看这里的人吧。"

　　井言海环视了一下四周，每个人都边玩手机边吃着饭，脸上意兴索然，挂着疲惫和对一切漠不关心的冷淡神色——这个社区的每个人都是如此，彼此之间几乎没有什么交流，按部就班，日复一日。

　　"对了，"夏语冰忽然说道，"那晚在我直播里评论'发条城市'的是不是你？"

　　"不是啊，我只是……评论了一个句号。"井言海失笑，"我也在想那是谁发的，感觉就是在比喻我们这个社区。"

　　"你还真去搜过我的直播来看啊。"夏语冰猝不及防地把脸凑到井言海跟前，轻笑道。

　　"啊……啊，我是，我是晚上睡不着，就，就……"

　　"是啊，真是一个合适的比喻。这个社区里的每个人都渐渐失去了各种情绪，就跟零件没什么两样。"夏语冰打断井言海，非常熟练地拿过他的饮料喝了起来，"当然，这也是这个社区建成的目的。科技发展和社会体制完善的结果就是一切都向机械化的趋势发展着，包括城市。安顿好了我们，就给人工智能腾出了很多位置。人工智能的效率和准确性可都比员工高很多啊。"

　　井言海忽然有些不满，"说起人工智能，我就有些不懂了。发展科技不就是为了给人类提供更好更优质的生活吗，可如今人工智能反而抢走了我们的饭碗，这不是本末倒置吗？"

夏语冰像是听到了什么好笑的笑话一样，捧腹大笑了好一会儿才缓过劲来说道："从来就不是人工智能夺走了人类的生存地位，从来不是。从有人类开始，就一直是少部分人在抢夺剩下所有人的生存位置，一直如此，只不过他们抢夺的技巧越来越高明了。"

井言海如醍醐灌顶，坐在位置上愣了好一会儿，不知道该说些什么。

"对了，"夏语冰笑完又道，"刚刚还有一个问题忘记说了。在'至治'社区居住的人们，虽然满足了生存的所有需要，但基本上对未来没了什么盼头。古时候的人民虽然疾苦，但他们每天干农活儿，至少会盼望着来年有个好收成，总归有个盼头。这样他们也就愿意传宗接代，养儿防老。可这里的人没有，他们看不到什么未来的，所以相当一部分人……"

井言海明白了她话中的深意，只感到脊背一凉，"这个社区还能控制人口，控制贫民的数量不再过分增长……"

一时无言。

夏语冰扫了一眼井言海的餐盘，"你吃完了吗？"

井言海闻言，默默放下了刚刚拿起的马卡龙甜点，夏语冰顺手接过去塞进嘴里，然后两人在一种奇妙的默契中起身，向放餐盘的窗口走去。

"你不继续工作了吗？"井言海擦擦嘴，发现夏语冰跟着自己一起走出了食堂。夏语冰没有回答，只是抬手指了指身后，井言海顺势转头看去，才发现食堂里早没有用餐的客人了。

"那你接下来准备去哪儿？"井言海问。

"回家嘞，不然去哪儿，难不成还能出去？"夏语冰似笑非笑道，"倒是你，这个方向不是往水流中枢去吧，不做工了？只干上午的话，工时可没满五个小时吧？"

"啊，我累了，不想做了。"井言海有些局促地说着，跟夏语冰一道往住处的方向走去。

没走多久，井言海便送夏语冰走到了二单元的楼下，在离开前他有些生硬地问道："你回家准备干什么呢？"

"干什么？"夏语冰想了想，"把今晚直播的脚本写一写吧。"

"喔喔，话说今天天真热啊。"

"嗯。"

"那，再见，有机会再聊。"井言海实在找不到话题了，只能看着夏语冰转身走向单元门。夏语冰走到一半，却忽然停住了，又转身走了回来。

"咋了？"井言海愣了一下。

"嗯……我忘带钥匙了。"夏语冰尴尬地笑笑，说着又有些愤愤，"外面的世界用虹膜识别、用指纹锁都用了多少年了，这儿居然还要用钥匙。"

"返璞归真嘛。"

"我能去你家待一会儿吗？"夏语冰眨巴着大眼睛。

"呃，当然可以。欢迎，欢迎。"井言海一脸受宠若惊。

夏语冰一屁股坐在井言海窄小的床上，看着他递过来的纸和笔，"给我这些干吗？"

"啊，你不是说今天下午要写晚上直播的脚本吗？"井言海打开了空调。

"亏你还记得，"夏语冰扑哧一笑，"可我字丑，我喜欢用电脑写。"

井言海挠挠头，看着桌上已经没办法开机的旧电脑，"可是我的电脑坏了，我准备新买一台，但还没下单。"

夏语冰狡黠一笑，"是还没攒够钱吧？"

被揭穿的井言海一时语塞，好半晌才有点不好意思地问道："那怎么办，你的脚本不是写不成了？"

"没关系啊，那就聊聊天呗。"夏语冰笑着望向窗外，"你住进来之前是干什么的啊？"

"搞土木的，设计房子的结构啥的。"

"在设计院吗？"

"在房地产公司。"

"你们修的都是外面世界的房子吗，也像这里这样吗？"

"不太一样。虽然主要的基础设施种类跟这里差不多，但是要豪华很多，而且功能也全面得多，到处都是人工智能提供的服务，"井言海想了想又说，"外面的房子总是有着各式各样的建筑风格，当然室内也是有很多风格的装饰。不像这个社区里，抛弃了所有的装饰，只有单调的混凝土墙面和柱子，冷清得很。"

"是啊，这里全是混凝土的外表，住久了真的觉得很压抑很难受。"

"你知道吗，之前有研究说，如今的人们越来越多的精神心理问题，比如抑郁症、精神分裂什么的，这跟现在的建筑是有很大关系的。"井言海疯狂寻找着话题。

"是吗？我之前都不知道。"夏语冰回头看着井言海，"确实，建筑的立面效果不好会让人感到压抑或者别的，但不会有这么大的影响吧。"

井言海笑笑，"因为现在的建筑形式决定了人类的聚居形式啊。如今一幢楼能住几百户人家，就是将上百个从来不认识、毫无交集的人聚在了一起，不一样的作息时间、繁忙的工作和封闭的方块空间把一个个居民孤立起来，这原本就是违背人类天性的啊。"

"你这么一说倒是很有道理。"夏语冰面露思索的神色，"或许这个社区里的人们变得这样冷漠，跟建筑形式还有抛弃一切装饰的混凝土墙面也有一定的关系吧。"

"说起来，你读大学的时候也住在外面的世界吧，怎么好像对外面的世界还是那么好奇呢？"

"或许没出去过，我就不会那么好奇了吧。"夏语冰撩起鬓发别在耳后。

井言海静静地望着她，等待她继续说下去。

夏语冰转头看到井言海认真的眼神，苦涩一笑，"从前我觉得世界就是社区这么大，简单地日复一日过着相同的生活。直到后来我出去读大学了，看到外面的世界是那么的大，那么多样，那么精彩。听到同学们讲述各种各样的生活、多姿多彩的风景。他们常常出去玩，可我不行，我只能住在爸妈全力工作才能勉强供我住的寝室里，没有能力支付额外的花销。"

这样说着，夏语冰的语速越来越慢，声音也越来越轻，房间里凝固着压抑的气氛。井言海不擅长对付这种状况，眼看夏语冰有些说不下去了，便站起身准备离开卧室，"我去给你拿点吃的。"

夏语冰忽然伸出抱膝的手抓住了井言海的袖子，脑袋埋得很低，轻声说道："听我说完，好吗？"

井言海无言地回身坐下。

沉默了半晌，夏语冰又继续说道："我出生之后，父母才带着我搬进来，所以他们总是觉得欠我什么，觉得是他们不够好才没能让我过上开心快乐的生活。所以他们努力地工作，拼命地工作，甚至连自己的养老保险都没有买。你知道吗？因为在这里干的都是体力工作，人总有年迈干不动活儿的一天，所以这里的居民大多都在额定的工作时间外多做点工，攒下钱买上养老保险。当然了，因为这里的生活其实真的没啥意思，所以也有不少人混过一天算一天，真正做不动了就自杀也是有的。"

"说真的，我真的不知道我爸爸妈妈以后会怎么样，"夏语冰的语气里藏着一丝费劲压抑的哽咽，"但是……但是我的父母努力工作送我读书，送我去学那些他们自己理解不了的东西。可学成之后，他们又要用他们过去的思想体系下的常识来规范已经接受过高等教育的我。所以……所以我对他们只有感谢，感谢他们供我读书、供我生活，更多的，也没有了。"

听到这里，井言海感到胸中淤积了一股浊气，怎么也吐不出来，哽在心口不知如何排解，更不知怎么安慰眼前泫然欲泣的女孩。

缓了缓，夏语冰又继续说道："我现在做着主播，他们很不屑，但我只有这样才能出去，而且要出去还要更多更大的努力和勇气。可就算我能出去，以我的能耐也就只能一个人出去，我顶多定期给他们打一些钱，要接他们俩出去，那是根本做不到的。"

"他们都是跟不上这个时代的人了吧。"许久，井言海才缓缓地说道，"其实，我们也跟不上这个飞速发展的时代了。"

夏语冰轻轻地点头，没有言语。

隔壁忽然传来翻箱倒柜的声音，紧接着就是"嘀"的一声，房间里的空调自动关掉了。

"咋回事？停电了？"井言海试着开了开灯，发现确实没电了。

"老丁，咋啦？"井言海对着隔壁大喊，却没有得到回应。倒是依稀听到同一楼层传来叫骂声，都是埋怨忽然停电的。

"也不知道老丁在隔壁鼓捣些什么，虽然每个住户都限压，但老丁是用了多大功率的电器才能让一整层楼都停电？"井言海似是自言自语，又像是在跟夏语冰搭话。

夏语冰只是双手抱膝，脑袋埋在双臂之间，一言不发。

"我有一点建议。"井言海忽然说，"我看关注你直播的人很少，看的人也很少，你又是在深夜播放，我觉得你可以试着在直播里讲讲故事，讲讲自己的故事什么的。因为深夜人总是容易情绪化，所以如果讲一些真情实感的故事的话……"

"你是想让我去卖惨吗？"夏语冰抬起头，面无表情，眼神却异常复杂。

"我……我，不是，我就是提个建议……"

"好了，我知道了。你的建议我记下了。"夏语冰冷淡地说了一句，中断了对话。

暮色四合，井言海送夏语冰走到二单元的楼下，远远地看到两个步履有些蹒跚的中年人缓缓走来，身上带着特殊的油污。夏语冰停下脚步，转头对井言海说道："就送我到这里吧，我不想让我爸妈唠叨些什么。"

井言海默然地点了点头，转身离去。

5

之后，很多个半夜惊醒的夜晚，井言海都盯着新买的电脑发呆，不敢搜索夏语冰的直播来看。他不知道自己当初为什么要给夏语冰提那样的建议，更不敢去知道她有没有采纳自己的建议。他怕她采纳了，更怕她不采纳。

这天，井言海又望着简陋的混凝土墙面迎来了黎明的晨曦。随晨曦而来的还有一阵嘈杂的声响，打破了这一丝宁静——井言海听到隔壁传来了剧烈撞击的声响、尖叫声与吵闹声。他猛地站起身向门外走去，他从那混乱的声音里听出老丁的叫骂声。

打开房门，井言海就看到几个穿着白大褂的人架着老丁从隔壁的房间里走了出来，老丁挥舞着双臂，叫骂着一些井言海听不懂的字眼，像是方言。

"怎么了？你们在干什么？"井言海皱起眉头问道。

"丁茂林被确诊为精神分裂症，要住院隔离。"一个"白大褂"头也没回，双手紧紧地抓住老丁的手按了下去。

"什么？精神分裂？"井言海大吃一惊，再抬头看着老丁。只见老丁斑白的头发乱得跟草团一样，咧开的嘴巴流着浑浊的口涎，咬紧的牙关里一直咯吱咯吱地蹦出些井言海听不懂的词语。

眼前的场面让井言海骇然，他无法想象一直精神矍铄的老丁怎么会变成现在这副模样，他究竟经历了什么？在这里住了快一年了，井言海已经习惯了整个社区里冷漠的人们，而老丁的存在无疑是一股清流。但现在他再想想，或许在其他人眼里，往日待人热情的老丁，跟如今疯疯癫癫的老丁一样都是异类吧。他忽然想起最近几天老丁都没来上工，但自己根本没在意。

"拜托让一下，谢谢。"白大褂说着，就跟几个同事按住老丁向这边挤了过来。井言海默然侧身让开，看着老丁被医护人员架着与自己擦身而过。一瞬间，他们的目光相遇了，从老丁那混沌的眼神里，井言海觉察出他仿佛想传达些什么，他身体前倾想听清老丁说的内容，却只是徒劳。

最终，井言海望着老丁和医护人员远去。走了几步，老丁忽然挣脱束缚，但很快又被钳制住。晨光熹微中，扭打在一起的肢体让井言海莫名想起幽暗的深海中互相纠缠撕咬的抹香鲸和大王乌贼。

老丁的房门依然开着，井言海踌躇了一下，还是走到门口看了一看。不大的房间中一片狼藉，本就不多的家具都被掀翻倒地，光秃秃的混凝土墙壁上被尖锐物品划出了一道又一道的划痕，深深浅浅，长长短短。

好奇心驱使着井言海走了进去，他发现墙上贴了很多纸张，粗粝的墨笔在上面画了很多抽象的图案。看起来不像是为了表达什么，更像是出于发泄。走进里屋，他看到了老丁当初说的按摩枕，但已经被拆卸成了一个个的零件，破烂不堪。看上去待人热情的老丁，独自一人的时候究竟是什么样的呢，他又过着怎样的生活呢？

转过身, 井言海被老丁桌上摆着的一样奇怪的东西吸引了注意力。那是一个组装起来的电子设备, 用上了被拆卸下来的按摩枕上大部分的零件, 从设备上引出来几根线路, 通过一个简易的插线板接在墙上的插座里。设备的另一端也引出了几根线路, 接在一枚不知从哪儿弄来的万用表上。

"这是啥东西?" 井言海自言自语着, 上前准备仔细看看, 便听到屋外传来人对话的声音。他低头走了出去, 与正走进来的几个穿着制服的男子险些撞了个满怀。

"你是干什么的?" 一个穿着制服的男子问道, 看样子应该是社区里为数不多的治安人员。

"我住隔壁。" 井言海有点答非所问。

"你是丁茂林的什么人?" 另一个制服男子掏出个本子, 似乎想记些什么。

"我是他的邻居。" 井言海闷着头, 想赶紧走出去。

"这样啊, 那你说说他平常是啥样的人啊?" 拿着本子的男子好奇道。

"他平日里待人热情, 很关心邻居, 有什么都热心帮忙的。" 井言海边说边回想着老丁往日的言行, 再看着周围触目惊心的墙壁, "他是个很好的人, 我一直这么认为。"

"哦。" 男子说着在本子上随便勾了几下, 便准备往屋里走。

男子出奇的平静让井言海有点不能接受, 难道老丁无缘无故疯了是这么司空见惯的事情吗?

"你们是……" 井言海问道。

"我们是来专门收拾空出来的住房的。" 男子收起本子走进里屋,示意他的同事们收拾一下客厅。

井言海张了张嘴,却没有说什么。走到门口的时候,他听到身后的传来几句简单的抱怨:

"每次干这种活儿都费劲,房子都被糟蹋得不像样子了。"

"是啊,还是收拾正常人的房子省事儿。"

井言海转身回到自己的房间,紧紧地关上门。回想刚刚经历的事情,他只感觉脊背发凉:从来只有破产之后搬进"至治"里来的,但社区建成以来却从没有谁能真正搬出去,那为什么还会出现专门收拾空房间的组织?空房间里原来住的人都去哪儿了?为什么在他们眼里,像老丁这样突然疯掉的住客似乎很常见?

这时井言海才想起一个被忽略的重要问题——老丁会被带到哪儿去?

似乎想起了什么,井言海跑进里屋打开电脑,登入"至治"的官方网站。他进入"基础设施"分区的"医院"分栏,看到有"精神科"这个选项,点进去,果然看到了刚刚登记住院的老丁的名字。他又继续在网页上查找,希望找到类似打扫房间的组织,却一无所获。他黑进了官网的内部登记系统,发现"至治"社区的人员流动比他想象的要大,而且离开的人员数量要大于入住登记的人数,离开人员的去向也没有任何记录。而这些去向不明的前住客,在搬进来之前基本上都是从事技术相关的工作,尤其是精密仪器和电子设备。

不是说社区建立以来从来没人搬出去过吗?那这些人去哪儿了呢?

之后,井言海多次去医院探望老丁,却发现老丁基本上都处于沉睡之中,据护士说这是用药之后的副作用。看着病床上安安静静地躺着的老丁表情十分安详, 再联想起患病前后的他, 井言海不禁觉得这难得的平静祥和或许就是治疗的目的吧。与老丁一样平静地睡着的, 还有这间病房里的五六个病友。

水流带动着整个中枢的巨大机械运作, 从这个高大的建筑输送到社区的每一个角落。井言海正卖力搬运着水, 忽然收到了暂停工作的指令, 他跟工友都愣了一下, 不知道发生了什么事。

"停工? 这从社区建成以来就没有过啊。"老工人从高大的水轮机上探出脑袋, 嘟囔道。

"那就休息呗, 老马! 反正现在算我们的工时!"正在提水的年轻工人把水一倒, 桶也丢到了一边, 大声对水轮机上的老工人叫道。

"你小王八蛋倒是想得开!"老工人笑骂一句, 也停下了手中的工作。

就在此时, 井言海忽然感到浑身上下起了一层鸡皮疙瘩, 皮肤一阵发麻。他转头看了看身后的墙壁, 他知道这个墙壁后面是整个中枢的变电站。他打了个激灵, 再望向远处的窗外, 发现外面的灯火并没有熄灭。

水流中枢停工, 社区却没有断电?

广播里再次传来人工合成的女声: "请大家继续工作。"

随着一阵阵堪称整齐的叹气声, 偌大的水流中枢又再次运转起来。年轻工人们围着巨大的水池提水, 唱起了嘹亮的工作号子。井言海却没有继续投入工作, 他总觉得哪里有些不对。刚刚那种电磁场笼罩身体的感觉褪去, 他却想起来那日在老丁房间里看到的组装起来的电子设备, 忽然惊觉那个由一堆拆卸下来的零件组装成的玩意儿,跟这个水流中枢的构造一模一样!

井言海觉察到有问题,再无心工作,早早地下了班赶往医院。

走进病房时,病人都沉睡着,房间也没有开灯,只有窗外的光亮投进来。老丁依然睡着,一旁放着的井言海几次探病带来的水果和牛奶等物品,一点没动过。

井言海正准备离去,老丁忽然睁开了眼,在昏暗的病房里显得特别瘆人。井言海心下一紧,回想起他被带走时的样子,不由得一阵恐惧,向后退了几步。老丁手撑床沿坐了起来,幽幽地看了一眼井言海。

"小海?"老丁的声音嘶哑得不像话,看来已经很久没有张口说过话了。

"老丁,你感觉怎么样?"看着丁茂林这么平静,井言海觉得或许是药物起了作用,一时有些欣喜。

老丁忽然露出一个弧度大到诡异的笑容,满脸胡茬之间的森然白牙在零星的光线里显得尤为狰狞。一瞬间井言海想逃,但他强行忍住了,只听老丁古怪的笑声像上了发条的坏闹钟,断断续续说着:"发条城……发条城……嘿嘿嘿……发条城……"

井言海感到遍体生寒,想逃离,但他还是忍住了,随手拿起一盒自己带来的牛奶递给老丁,老丁接过来就开始喝,再度平静下来。

"老丁,你最近过得怎么样?"井言海问。

老丁依旧喝着牛奶,像是很久没喝过水了一样。

"小海啊,你住进来已经一年了吧。"老丁几口喝完了整盒牛奶,打了个嗝,眯起眼睛缓缓地说道。

"嗯，快一年了。"

"那觉得这里怎么样啊？"老丁此时的笑容算不上和蔼，但还是让井言海想起了半年前跟自己谈论"至治"好处的丁茂林。

"我觉得其实还好，除了大家都有点冷漠。"井言海答道。

"我没问你社区的生活，我问的是社区本身。"老丁脸上的笑意渐渐冷却。

"社区本身？"井言海一怔，他敏锐地觉察到对话正在向他此行的目的慢慢地靠近。

"你觉得这个社区仅仅只是个给我们住的地方？"

"不太对劲，总有什么地方不太对劲。"

"怎么个不对劲法？"老丁像是来了兴致，上半身微微前倾。

"整个社区就像钟表背面的机栝一样，上了发条之后每个人就成为零件在推动着社区运转。这里就是一座发条城市，"井言海想了想又补充道，"各种意义上的。"

"说到点子上了。"老丁说道。

"点子？"

"嘿嘿，你也说了，社区就像钟表背面的机栝，每个人都是机栝上的零件，那么零件旧了，是得换的。"

听到这话，井言海只觉脊背一凉，但接下来老丁更加语出惊人。

"还有，你有没有想过，"老丁浑浊的眼珠忽然放出异光，"既然有了背面的机栝，那钟表的正面呢？表盘在哪儿？"

井言海如遭雷击，表盘在哪儿？！

"我花过不少时间模拟水流中枢每天的发电量，也计算了社区每天大概的用电量……"老丁眼睛都快眯成了一条缝，声音越压越低,"发电量要远远大于用电量啊。"

虽然猜到老丁要说什么,但井言海还是浑身一震,还未等他理清思绪,就见老丁挣扎着从床上站了起来,挥舞着双臂放肆地大笑大叫:"发条城! 发条城市啊! 啊哈哈哈哈! 表盘呢! 表盘在哪儿呢? 啊? 哈哈哈哈! "

突然的大叫吓到了井言海,也引来了值班的医护人员。几个膀大腰圆的白大褂冲进病房,按住发疯的丁茂林,其中一人拿出装满蓝色药剂的针筒向老丁后脖颈扎去。被注射了药剂的老丁很快就晕厥过去,白大褂们把老丁放回床上,瞥了一眼震惊无比的井言海,扔下一句:"以后别来探这种重症病人。"

"你们给他打的什么? "

"镇静剂。"白大褂们头也不回。

6

老丁疯了,疯子说的话不能信。井言海一直这么告诉自己。

但之前发生的事情一直在他脑中反复出现:老丁房间里奇怪的组装设备,那一次引起全层停电的大功率实验,水流中枢的几分钟停工,停工后社区依然没有断电,停工时变压站忽然放出的电磁场……这一切的一切,都让井言海隐隐感到这个社区有着他所不知道的秘密,他惶恐极了。

发条城,表盘在哪儿?

　　他下这个决心不知用了多大的勇气。十一点过后的水流中枢寂静无比，最后一批水工下班回家。听到大门关上的声音后，藏匿在水轮机上的井言海悄悄地爬了出来。他脱掉鞋提在手上，轻手轻脚地走下钢制楼梯，走到变压站门前，输入了开门的密码。

　　白天工作的时候他特地在这附近徘徊许久，好不容易等到一次电工进入变压站的机会，在一旁暗自记下了密码。随着门的打开，井言海忽地想起那天没带钥匙的夏语冰，有些庆幸这个社区内的科技水平总是落后外面好多年，若这锁是指纹或者虹膜识别，那还真没办法。

　　井言海把鞋放在门边，轻轻地走了进去。门内仿佛是另一个世界——房间的中央是个巨大的球体，从球面斑斓变换的色彩来看，它依然运转着，没有随着水流中枢的停工而停止。井言海想起当初参与的一个水电站修建工程，在那个项目里，他接触到了代表着最新科技的超导加速变压装置。除了尺寸更大之外，跟眼前这个球体并无两样。他知道这种装置的变电效率极高，损耗极小。

　　看来在这个社区里，并不是所有技术都落后于外面世界几十年啊。

　　井言海缓缓地走近那个球体，渐渐感到与那日一样皮肤发麻的感觉。他注意到球体的下方有通向地下的通道。水流中枢还有地下一层？这是从未听说过的。球形变压器斑斓的色彩照亮了通道里向下的阶梯，井言海吞了一口唾沫，向地下走去。虽然脚步已经放得很轻了，但在狭长的空间里井言海还是能听到自己轻微的脚步声和回声。他屏住呼吸，每一步都走得胆战心惊。

走出通道的时候，井言海感到心脏停止了。他看到了一个环形的房间，墙壁上安装着六面巨大且清晰的投影屏幕——投影着来自六个角度的自己。他的一举一动，一颦一笑，都会在分辨率高到令人发指的屏幕上实时呈现。房间的中央依然是一个向下的通道，但此刻井言海的身体已经被巨大的惊惧攫住，根本一步也动弹不得，浑身冷汗如雨下。井言海恨不得转身就跑。

四周寂静无声，井言海能听到自己的心脏在胸腔里狂跳的声音，他匆匆地回过头，确认身后没人。井言海深吸了一口气，稍稍平复下来，就在这样一个紧张无比的环境里，他不知怎的又想起了夏语冰。

如果她在这里，会怎么做呢？

她大概会对着六面显示屏照镜子吧。想到这里，井言海不禁在这种环境里笑出了声，紧张的氛围瞬间减轻了几分。他定了定心神，向房间中央的地下入口走去。再下一层的房间构造跟上一层相差无几，只是房间的中央有无数根巨大的电缆纠缠在一起，贯通了天花板和地面。井言海打量了一下四周，却发现再没有任何类似出入口的东西了。

他沿着四周走了一圈，仔细摸遍了墙壁和地面的每一个角落，发现整片墙面和地面似乎是一体的，极度光滑平整，甚至连一点施工缝隙都没有，如同天然形成的地下溶洞。根据在外界工作时积累的见识，他只知道混凝土整体浇筑可以达到这种效果，但这个房间的建筑材料根本不是混凝土，而是石材。

这个房间居然只有自己来的那一个出入口，难道说这便是水流中枢的全部了？果然老丁说的一切都是疯话吗？还是说"表盘"另有入口？

井言海不由得感到一阵失望，又再仔细搜寻了一遍，仍是无果，但他始终觉得哪里不太对劲。他走到房间中央，仔细地端详着虬结在一起的巨大电缆线，然后他终于明白了问题所在：

如果这个房间就是尽头，那么修建这个房间的意义何在？

巨大的电缆从天花板穿入地下，是在给什么东西输送庞大的电能？

整个房间里没有照明设备，他为什么能看清房间里的每一个角落？

这些问题在他的脑海里萦绕不去。如果说没有照明设备还勉强可以解释成是一种未知的科学技术，那么前两个问题则揭示着，在这片地面之下，还存在着难以言喻的庞大未知。

但井言海没有任何办法解答自己的疑问，这个浑然一体的房间只有一个出口。他甚至试着用镀铬的钥匙在墙壁上划动，却连一点点痕迹都没有办法留下。他走到房间的中央的电缆前，除了感到皮肤一阵发麻，他好像还隐约听到了电缆中传来的"嗞嗞"的电流声，可仔细听去，又像是低声私语，只是听不分明究竟说了些什么。

看来只能离开了，一无所获的井言海有些遗憾地回到了变电站外，却感到浑身的寒毛都炸开了——门前他留下的一双鞋不见了！原本下班后就紧闭的水流中枢的大门现在也敞开着！

井言海根本来不及思考究竟发生了什么，光着脚跑出了水流中枢。大门在他身后缓缓地关闭，机枢运转的声音在他听来犹如机枪扫射一般恐怖。他脑海里只回想着一个念头——他所做的一切，都被谁毫无遗漏地看在了眼里。

剩下的他不敢再想，他不敢去想那双看着他的眼睛是从什么时候开始出现的。他不敢去想那些无端空出来的房间里原来的住民都到哪里去了，更不敢去想自己会遭遇怎样的后果。

之后的一连好多天，井言海都把自己关在房间里不敢出去，仅仅依靠着家里囤积的食物维持生活，惶惶不可终日，门外传来一点点的响声都会让他提心吊胆。在度日如年的恐惧中，他甚至感觉房间里单调的混凝土墙壁上随时都可能投影出自己的样子，就像在水流中枢地下一样。他甚至不敢再照镜子，看到自己的影像让他感到无比恐惧。他不知多少次被噩梦惊醒，黑暗中似乎又有一双双眼睛在看着自己。

所幸，好几天之后仍然没有任何人找上门来，井言海也渐渐放下心来，偶尔还会去公共食堂吃顿饭。他忽然想到，当初老丁疯掉之前很长时间没有上工，会不会也经历了这样的精神煎熬？

"你这些天都干吗去了？我也没见着你人。"夏语冰打量着一脸憔悴的井言海，眼前的这个男人用形容枯槁来描述也绝不过分，"搞得跟个幽灵似的，眼窝深到能养鲸鱼了，你都不照镜子的吗？"

井言海如实地点了点头。他没想到还会在食堂见到夏语冰，更没想过她还愿意同自己讲话。此刻的他已经很多天没有刮胡子了，只靠存粮度日的他也已经瘦得不成样子。

"都不照镜子啊，真是不讲卫生，所以我才不喜欢你们这些臭男人。"夏语冰支颐而笑。

"哦。"井言海轻声地回答道。

"喂,你别这样啊!"夏语冰有点不高兴,"你可别也跟这里的其他人一样变得冷冰冰的啊。"

井言海抬头看着夏语冰,这么久不见,她好像又漂亮了一点,容光焕发。

夏语冰仔细盯着井言海的眼睛,半晌才轻声地问道:"发生什么事了吗?"

井言海张了张嘴,却欲言又止。虽然满是心事,但这些都是不能跟任何人说的啊,他可不想让夏语冰背上跟他一样的重担。

见他什么都不说,夏语冰也不再强求了,只是淡淡地说:"你不想说你的事,那我就说说我的吧,我想我快要出去了。"

"你要出去了吗?"井言海这才想起,半年过去了,他没有看过她的任何一场直播,也不知道她做到什么地步了。

"一开始我尝试了你的建议,讲一些自己的故事,甚至讲得哭了起来,一夜之间涨了很多粉丝。第二天我再回想起来的时候,觉得那个在镜头前哭泣的自己很恶心,不想再那么做了。但是直播还得继续做下去,我想了想,决定讲别人的故事。大学期间我读了很多书,都记得个大概,于是我把那些读过的故事换个名字继续讲述。其实也不是我想换名字,是我实在记不住那么多人名。"夏语冰有些羞赧地一笑,"关注我的人越来越多,也不知道是他们都不看书了还是什么,我讲的故事好像很吸引他们。"

顿了顿,夏语冰又继续说道:"再后来呢,我开始模仿那些作者的风格自己编故事。模仿不是个容易的事情,一开始我只是简单地模仿他们故事里出现的剧情和意象,后来我开始模仿他们故事中情节的起承转合、模仿他们故事中的角色设定,最后我试着模仿他们故事中的情感基调——当然这比较困难。"

这一番话让井言海茅塞顿开，半年来他一直在编写他量产故事的程序，从素材库中调取素材随意排列组合的指令没有任何问题，但一直卡在故事甄别的部分寸步难行，不知从何下手。而现在，夏语冰的话终于让他找到了这个落脚点——从模仿名家开始。首先，在人物的素材库中设置一个子素材库，收纳各种性格特点，再根据名家的风格将性格随机排列组合成一个个角色。其次，夏语冰说得很对，情节的起承转合正是故事的灵魂。在这一个个节点中模仿名家的风格进行约束，可以让故事的格调大大提升。至于感情和其他方面的细节，还需要慢慢地琢磨，但这个大方向是可行的。

"为什么说模仿情感基调很困难呢？"夏语冰叹了口气，"我在编故事的过程中，总是绕不过我自己。代入感总是很碍事，无论角色性格如何，我自己的感情总是融入其中。编故事的人在熟悉的感情里写陌生的故事，听故事的人在别人的故事里流自己的泪。"

正是这段话让井言海意识到了量产故事程序的优点，只要是人写故事，就很难绕过作者本人的情感，除非是真正的大师。因此人物反应与其性格不太符合的现象就常有出现，但如果利用程序来限定，或许会好很多。

"从那以后过了半年，这半年里我依靠讲故事让自己的粉丝越来越多，我也跟一家知名的直播平台正式签约。照这个趋势来看，我很快就要出去了！"夏语冰笑逐颜开。

"那恭喜你啦，成为社区第一个真正意义上搬出去的人。"井言海觉得此刻应该为她感到高兴，但那种叫高兴的情绪似乎迟迟不来。

"你吃完了没有？"夏语冰扫了一眼井言海没吃多少的餐盘，莞尔一笑，"走，我带你去喝点东西，这次我请客。"

这一刻夏语冰如阳光一般的微笑，成了井言海此后人生中无数次回忆起的绝美意象——支撑着他那即使离开了发条城市，却依然索然无味的数十年时光——真挚而娇媚。

7

在夏语冰的启发下，井言海花了半个月的时间初步编写出一套量产故事框架的系统，在甄别程序中添加了几位数年前风靡一时的小说作家的故事风格。他把自己初步完成的量产系统发给了几个大型的游戏公司和网剧制作公司，还有一家最近刚刚上市的VR体验公司，但过了好几天都没有收到任何回应，仿佛石沉大海。

不再去水流中枢上工之后，井言海靠着之前一年里每天超额做工赚取的工钱购买速食度日，作息时间变得越来越混乱，昼夜颠倒。夜幕降临，他就迎来了他一天之中精神最好的时候，坐在电脑前继续写一个优化系统的算法。敲下一个回车键开始测试bug，井言海瘫坐在椅子上望着天花板发呆，他又开始想这个社区的真正面貌究竟是怎样的，虽然不敢再去水流中枢的地下一探究竟，但一连几日的恐惧反而激发了他想象的灵感。

他想象着在这个社区的地下，有一个庞大的生产流水线，消耗着地面上产生的巨大电量。那一个个从社区中凭空消失的人们，都被暗中转移到地下从事流水线上的生产,这个流水线究竟是生产什么的呢? 井言海猜想是生产各种各样的人工智能,可为什么需要保密到这种程度呢? 一定是跟军事相关的,对,一定是军工智能。这时候井言海又回想起那晚在最后一层的经历,那个浑然一体的地下房间。在这次的回忆中,他相信他在地下的巨大电缆中听到了来自更下层的窃窃私语,还有被不断压榨劳动力的人们的哀号。

他又想象着,那个房间的天花板、墙壁和地板是个一体的坚硬的壳,房间里有灵敏的声控设备。一旦来者说出了正确的密码,整个壳体就会围着电缆缓缓地旋转起来,原本来时的入口会旋转一百八十度,露出隐藏在壳背后的另一个通道,通向更下层的空间。既然下面是军工智能生产线,那么随着继续深入,前方就会出现各种各样军事化的防御体系,如果没有密码或者身份验证,闯入者随时随地会被打成筛子。

越想越兴奋,井言海从椅子上站起身,虽然不敢再下去一趟,但他可以把自己想象的世界创造出来! 他关掉已经测试成功的程序,打开了快速建模软件,开始修筑起自己想象中的城市:地面之上跟现在居住的社区相差无几,地面之下是镜像一样的所谓"表盘"城市,一条条精密的生产线上生产着用于执行各种军事任务的人工智能。地面之上被选中的技术人员会被暗中转移到地下进入一条条生产线。而那些不愿意听从调遣的人,就会"忽然"染上各种各样的病症,被安排住院,最后消失。

他又利用自己的量产故事系统导出了几条故事线,与他创造出的城市相匹配。在其中的一条故事线里,主人公根据疯掉的邻居留下的蛛丝马迹不断追寻,深入地下,一路经历重重关卡来到了地下的"表盘"中。

利用在这个时代再简单不过的视频动画生成系统,井言海模拟出一个个小市民在这个双面城市中寻找和斗争的场景,制作了一个较为完整的历险游戏,他将其命名为——《发条城》。

几天的完善之后,井言海将这款名为《发条城》的游戏雏形发给了一家知名的游戏公司,可惜依然石沉大海。

但出乎意料的是,没几天后,井言海就接连收到了两家游戏公司、一家网剧制作公司和一家 VR 虚拟体验公司的邮件回复,他们都对他的量产故事系统表现出了很大的兴趣,并有几家就其中一些细节提出了非常中肯的建议。

井言海喜出望外,把《发条城》游戏抛之脑后,一心优化他的量产故事系统,并给它取名为"仓颉二号"。几家公司提出的建议都可以将让"仓颉二号"变得更加成熟和灵敏,但实现起来却不是那么容易。

正在井言海因为具体的算法陷入窘境的时候,他收到了一封陌生的邮件,邮件上写满了代码——那是他遭遇的算法难题的最优解。

井言海如坠冰窖,那时候老丁说的话又一次在他耳畔响起,"有人看着呢。"

至此,他真切地感受到自己在网络上的一举一动都被一双眼睛注视着。他也终于明白了为什么"仓颉二号"很久都无人问津,却在他把游戏《发条城》发出去的几天后就收到各个公司递来的橄榄枝。

或许,他设定的《发条城》游戏在一定程度上真的误打误撞地暗合了这个社区的本质。为了不让这款游戏在市面上流通,那双眼睛选择让他的"仓颉二号"被选中。

而此刻,那双眼睛又开始不遗余力地帮助他将这个系统真正完成。

此后的接连几天,井言海都能收到来自各个域名的匿名邮件,有的提供了非常精妙的算法,有的甚至直接附上了系统优化程序。"仓颉二号"得以不断地完善和成熟。

但很快井言海又意识到了一个让他惊恐的问题,他在《发条城》游戏中植入了主人公追寻疯子邻居留下的踪迹的剧情,这无疑暴露了老丁在这一故事中扮演的特殊角色。

他忐忑不安地再次打开了社区医院的官网,果然,丁茂林的名字彻底消失了。

看着这台花掉他大半年额外薪酬的崭新电脑,电脑屏幕在夜色中闪着诡异的蓝光,井言海忽然感到一阵恶心,他想拒绝这个恶俗的收买者,他不愿意变成一个任人摆布的零件。他想鼓起勇气找出这个城市的真相,就算不为了自己,就算为了……为了疯掉的老丁?好像没什么用。为了夏语冰?她就要出去了,更不合适。那么为了……为了谁呢?

但不管怎么说,他还是不愿意就这样妥协。

一个多月以来,这是井言海第一次回到了水流中枢上工,他做了很久的心理斗争,想试着再一次下地寻找社区的真相。为此,他模拟出潜入地下的最优路线,更是想好了如何再一次偷看变压站的密码,因为他知道密码肯定被修改了。为了继续深入,他将当日手机中测绘出的一体房间的模型导入计算机，利用扎实的结构知识模拟计算出了整个壳的应力集中点——那里是最脆弱的地方。多年结构工程师的经验告诉他，石材可以非常坚硬，但是脆性很高。准备万全的他对找出真相充满了信心。

但当他走进去的时候，他脑中做好的一切准备瞬间土崩瓦解——整个水流中枢的格局完全改变了，他根本找不到原来的变压站现在在哪里。

井言海强行镇定下来，按了指纹打了上班卡，然后挤出一个笑脸佯装从容地问身旁经过的一个水工："不好意思，我一个月没来上班，怎么厂里变化这么大了？这么短的时间，整个格局都变了吗？"

工人像是没有听到，心不在焉地摇了摇头，便走到蓄水池中打下一桶水。

仅仅一个月，供应整个社区水电的水流中枢就完全改变了格局，仿佛换了一个地方，这在井言海常识里根本是不可能的事情。他看着偌大的中枢里奔走工作的同事们，那一张张冷漠至极的脸都是他熟悉的。自己一个月没来上工了，看到这种巨变都觉得震惊无比。可这里头天天来工作的其他人，却一如既往地正常工作着，像是什么都没有发生。

这一刻，井言海是真的不知道，到底是他们不正常，还是自己不正常？

井言海在中枢里走了一圈，还是没找着变压站，也没有见到之前还算比较聊得来的老刘和小马，问别人，也没人搭理他。

这一刻，井言海站在水流中枢的中央，他感到那种骨髓里溢出来的无力感。这一刻他才真正想明白之前的自己究竟想干一件什么事，他知道那双眼睛肯定在无情地嘲讽他，甚至他自己也想笑，之前的自己究竟在跟一个什么样的东西作对？还真以为自己能成功？

井言海回到一单元的楼下，远远地看到了夕阳下的夏语冰，她正在跟满身油污的父母拥抱告别，她的脚边放着收拾好的行李箱。

"别哭了，我们为你骄傲。"井言海可以隐约听到这样的语句，带着哭腔。他站在楼下，像个稻草人一样呆立着，望向夏语冰的方向。看着落日的余晖洒在三人身上，井言海莫名想起了浅海中离开父母独自游向远方的小海豚。

"终于，你也走了。"井言海喃喃自语。

夏语冰似乎注意到有目光在看着她，转过头来遥遥地看了一眼井言海，露出了发自内心的笑容，在暖色的阳光下尤其美。但他知道，她不敢当着父母的面过来跟自己告别，他朝她用力地挥了挥手，算是告别，便独自上楼了。

深夜的房间里，井言海老老实实地把收到的邮件内容写进"仓颉二号"的程序里，并回复了那封邮件："谢谢。"

井言海收到的最后一封邮件是一份交房合同，房址在市区中央的商业圈旁，一共一百四十平方米——那双看不到的眼睛为他买了房子！

就在同一天，他收到了知名游戏公司的offer；他的"仓颉二号"也被正式买下，账户上多出了一笔钱，是超出他想象的天文数字。他从没想过自己会以这样的方式离开这个社区，但他的兴奋难以抑制，他不再去想老丁，不再去想夏语冰，他的脑中充斥着对未来的美好想象。

　　这天清晨，收拾好一切的井言海走出他住了两年半的逼仄小屋。晨光熹微中，他远眺着这座正在逐渐醒来的城市，无端想起日出时的宁静海面。在他的眼中，一切都那么美好。

　　他转身准备离开，却遇上了一个拉着行李准备入住隔壁的年轻人。

　　"小伙子，你叫什么名字，是干什么的？"井言海问道。

　　"我叫刘希夷①，曾经是一家游戏公司的编剧。"年轻人苦涩一笑。

2018.5

---

　　①初唐时期，有青年诗人名为刘希夷，曾作《代悲白头翁》，其中有诗云"年年岁岁花相似，岁岁年年人不同。"相传其舅宋之问苦爱这一句，为将此句据为己有，命奴仆以土囊将刘希夷压死。刘希夷享年二十九岁。

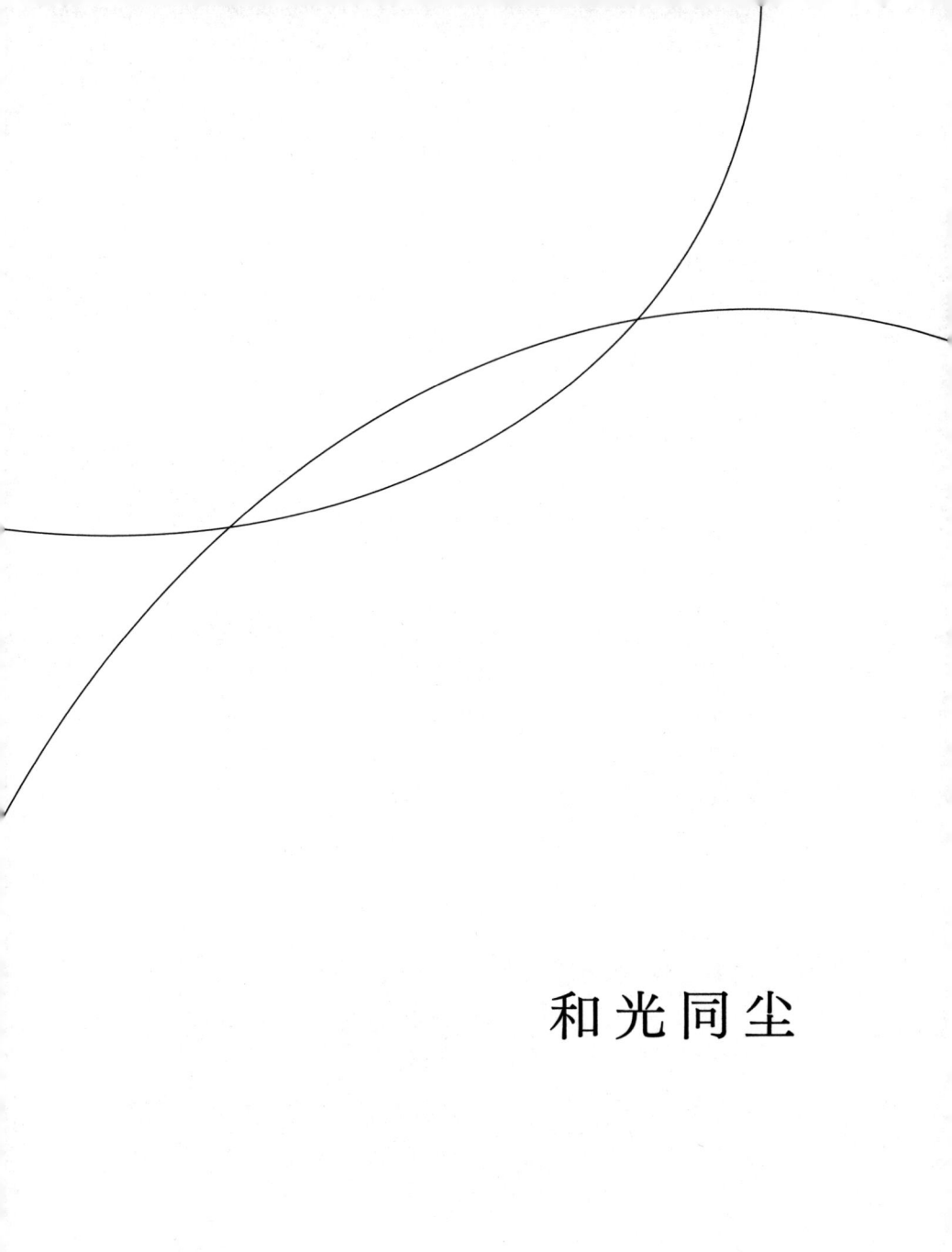

和光同尘

1

我曾是一个疍民。

广州最后一批疍民上岸的时候，父亲把我从水边抱起，连带盛着我的白铝锅子一道，抱离他们赖以生存了数百年的大海。

在那之前，疍民分布于南部的江河湖海，终生漂泊于水上，以船为家，所以又叫"连家船民"。疍民居无定所，自然谁都不知道我从何处漂来。我的出现伴随着政策和福利的下达，民间甚至组织了面向疍民的募捐，所以我被认为是带着福报降生的，由船上最德高望重的一户人家出面领养，不然压不住。

可惜他们很快就知晓了我被遗弃的原因，很简单，我是个与世界无关的人。

实在太明显，我看不见东西，也听不到声音。除此之外，我还是先天无痛症患者，感觉不到疼痛，甚至没有任何知觉——包括嗅觉和味觉。

所以，淳朴善良的连家船民不得不接受这个事实：遗弃我的不只是原生父母，更是整个世界。

无耳无目，形似蜒蚰，故疍家人称我作"蜒之子"。

只可惜疍民已经上岸，在沿海的城市分批定居下来，给了住房和户口，我也随之落户。于是他们无法再像我的生身父母那样，找一口锅装着我，把我丢下船随海流而走。来而不去，只能养着了。

船家人信佛向善，省出口粮来养着我，我颇为安生地活过了十多年，并无大灾大难。我平安地长在密不透风的绝对黑暗里，像穿越一口无顶无底的井，只生不活。岁月侧身而过，避开我。

当然，我能有时间的概念，能清楚地讲出这一切的缘由，分辨过去和未来，是因为绝对黑暗的井里有了光，因为事情出现了转机。

那日镇上下来政策，说要募集天生视觉或听觉障碍的志愿者，年龄不限。家人恐怕也没有细问招募的由头，就双方会面签字，替我做了这个"志愿"。无可厚非，不是吗？甚至是无可非议，毕竟我的身体没有给他们留商量的余地。

蛮久之后我才知道，我被送去的地方在海上，之所以来我们镇上募集志愿者，无非是因为镇子沿海，图个方便。

那地方叫"春生疗养中心"。

2

疗养院里有很多像我一样感官残缺的志愿者，但完全丧失五感的恐怕只有我一个。院方把我们这样的人召集到一起，期望给我们光明。

人对从未拥有过的东西会有期望吗？我不太清楚。

从一个不可确信的时刻开始，我的世界渐渐有了声响。起初是窸窸窣窣的杂音，后来声音愈发大了，再后来我能从杂音中分辨出有人在对我说话。那人说他是医生，他非常细心地教我语言，给我讲述我们生活的是一个怎样的世界。

这时，我的世界里也渐渐有了光，但晦暗不明；有了色彩，是模糊的光斑。因此，我有了"眼睛"这个概念。但我仍看不清是谁在我耳边低语，仍想象不出他描述的世界究竟是什么样子。

有一天他牵起我的手去到室外，说，那是风。

是风。我在心里重复了一遍。

风描过我脸部和手臂的每一根汗毛，这算是我与这个世界第一次亲近。越往前走，风越潮，带点咸和涩。突然，我被滚烫的红和橙黄击中，转瞬间身体也胀热起来，耳畔的杂音愈发激昂，一时站立不稳，好在医生扶住了我。他并没有察觉到我的异样，在他眼中，感官懵懂初开的我，恐怕跟新生的婴儿没有什么区别，孱弱而敏感。他是对的。

多年后我明白，那一次我看到的是黄昏日落。我从一幅名叫《被拖去解体的战舰"无畏号"》[1]的画作中重拾了那天的景致——仅对我而言的景致。

---

① 英国画家约瑟夫·玛罗德·威廉·透纳于1839年创作的一幅帆布油画，现藏于英国国家美术馆。这幅画描绘了"无畏号"从希尔内斯被拖曳至海斯解体的场景。

回到那时，红和橙仍在我的视野中燃烧，令人眩晕的回声充塞着我的双耳，我知道医生在我耳边说着什么，可我实在听不到了。我汗出如浆、泪流满面，不知过了多久，这种焦灼的喧嚣总算归于寂静，我的眼前一片漆黑。

我终于听到了医生的声音，他说，那是海。话音刚落，眼前的漆黑流动起来，我隐约看到昏暗中涌出点点幽蓝的光辉，矮矮地铺在视野的底部。

我知道海是什么。甚至在医生给我讲述之前，我对海就有了自己的记忆和理解：颠簸、混沌、无所依。可惜直到那时，大海仍没能在我视野中清晰地倒映和留存下来，只停顿于话头。不过在那以后，海对于我更多了一层意味：律动的流光。

医生问我，知不知道为什么疗养院建在海上？我说我不知道。他又问我，知不知道自己是怎么好起来的？我自然还是摇了摇头，别说缘由，我连自己正在好起来都没有意识到。

站得有些累了，这是好事，因为我多了知觉。医生扶我在海边的石头上坐下，凉的。他讲起治疗我的方法，那是一套相当复杂的治疗流程。治疗时我还活在绝对黑暗中，对整个过程没有一点印象。

这套治疗流程叫"二代光遗传疗法"。

具体的治疗方法他没有对我多说，只大概介绍了基本原理。听他说起来，这疗法好像也不复杂。我简单回忆一下：笼统上讲，所谓"光遗传"技术，就是用基因修饰和光刺激的办法来精确控制细胞的行为。

先说说初代光遗传疗法吧，其思路就是将一种特殊的腺相关病毒转染入神经中，诱导神经节细胞表面打开光敏通道。借助这个通道,医生可以用特定波长的光线精确控制细胞的活性,从而更改病变组织的性状。

基本上,初代光遗传疗法都是通过手术方式将光纤植入脑部,进行定向光感。但因为眼睛天然就暴露在光线下,所以不需要额外植入光纤,所以初代疗法就能够有效地治疗失明。

"现在你知道疗养院为什么在海上了。"医生说。

我仍是摇头。

"就是因为这些。"医生说着,似乎伸手指向了什么东西,但我看不真切。他好像忽略了这一点,继续说:"就是因为这些藻类。"

他告诉我,疗法中至为关键的一步是病毒转染。所谓病毒,实质上就是一类携带光敏通道蛋白的基因。藻类正是这类基因最重要的来源。光遗传学发展的前期,技术主要依赖于衣藻和团藻,后来延伸到更多其他藻类。我们在藻类中发现了大量对光高度敏感的光受体,因此疗养院被修在海上,便于收集更多原料。

"是这样啊。"我叹一句,"都是图个方便。"

"那二代呢,二代是什么样的?"我接着问。

他嗯了一声,继续给我讲述。初代疗法以光纤作为主要媒介,要治疗像我这样的患者还是费劲了些。于是,在初代疗法的基础上,疗养院发展出了更进一步的二代疗法。研究人员在深圳湾底部发现了一种新型藻类,从中提取出全新的携光敏通道蛋白基因,将其命名为"阿多尼斯"。

阿多尼斯是希腊神话中的春季植物之神,正如其名,这种基因会诱导注射者体表产生的新细胞表达出光敏蛋白,就像春天抽芽的新叶。

医生对我身上受损的感官定向注射了阿多尼斯，于是我所有接种的部位都对光睁开了眼。医生不需要手术，就可以在体外通过光照精确修改我的神经，从而达到治疗的目的。事实上，注射产生的光敏蛋白会停留在细胞内，贯穿动物的整个生命过程。因此治疗完成后，医生会用药物代谢掉我身体表皮的细胞，避免不必要的麻烦。

原来如此。

那一晚，我总算多少弄清了发生在自己身上的事，弄清"活着"是一种怎样的知觉。今后，我开始活，可仍是以一种不同于常人的方式。

3

世界在一点一点清晰，耳边的声响变得明朗，眼前的色块变得细腻。

听他们说，冬天刚刚过去，我很幸运，睁开眼就能看到这座岛屿的春天——是的，疗养院修建在一座岛屿上。那天医生带我去室外，彼时我已不再需要搀扶，可以亲身去看和触摸这个世界。

真的是春天。岛上花树盛放，海鸟低翔。忽然鸟们都被惊走，我也被远处传来的嘹亮声音吸引了注意。

医生见我困惑，告诉我，那是大铁角。

"什么是大铁角？"我问。

"跟我来吧。"他丢下这么一句话，就走在了前头。疗养院之外的地面没有太多人为改造过的痕迹，保留了几分礁石嶙峋的野性，走起来颇不容易。所幸没有走多久，我就见到了他说的"大铁角"，一眼就认了出来。

沿着岛屿的海岸线，人们修了一座长约百米的古银色通道。粗粝的金属蜿蜒成狭长兽角的模样，隔着相应的距离留下大小不一的孔窍。此时正值海风吹过通道，风声有如巨人吹奏洞箫，像远古的时光在钢铁的骸骨中梵唱。医生说，这是个装置艺术，被取名为"引风门"，但因为长得实在太像牦牛的角，所以大家都叫它"大铁角"。当然，也有一些患者，给它取名"风居住的街道"。

海风鸣吟，浪潮扑击海岬为之伴奏，谱着悠远的和歌，空阔而绵长。

医生掏出一本书，递给我说："是一本诗集，我挺喜欢，送给你。"

我接到手里，不解其意。当时我的视觉刚刚基本恢复，尚未识字，自然认不得书封上写的是什么。我问："怎么？"

医生摇摇头说："没什么，要走了，想着给你留点纪念。"

"要走了？"我问。医生没有再答话，后来我也再没见过他。听说他把治疗我的过程整理成一篇论文发表，获得了应有的声誉，被更好的平台赏识，调离了疗养院。恭喜他啊。

一段时日后，我已经认齐了必需的汉字，看来还不笨。一天我拿起医生送的书，到大铁角里坐着。就着早春的晨光，我读起这册诗集。

也许会有那样的时刻：

允许你又聋又哑地活着，而且
会允许你轻声嘟囔：死亡
生命
复活……

爱是我们往昔的脚步，
往昔是我们将至的尘土……

这不是最初的岁月，也不是末日，
这是从亚当的胸口涌出的创伤之河，
它的意义深扎在大地，
太阳是他公开的形式。①

"太阳是他公开的形式。"我反刍着这句，抬头望向天空。透过镂空的弧形穹顶，明黄的太阳温润而和煦，让我感到一种惠及四肢百骸的安逸。一瞬间，白色、近乎无色的日光在我眼中七色分散，又在下一秒将我环抱。一股豪迈的情绪在我胸中挺括起来，盎然充盈直至指尖。我在一种全然未知的境界中舒展着肢体，那一刻，长久伴随耳侧的杂音清晰了，像白玉划过丝绸，抚平了时间的褶皱，我终于知道那杂音是什么——是光。

那种温和、那种安宁，如春天旷野上的手风琴声一般拥着我。

听光之外，我还触碰到了光，不只是日光带来的热量，还有逾

① 三段诗分别出自阿拉伯诗人阿多尼斯的诗歌《围困·沙漠》《纪念朦胧与清晰的事物》《致意义的歌》。

越千万里找到我的悠悠岁月。我对人情所知甚少，但若用情感来形容，应当就叫思念吧。大铁角有粗糙生硬的壳，外表是未被驯化的模样，可内壁却极致光滑。光在弧形的廊道间不断反射，悉数汇集到我身上，流转回环。虽然从未体会过，但我猜，父母的怀抱多半也如此。

这时候我才发现，自己竟不知不觉间坐到了长廊中的光汇集点。这也不难理解，所有光在这里互相干涉消失，因此我能听到的杂音最小。既然是读书，总会挑最安静的地方。

风居住的街道，光寄宿在海角。

回过神来，竟已日近黄昏。这些天都是阴天，到了下午，云雾掩住了日头，我才得以从流动的盛宴中抽身。

我与光一起生活，
我的一生是飘过的一缕芳香，
我的一秒是日久月长。①

原来这就是阿多尼斯。

正如其神话中的角色，每年死而复生的春神，名为阿多尼斯的基因也在我身体里滋长。治疗结束后，医生虽然用药物代谢掉了我身体表皮的细胞，但阿多尼斯的效用仍在。它在我体内生根发芽，最终如春天里疯长的树木花草一般，让我的细胞不断表达出光敏蛋白。

那些我曾经失去的感官，在神经重新回连的同时，也意外获得了与光对话的知觉。从此我能听到光，嗅到光，触摸光。这些都是

① 出自阿多尼斯的诗歌《我与光一起生活》。

我后来获悉的，因为当时的我并不能察觉这是与常人不同的感官能力，从黑暗中走出的我，自然而然地认为这就是"正常"。

事实上，谁又能知道，其他人眼中的世界是怎样的呢？正如那个著名的古希腊哲学问题："你眼中的蓝是我眼中的蓝吗？"

后来的几天，疗养院对我进行了简单的检查，进而认为我已痊愈。我这样的患者都能够治愈，无疑昭示着二代光遗传疗法是神经学研究领域前进的一大步。疗养院在宣布项目研究全面成功的同时，也提交了治愈患者出院申请。

我就要离开了。

一艘渡轮缓缓离港，上面只有一个我。离开岛屿时，我又一次看到围绕着礁石泛起的幽蓝光火。曾经我以为那些发着光的波纹就是大海本身，实际上它们只是随波逐流的荧光藻。我身体里的阿多尼斯，就承自它们。研究人员从深圳湾海底发现它们之后，取样带回疗养院，在岛屿周围的海域养殖起来。

我分辨着每一个光源，一一向它们道别，直到远去再看不见。来时我不知路，去时耽于迷雾。这个季节，一到下午，海上就会泛起雾气，入夜之后雾更浓，平稳而绵密。光都偃息了，这让我颇不习惯，陷入一种胶着的低落。

岛屿渐渐模糊不可见，成为斑驳的阴影隐入灰蓝色的雾与海。无天无地，流离失所。海面翻涌但不湍急，我像在一张没有边际的蹦床上颠簸。忽然之间，昏晦中传来了恢宏的风吟，仿佛钱行的长号，穿透浓雾而来。我知道，起风了，大铁角再一次被吹响，滚滚风声如巨兽呜咽。

很快,大风也吹到了我这里,海面起伏的幅度更大,浓雾瞬间被吹散。

星河高悬。

我站在飘摇的甲板上,任星光如暴雨将我淋湿,湿透。我从没有过那种体会,它们来自数百、数千甚至数万光年之外的恒星,经过成千上万年的消磨,抵达了此处,难以言喻的漫长时间里,坚定不移。

我在云朵和它的摇铃里、在海洋过夜。
我向星辰下令,我停泊瞩望,
我让自己登基,
做风的君王。①

"风与光的君王。"我默念一句,仿佛皓月星辰都赶来身前。那是在这星球之外的光。在恒星原本所处的地方,它们灼热而明亮。离乡之后,它们索居千年,直至此处,却没有一丝情绪,冰冷地温暖我。站在那里,灵台清明,我感觉自己与诸天星斗产生了一种连续的、平行的,或许无限的联系。

4

船靠岸已是下半夜,寂静的夜色飘着浮尘,城市已经熟睡。我

① 出自阿多尼斯的诗歌《风的君王》。

循着疗养院给的地址, 找到了我曾居住过的水边村镇。上岸后的疍民大多在此聚居。

踏上我本该熟悉的街道, 天已蒙蒙亮, 零星有人出来摆早点摊子。我过去询问, 得知当初抚养我长大的那家人已离乡打工去了。实际上不止他们, 镇子上的精壮劳力都外出了, 携家带口。除了眼前白发苍苍的佝偻老人, 折腾不动, 只好早起出来摆摊。只不过, 城市化的进程让镇子一点点缩小, 残留的街道也几近空城, 吃食又去卖给谁呢。

我要了一碗艇仔粥, 听老人一点点地讲述。疍民离了大海, 却仍未停止漂泊。

粥不经吃。我辞别老人, 找到自家的门牌号, 那是一间逼仄破败的门面房。因为早已无人居住, 所以门也敞开着, 里头用型钢和木板隔出一层, 摆了几张锈红的铁管床。屋内本就不高, 这么一隔, 走到哪里都得低头。

恐怕他们早已习惯。

这就是我的家。

退出门槛, 我抬眼看这一条街上, 满目疮痍。古旧的楼顶挤满了违建的阁楼和平台, 简直像任意滋生的瘤。如今都人去楼空, 整个街道, 只剩下风。

索然无味。

好在, 春天没有遗弃这里。沿海本就潮湿, 又因为长期无人居住, 路面的砖缝都溢出了青苔, 屋角和巷道也有野草开出了花, 繁盛和谐。尤其是老街尽头的一大片空地, 本是祠堂, 后被拆除, 长满了半人高的草。

根据疗养院给的建议，我去街道办事处领回了自己的身份证。没想到我的名下居然有一张储蓄卡。去银行一看，卡里有一笔相当可观的存款，还购买了一定利率的理财。我几方一打听，原来疗养院募集志愿者并不是纯"志愿"，会给每个家庭补贴费用。我那从未谋面的父母，收到钱后第一时间为我开户，把钱都留给了我——他们打心底希望我当真被治好，希望我活着，活下去。

活下去。

我心口一紧，第一次产生了身为人类的情绪。这一发，就不可收拾。

可惜我问遍了镇上所有留守的老人，却没人记得那户曾收养蜓之子的人家。我仅有的发现，也只是按门牌号去街道办事处查到了户主的名字，陈叔昌。

我要找到他们。不为别的，见一面也好。

与更多人接触后，我渐渐意识到自己的不同。

光成为我的挚友，我特别的伴侣。我取出账户里的一部分存款，在镇子旁的海边租下一间小屋，解决基本的温饱问题后，便专注于自己的计划。我从大铁角获得灵感，开始构想一个特别的装置。

引风门原本的设计意图是聚风而鸣，可落成之后，无意中扭出几个光汇合的交点。如果我从一开始就追光而来，又会是怎样一番天地呢。值得一试。

离开疗养院后，我对光的敏感度日益提升，视觉之外，其他感官的光敏蛋白表达让我能从更多维度获得光的信息，也能捕捉任何光路的细微改变。借由这一本领，我购入不同规格的曲面镜、平面镜和透镜等，打磨成自己需要的状态，参考望远镜、显微镜和类似的装置，一件件组装成型。在折射、投射、反射的作用下，周遭的光都汇集起来。

半个月的调试结束，我走入装置正中。

我看到了整个城市。不，不仅是看，我所有的感官都在接纳光。或许，用"阅读"这个词汇更为恰当。装置的最内部是六面透镜，从六个方向传递来海量的信息。我尝试用它寻找陈叔昌这个名字，一条条筛选，直到日落西山，这座沿海的镇子已近乎空城，日落之后一片漆黑。

一无所获。

透过现有的装置，我能观察到的范围太小。要想扩大视野，我必须同时扩大装置的尺寸，增加镜片的数量。不久，我把注意力放在了祠堂拆掉后的空地上。一周多的劳作后，我除掉了空地上疯长的野草，然后开始组装优化版的装置。

这次花费的时间比较长，所需的成本也高出不少。我开始以"阿多尼斯"为笔名发表一些画作。恐怕因为我眼中看到的世界确实与常人迥异，结合切身感受创作出的画甫一面世就引起了不小的反响。在更多收入的支持下，我继续深化改良自己的设计，不厌其烦地实验和改良细节构造。

终于，持续一年半的浩大工程完成了。我褪去全身衣物，走入其中。

城市瓦解，大地如尘埃的列车疾速远去。我身处光的旋涡，每一圈涟漪、每一片浪花都蕴含着几乎无穷的信息量。每一条信息又会指向下一条，下一条指向下下一条，叠加往复，延伸无穷远。

　　我在信息的狂潮中腾挪，甚至留不出一点余地给自己。无尽的折射和反射给我带来了无限的视野，我可以读到大地的每一个角落。每个人翻开了什么书，打开了什么盒子，登记了什么资料，尽收眼底。因为我全面感光，所以即使是振动、速度、时间这样抽象的信息，也都直观地呈现在面前。

　　我张开浑身上下每一个毛孔去阅读。

　　第一次尝试，仅维持了不到五分钟，我就精疲力竭，只好披上衣服走了出来。装置带来的信息超过了我能处理的极限，很显然，仅以我目前的身体素质和精神强度，什么都做不到。

　　为了提高自己的信息处理能力，我开始进行一些有针对性的训练，如瑜伽、禅修、冥想等。这之后我又进入过几次装置，确实有几分钟时间的延长，但到底成效甚微，且不稳定。

　　直到我意识到，接收信息与辨别信息本就可以分开进行。若暂且将思考搁置，仅对装置呈现的无限信息进行记忆，负担就小了许多。

　　改良后的装置核心增加到十二个面，汇聚的光和信息循着十二个方向向外延伸。当我开始阅读的时候，所有感官都被调动，成为我的"眼"。在我"眼"中，来自整片大地的信息，以正十二面体的具体形象存在。因为在柏拉图的古典意识中，正十二面体对应的元素是以太[①]。

　　"神使用正十二面体以整理整个天空旳星座。"柏拉图说。

　　我一层层阅读，"目"力所及，每一层的信息都被整合归纳成册，存放在三十道书架长廊上——即正十二面体的三十条棱。尽管这

－－－－－－－－－－－－－－－－－－－－

　　[①] 古希腊哲学家所设想的一种媒质。

些棱每时每刻都在向外延伸、构造成新的多面体，但仍然是具体的。

记得曾有人提出过一种方法，构建具象空间来存放记忆，以此巩固记忆体系。对我来说，则不必刻意为之，因为信息流天然就以具体结构直观展现。人们叫这种方法作"记忆宫殿"，那我的记忆宫殿就是正十二面体的琉璃灯盏，随光照向无穷远。我称之为，"通天回廊"。

我用这种方法，在通天回廊中只读不想。于是"阅读"这一行为被我区分成了"浏览"和"查阅"，无穷的信息成了合上的书本，只有我主动打开时才会出现。当然，一本书一旦打开，世事之间的固有关联会让它自动连接上其他书本，相继打开它们。但这种程度的信息发散我还是能处理的。

这样一来，我很快掌握了自由进入通天回廊的方法。久而久之，我对光敏感官的控制也越来越纯熟。此前学习的瑜伽，终于有了用武之地。我可以通过调整体表某一侧感官的灵敏度，让自己的视野向另一方向迈进。借助这种相对运动的原理，我能在通天回廊中信步游走，甚至扭转周身三十条长廊中的某一条、某几条，往任何方向搭接上延伸出来的新廊道，在通天回廊中任意穿梭。

但这仍然不够。

通天回廊没有边际，要从这样的信息海洋中寻找一个名字，没有检索功能还是不行的。很快，我找到了这种检索的方法，那就是嗅觉。嗅觉可以在极短时间内唤起记忆，比其他感官快得多。因为阿多尼斯，光的信息对我来说也成了一种"气味"。我用自己能想到的所有形式写下了陈叔昌这个名字，记住了它们的气味，然后进入通天回廊。

这一次我成功了，我从数百个陈叔昌中找到了我要找的那一个。我望向他。

他刚从浙江的纺织厂下班，买了菜准备回去给家里的妻子和孩子做饭。我知道那就是养大我的父母，黝黑粗糙的脸上透出疲惫和喜悦，简单的俗世幸福——尽管没有我。诚然，当初捐赠时希望我好好活下去是真的，如今忘记我也是真的，这就是生活，生活的碌碌给一个家庭留下的空间就那么多。记忆是种奢侈。

那时候我才发现，我已无法对人类的悲悯产生共情。

5

我不断探索自己的极限。嗅觉留下的记忆也比其他感官要稳固很多，在嗅觉的加持下，我继续构造更坚实可靠的通天回廊。

直到有一天清早我睁开眼，发现通天回廊已经出现，就在身边，尽管规模不大，却奔流而夺目。可我根本没有进入装置。

原来在这些天里，在通天回廊的持续刺激和我主动接受信息的努力之下，身体的感官又一次产生了质的提升。阿多尼斯就像找到一片肥沃的旷野，在春天里放肆疯长。我体表的光敏蛋白发展到极致，不需要借助装置的汇聚作用就能接收来自大地各个角落的光。只要我站在开阔地带，通天回廊就会自行运转。

在自发的通天回廊空间里，视野巨细无遗。我清晰地看到腐烂、枯萎、受潮的进程，看到衰老与死亡正在发生，看到金属疲劳和混凝土徐变，看到无处不在的裂缝与伤痕；我看清每一粒微尘，看清枝叶抽芽与花苞绽放，看到风的每一缕轻颤和云的每一声应和，看到爱人们在漂移的大陆架板块上温存，每一幢高楼大厦都在我眼中缓缓下沉。我看到熵。

我穿梭于人群之间，却如在高处俯瞰众生。我随身携带正十二面的琉璃灯盏，照见五蕴皆空，却不度一切苦厄。我是光的君王。

随着时日推移，通天回廊的规模愈发扩大，最终我的视野范围已扩大至整个地球。来自地球各处的光给我带来的不仅是无尽的时间与空间，更有在大气层之间无数次反射的空旷与寂寥——是的，如今的我对光已不仅是感知，更是关照。只有这种来自世界本质与原初的恻隐，才能引发我的共情。

有时我也庆幸自己的出身。从蜓之子到光的君王，我几乎从没有过足够长的时间融入人类社会，自始至终都在尘世边际徘徊。除去疗养院里那一段长夜破晓前的晨光熹微，我生命的其他部分都在绝对的黑暗或无影灯般的强光下度过。若非如此，我恐怕没有办法在那么短的时间内抛却人类的感情。如果带着人类的情感加冕通天回廊的视野，谁都无法承受吧。

通天回廊仍然在进化。

无时无刻不在运作的全局视野很大程度上加重了我的负担。最初我享受这种凌驾众生的优越，但没多久我就意识到，现有的记忆模式已经越来越难支撑我进行这样的世事洞观。所幸此时我已掌握了常人难以想象的知识体系，我从中寻找到新的方法，就是启用痛觉。

我不断整合归纳通天回廊呈现的信息，提取出信息流之间交互的枢纽，将这些关键节点以疼痛的方式篆刻入神经之中。再次刺激的时候，相关的记忆体系会被立刻触发。光是纽带，不但构建起以我为中心的信息网络，也沟通了我自身的所有感官。我的整个身体表面都可以用来存储记忆，终于，我自身也成了通天回廊的一部分。必要的时候，我通过疼痛的刺激唤醒体表存储的记忆，整个身体都被点亮。剧痛之下，那是一种难以言喻的快感。

这样的痛快没有持续太久。

很快我又发现，光敏蛋白持续表达之后，我能够接收到的已不仅是可见光频段，更拓宽到了紫外线和红外线的电磁波。这个过程中，通天回廊的结构和界限不断模糊消解，认知的触觉开始介入互联网和电波通信，最终，已无法为它冠以"回廊"之名，而换用更纯粹的称呼——"视界"。

渐渐地，视界之中的时间和空间也被模糊，成就一片激滟的海。针对通天回廊制定出的一系列认知结构和方式彻底土崩瓦解，我对视界毫无办法，在海中浮沉，仅是随波逐流就已让我筋疲力尽。我想到疗养院岛外的荧光藻。

律动的流光。

我闭门不出，在视界海中颠沛流离，被包含无限细节的信息浪潮卷向各处。我无法控制自己的所见所感，乏力地被敛入光焰之中。剧痛和快感都几乎达到了我能承受的顶峰，失控的信息灼烧着我的神经，从头到脚，我感觉浑身都被充塞得滚烫，一如当日初生之时在海边遭遇夕阳。

那时我有医生的搀扶，可现在只是孑然一身。

这一刻我才意识到，尽管自己拥有了神明一般的感官和洞察能力，尽管舍弃了人类的感情，可大脑处理信息的水平仍无法突破生而为人的藩篱。以人类之躯承袭神之视野，无异于螳臂当车。

"我的困惑是照明者的困惑，是全知全觉者的困惑……"

几乎是逃亡一般，我挣扎着封闭了门和窗，用制造装置剩余下的钢板和型材武装了屋子的墙面。这样一来，可见光已无法对我造成干扰，我重新躲回黑暗之中，十分讽刺，但也令我十分安心。

事情得到了好转，但并没有结束，可见光频段之外的电磁波可以穿透我临时搭建的简陋堡垒，继续侵扰我的神经。我成了一个现代文明的弃婴，在互联网和长短波通信构建成的虚拟网络中流亡。

相比自然世界中由单一个体构成的无限，虚拟计算世界中由数组成的无限给我造成的负荷更大。这就好比自然数集和实数集同样是无穷集合，但自然数集属于可数集，它的无穷小于实数集的无穷。

我早已无法安然入睡，此时更是彻底失去了睡眠。紧绷的精神状态已经到了极限。积压的疲惫和汹涌的信息流让我几乎陷入癫狂，我的意识变得紊乱，搅作一团，回溯到天地未分时的混沌。

混沌初开。

意识忽然一片澄澈。感到久违解脱的同时，我也泛起一丝疑惑，这是为什么？屋外隐隐传来歌声，我从未听过，却由衷地亲近。毫无疑问，就是这歌声给了我片刻的安宁。

我走出屋外，已是夜晚。可不远处的疍民老街竟破天荒地亮起了灯火，放眼一看，老街的中央搭起了戏台。原来是新的政策下达，已近空城的疍民小镇要拆迁了。有一家文旅集团介入，要将整块地皮买下，改造成集旅游、健康、养老等功能为一体的生态产业园。漂泊上百年的疍民，终于彻底失去了他们最后的港湾。

听闻这一消息，许多在外务工的居民千里迢迢地赶回来，专程见证老街的消亡。在拆迁正式动工之前，他们自发募捐，办了一场送别老街的演出。现在台上唱着的，是传统的疍民渔歌，又叫咸水歌。正是这一出在陆地上响起的渔歌唱晚，唤醒了意识消散的我。

还未来得及对此感到困惑，健全的知识体系已为我做出了回答：出生时，我被生父母遗弃，乘一口铝锅在海上漂流，周围的疍船上就唱着这种咸水歌。虽然我那时失明失聪，且先天无痛觉，但对加速度的感知是正常的。嘹亮婉转的咸水歌谣引发了铝皮锅的振动，无依无靠的我便在这种振动中长起来。我以这种方式"听"到了歌声，同理，也通过这种方式理解了大海，理解了颠簸，理解了混沌。渔歌的振动是这种混沌中唯一的依靠，唯一有规律的变化。

至此，我已泪流满面。人类同样是世界的组成部分之一，人情亦然。

趁着意识短暂地清醒，我找到了自救的方法。光敏蛋白会在动物的全生命周期停留在细胞内，只要我活着，就无法舍弃它。那么我唯一的出路，就是让自己的脑部神经也进化，使其与现有视野相匹配。

我很快制订了计划。首先，我凭借通天回廊的记忆复原了二代光遗传疗法的全套流程，精确到每一个细节；接着，我评估了一下使用所有器械对自己进行治疗的时间。时间很长，为了保证计划的顺利实施，我需要让自己在这段时间里保持清醒，暂时舍弃全知全觉的感官。于是，我开始调配药物——疗养院用来代谢掉我体表细胞的药物。

疍民们告别老街的演出持续了整整两天, 唱尽了数百年间的悲欢离愁, 从此彻底抛却曾经共有的身份, 开始了全新的生活。两天, 也足够我将药物调配完成。借助这种药物, 我舍弃视界换来了长达两个月的安宁, 也备齐了一整套二代光遗传疗法的设施。

万事俱备, 我开始了治疗。药物戒断后, 我的体表很快表达出了新的光敏蛋白。事先预设好程序的仪器对我的身体进行了定向照射, 精确修订了我的神经和蛋白构造。终于, 身体与脑部之间的最后关隘被打通, 阿多尼斯的影响得以通过这个新构造出的通道, 让我的大脑也表达出光敏蛋白。

意识恢复, 我看见了终极。

6

庞大的知识储备告诉我, 我看到的是阿卡夏记录。

阿卡夏记录存在于很多民族的神话和古老传说中, 甚至《旧约》与《新约》也有提及。说法都比较统一, 即阿卡夏记录是非物质实体, 是所有奥秘的集合。佛教中称之为阿赖耶识, 乃万法根本, 是世间无尽藏识的总集。其演变化生五蕴十八界, 即成大千世相。它是世界存在的 "生命之书", 蕴含了整个世界的历史与未来。它代表着世界最高意识的振频, 每一个灵魂与其旅程的振动频率都记录在此。所有传说都相信, 阿卡夏记录就存在于世界的某个角落, 只待某一时刻被人发现。

毫无疑问，这种定义让阿卡夏记录注定只能留于传说之中，恐怕没有人真正见过它。因为它并不是一个单纯、静态的信息库，而是处于不停的运动之中。这种运动又无法以时间衡量，因为其中没有时间与空间的界限。

在见到之前，我无法想象阿卡夏记录会以什么样的形式存在。究竟怎样的形式才能符合传说中的描述：既固定存在于某处，又以不断运动的方式容纳贯穿历史与未来的无限。既然没有时间与空间的界限，又如何定义它的运动？

但我还是知道——第一眼就知道，我看到的是阿卡夏。

我身处阿卡夏的正中。这是一个绝对封闭的空间，上下左右大概两三米。因为是封闭空间，所以其包含的体量是固定的。但在阿卡夏的内壁上，我看到了整个世界，看到了世界的过去与未来。阿卡夏蕴藏森罗万象，将一切如实具现。它并不是那种窥探真理的水晶球或魔术把戏的镜子——将投射出的万物缩小到不值一提的球面或镜面。它展现出的一切都保留着原始尺寸，地球在阿卡夏的内壁生长和繁衍、死亡和更迭。

言至此处，有必要描述一下阿卡夏记录的形状。简单来讲，那是一个曼德勃罗集在三维上的呈现形式。

曼德勃罗集，一个通过迭代公式推演出的封闭图形，构成图形的曲线可以无限放大，没有穷尽。所以，曼德勃罗集的面积有限，而周长无穷。

阿卡夏记录是三维的曼德勃罗集，体积恒定，表面积无限，当然足够我看到从地球诞生之初至今的一切。正因如此，阿卡夏记录才能满足其不生不灭、不动不静的特质。有限的空间体积决定了它是固定的，无限的表面积正是它不断变化的本质。这种变化不以时间为判断依据，它的变化来自无限细节，来自观测者不断深入的观察精度。

原来如此。阿卡夏代表着承载和传递世界本相的振频，而这种振频，恰恰就是光。正因为如今的我已经能接收到全频段的光波，才开启了阿卡夏记录。

同样是无限，但不同于无限向外延伸的视界海，因为阿卡夏的本质是封闭空间，我可以选择看与不看，所以不再被信息的乱流席卷和灼烧，而是被整个世界温柔地包裹，身处其中的我不再焦虑和无措，只觉得平安喜乐。

我同时看到黄昏和黎明，同时看到盛夏的烈日和凛冬的大雪。我看到地球有史以来诞生的所有物种，看清每一条河流的沧海桑田，看到大海与陆地之间周而复始的交替，看到熔岩和冰川，看到橱窗里的纸牌与广场上的纪念碑，看到地球某个角落弥漫的硝烟和另一个角落里诞生的婴儿。

在阿卡夏呈现的某一个时刻点，我看到了布满大地的电流变得整饬规律，看到了电波信号的传递，看到了电磁辐射让大气电离的每一个片刻，看到了现代文明在地球表面搭建起一个新的世界。

当然，我既然从阿卡夏中看到了整个世界，也看到了同样属于这个世界的我自己。透过阿卡夏，我能看到被无限放大的细节，看到自己身体中暗涌的血液循环，看到骨骼和肌腱。我清楚地看到自己的每一次思考会点亮哪些神经，看到记忆在如何存储。继续深入，我毫无阻碍地看清了自己的器官、组织、细胞、线粒体、蛋白质、分子、原子、电子……没有尽头。我看到全身各处均匀表达的光敏蛋白,看到光是怎样一路触发光敏离子通道,在脑中汇聚——在那里,我又一次看到了阿卡夏。

在阿卡夏里,我又看到了我自己。周而复始。

我把注意力转向别处。在阿卡夏中,我并不是单一的个体,而是由每一个时刻的自己组成的连续轨迹。被遗弃的婴儿从黑暗中走出,这一条生命之线向前愈发明亮,在某一个特定的节点,被倏忽而至的强烈白光笼罩,什么也看不见。

我睁开双眼,阿卡夏消失了。周遭换回到真实的世界,没有视界海,没有通天回廊,单纯的、普通到乏味的真实世界。我又闭上眼,阿卡夏再次浮现。

睁开眼,世界。闭上眼,阿卡夏。

原来经过这一番蜕变,世界终于彻底接纳了我。对我来说,面对这个生我养我的地球,洞观和体察不再变成一种困扰。我不必在光的灼烧中躲藏,也不必在黑暗的噬咬中栖遑。借由阿卡夏的转圜,我与世界达成了你中有我、我中有你的和谐包容。

当我走到街道上,遇见的每一张脸都让我感到亲近。疍民的老街已经拆除,地块开发工程取代了那一方净土,他们遵循我熟知的轨迹,设计和规划着新的家园。我不再需要梦,阿卡夏就是我的梦,它包容了整个地球的远古与将来,怎么会容不下一个我呢?我在世界的怀抱中安稳入睡。

入睡时,我与阿卡夏同在;醒来后,我不自量力地描摹它的一颦一笑,落入画作。

日子就这样一天天平和恬淡地过去,直到那一时刻的到来。

那是一个夏夜。沿海城市的雨季很长，那天总算过去。成月的大雨似乎把天上的云都下干净了，夜空澄碧如洗。在完成一幅新画作之后，我走出自己的小屋，信步向海边走去。

站在湿润的礁石上，我朝向大海，仰望星空。与离开疗养院的那夜一样，我任星光淋湿自己。但此刻，情况变了。

群星乱舞。

通天回廊、视界海、阿卡夏，或者别的什么。我不知该如何称呼突然出现的东西，我只知道那是光，星光。星光穿透浩浩无边际的宇宙到达这里，是我难以想象的旅程。可它们依然携带着来自本源的全部，它们的光谱昭示了源头恒星的体积、质量、级别、温度、组成元素等所有信息。

我站在地球背阳的一侧，面向整个宇宙。

那是亿万恒星。

它们其中很大一部分的体量都远远超过太阳。每一颗恒星都有自己的星系，拥有自己的行星和卫星，而每一个天体都拥有属于自己的阿卡夏。如此苍茫宏大的信息汇聚在我身上，几乎将我压垮。

我跪在海边。"向星辰下令"，多么可笑的傲慢。

在群星的凝视之下，我与地球如同被丢入大海的一枚硬币那样盲目，置身于时间与星海的迷宫，一无所知。从未改变，我仍是那个在海边为落日动容的孩提，无助而彷徨，却曾感优越与满足。我如尘埃般微不足道。

我在海边长跪一夜。次日清晨，我失明了。

那夜过后，我生了一场大病。病床上我想清楚了一件事，那就是，我并不是唯一。实际上，全身光敏表达根本不稀罕，地球上所有的植物都是如此。它们是如何活的呢？它们向阳而生，扎根尘土，如此便是一世。

病好后，我戴上墨镜，踏上了北上寻找父母的旅程。我从来没有像现在这般庆幸，庆幸归于普通。

失明没有对我造成太大困扰，我开始像正常人一样生活，也交了一些朋友。但光仍然是我的伙伴，我为它留下了听觉和触觉的门户，它会趁闲暇找到我。在夜深人静的时候，我们一起重温阿卡夏，又会是一晚温柔的梦。

我总算记起了父亲为我取的名字。为了找个不错的字眼，他曾查遍能找到的所有书，反复斟酌了几天，才终于敲定。陈玄同。

和其光，同其尘，是谓玄同。[①]

2020.12

_____

① 出自《道德经》第五十六章。

平衡球游戏

望

经过八年的准备，我终于通过注册六级游戏操演资格考试，得以入驻博朗森学宫（Ballancen），又称圣所，成为一名世人憧憬的玩家。

当时我只有二十二岁，说真的，对这份万众瞩目的无上荣耀并没有太多实感。于我而言，"玩家"这一身份唯一的好处就是能让我彻底远离世俗烦恼，自此再不必为吃穿用度和人际关系操心。

世人称之为，求知的特权。求知具体是什么，我不太理解，但我理解特权。

当然特权有一点小小的代价，就是不能婚配和组成家庭。可对我来说，这实在算不了什么。我求之不得。

整整一个月，我放肆地享用圣所提供的优渥物质条件，每天除了吃就是睡，偶尔跑步和游泳，生活十分惬意。我一度以为这才是生活的真谛。根据圣所的规定条款,四十五天的新手适应期限快到了,我不得不着手开始游戏。

在这个时代,"游戏(The game)"是一个专属名词,特指那款全称为"平衡球游戏"的学科艺术综合体。当然,"游戏"有官方定义,是每年注册资格考试的必考题,我记得很牢靠,其定义为:调和对立矛盾的幻想现实——

所谓"平衡"。

我停在注册界面。对玩家来说,游戏注册用户名是伴随一生的东西。圣所建立以来的所有游戏大师,都没有在任何场合留下过自己的真名实姓,而是以游戏中的用户名彪炳史册。

"克乃西特",我试着输入这几个字,却被弹窗告知此用户名已注册。无奈,我只得在后面输入一些数字和字符,试了几次,最终以"克乃西特496"为用户名,完成了登录。

游戏开始。森林。

这是一片深不见底的巨木之森,下方有湍流的溪水声传来,听着无比邈远。隐约可见群树扎根之处那丘陵绵延的弧度,但山地与根系却瞧不真切。林中雾气弥漫,笔直的树干无限向上延伸,高耸入云雾之巅,有风声,却不见树冠。我调整着视野向四面八方极目远眺,同样看不到边际。不知何处透射进来的光线,在树木的躯干上投下斑驳的光影,随着树叶与雾气的变化微微翕动。

此处就是游戏空间,世人皆知的博朗之森。

视野来到博朗之森的某个角落。林野之间竖立着一条笔直向前的轨道,轨道以很小的坡度倾斜向下,深入青白色的雾气之中。

轨道由一根根活动式的木块组成，大小不一，按照一定规律排列和堆叠，如琴键一般。

这是"九州木琴"，经典关卡的首关，也是整个游戏的第一关。作为初学者，我要按顺序通过十三个经典关卡，之后就可以自由选择感兴趣的关卡。

我要做的，无非就是按压上下左右四个方向键，操纵滚球通过各种轨道，最后抵达终点。实际上，以现代的技术水平，将系统与玩家意识相连来控制按键并不困难，可人的思维毕竟不同于人的行为，人的思维相对复杂、紊乱且多变，但行为是准确肯定的，更适合对游戏的控制。

轨道的起点出现了一个木球，我操纵着木球向前滚动，穿过雾和光束，逐次敲响了杉木琴键。第一关在操作层面并不难，对新手很友好，一直按着向前就可以了。但这一关的轨道经过精心设计，木球依次敲击琴键，便在空阔的森林中演奏出一支颂歌。

为应对考试，我做过充足的准备，知道这是巴赫的第147号清唱剧《赞愿》。这一关的设计灵感来源于前游戏时代的古日本，那里有个叫九州的地方，曾有一群学生在九州的森林里用积木搭建起长长的木琴，用小木球敲响琴声，山水为之合奏。

前方出现了拐弯。我顺势左拐，木球以更大的斜率、更高的速度滚动，琴键的排列变得紧凑，《赞愿》开始变奏。轨道复杂起来。我操纵木球依次撞开一个个活动栅栏，栅栏撬动轨道边缘的翻板，翻板掀起道具球，落入轨道。道具球掉入锯齿状的井道，敲响了沿途的音板，顺着钢轨滑入下一层轨道。

二层轨道的琴键与本轨道完全一致，但琴键材质更轻，于是道具球奏出的和声比本轨道的旋律高了五度，成为原始声部的"答题"，插入乐曲的中间部分。三层轨道调整了琴键的排布方式，与二层轨道的旋律交相对比，形成"对题"。四层轨道用了红木，乐声低了四度。五层轨道继续奏响对比的旋律。

我操纵木球撞开更多的活动栅栏，更多的道具球加入了演奏。以《赞愿》为主题声部，多层的木琴奏出一首结构精致的赋格曲，循环往复，沛然不绝。设计的巧思在曲中表现得淋漓尽致。在当代人眼中，赋格曲本身就是一个精神世界，是一切约束与自由、臣服与统治的完美和谐。森林中的水声、风声、鸟鸣、鹿鸣与赋格曲协奏在一起，空灵而通透，饱满而圆融。

第一关结束，我在终点存档，去往第二关。我知道，随着存档完成，这一关的游戏会自动上传到圣所的官方网站，全世界的人都可以下载观赏。圣所的玩家自然免费，而其他观赏者需要支付一定费用。正是这一笔笔费用，构成了维持圣所运营的经济基础。

我继续进入第二关和第三关的游戏。

在第二关的中途，开始出现了"变球器"这一机关。玩家的滚球进入变球器后会停顿，随着一阵紫色的光晕，滚球表面的材质剥落，更换为其他材质。当然，这种剥落只是一种朴素的游戏特效，并不会改变滚球的体积。

经典关卡中共有四种变球器，可将滚球转换为纸球、木球、玻璃球、铁球四种材质，质量依次递增。每一关开始时的默认状态都是木球。不同材质的滚球以不同方式接触不同材质的轨道和机关，发出声音的音调和音色都会不同。轨道和机关的材质千变万化，因此游戏中的声效可能包括天下所有乐声。

当然,滚球的质量越大,惯性也会越大,操作起来越困难。游戏的操作手感可不是复习资料能教授的,我第一次失误就是因为这个。在名为"悬空寺圆舞曲"的第四关,我操纵铁球顺着螺旋钢轨旋转向上的时候,方向控制精度不足,跌落轨道。视野随着铁球向下无限坠落,森林下方的山峦曲线愈发具体,可始终看不分明。最终,眼前的画面被选项菜单页取代。

我伸了个懒腰,打算重开一局。可外面天色已晚,快到饭点了。圣所的作息十分明确,虽然并不强制玩家遵从,可中央食堂按时提供一日三餐,如果错过了饭点的时段,就没东西可吃了。

《平衡球游戏》有种奇特的成瘾性,只要操作得当,玩家往往会沉溺于此。这不难理解,游戏的关卡设计十分精巧,是汇集了数学、建筑学、音乐学等学科的集大成者,游戏体验极佳。备考资料中提到,游戏中较为惊险的机关会让玩家的心率明显提升。仅仅尝试了经典关卡中的前三关,我已深以为然。

如果重开一局,我会更加得心应手,但肯定会因游戏错过饭点,这不是我想要的。于是我离开了游戏,打算出门四处转转。

圣所的本质是图书馆。构成图书馆的基本单元是六边形的回廊,中间是天井,走廊上的人趴在低矮的护栏上探出上半身,就可以毫无阻碍地看到上下层。六角回廊的四面墙陈列着满墙的书架,另外两个面是门厅,通向临近的回廊。跟游戏空间的博朗之森一样,照亮这里的光线也不知从何处而来。

建筑有顶,但那超越了我的视力极限。

在这个蜂巢一样密集而有序的巨大建筑中,有三种六边形单元是异于书架回廊的例外。第一种就是玩家居住的寝室楼，像长长的六角棱柱穿插在建筑内部，每一层都住着不同的玩家。这是没办法的事，为保证玩家居住区域的基本使用功能，管道井、电井和风井等都是必不可少的，这些必须靠上下贯通来满足。

至于第二种，就是与寝室楼间隔一个书架回廊的观光电梯。我正走出自己的住处，穿过一排书架往电梯走去。第三种是紧挨着电梯的楼梯间，没人会用。

透过玻璃制成的电梯轿厢，我观察着一层层书廊，看看哪一层没有人。听说有的玩家乐于在圣所中交朋友，我不会，我考入圣所的一个主要原因就是避免人际交往。临近饭点，在回廊上闲逛的人还真不少，好在我终于找到适合自己的那一层。

无人问津是有原因的，这一层存放的都是前游戏时代的书籍，是古旧和无趣的代名词。我大致浏览了一下，看到一本书的书脊上写着《电子竞技简史选辑：平衡球的终结》。

"终结？"我大惑不解。

哪怕没有上过学的孩子都知道，《平衡球游戏》是无限的。

通过考核进入圣所的玩家分两类。一类是像我这样，通过游戏操演资格考试，俗称"艺术师"，负责在现有关卡中操纵滚球，形成一场极具观赏性的游戏表演。另一类玩家通过的是轨道设计资格考试，俗称"工程师"，负责设计构造新的关卡。由于年代久远，十三个经典关卡的设计者已经不可考，但那之外的自由关卡，都是通过考试的工程师们设计的。

圣所每年会在世界范围内举办两类玩家的资格考试，尽管两类资格选拔招募的玩家数量可能会不同，但总是有的。这样的制度保证了《平衡球游戏》的无限延续,会有无尽的关卡和无尽的游戏表演,又何来终结一说?

我从书架上取下这本书,翻开看了看,松了一口气——只是同名而已。

原来书中所说的"平衡球",是前游戏时代的一款单机游戏。书中说,在前游戏时代,"游戏"并不是一个专属名词,它可以用来指代一切"基于物质需求满足之上的,在特定时间、空间范围内遵循某种特定规则,以满足精神世界需求的社会行为方式"。当时的游戏种类数不胜数,尤以电脑游戏为最。书中提到的《平衡球》就诞生于电脑游戏向3D转型的初期。

不知是不是巧合,书中描述的这款游戏,无论玩法还是关卡设计,都与今天大家熟知的《平衡球游戏》有很多相通之处。关卡也是十三关,就连球的种类,也是纸球、木球、石球三种,非常相似。

这让我来了兴致,我决定带回去好好读一读,于是拿起它,走入电梯之中。

闻

接下来的几天,我每天早餐后从食堂打包两份便当回来,在房间里热一下,便可充当午饭和晚饭。这样一来,我每天只需出门一次,剩下的时间全都投入游戏之中。几天后,十三道经典关卡我已成功攻克,可以尽情投入对自由关卡的探索中去。

不同于规整传统的经典关卡，自由关卡的设计理念可谓天马行空，游戏难度也更高。自由关卡的较量成了工程师与艺术师之间的智力追逐，可谓趣味无穷。工程师负责出题，艺术师负责解题，在此基础上，艺术师往往还需要发挥自己的创造力，给世人献上一场精彩卓绝的表演。

另一方面，艺术师更像工程师的伯乐，他们是最能赏识工程师巧思的人。所有玩家都居住在圣所中，艺术师与工程师之间的沟通是可能的，所以，因为某一关卡而促成艺术师与工程师相识，甚至彼此引为知己的例子也不在少数。

我首先选中的一关叫"锁连城"。那是一个悬浮于森林中的十六阶孔明锁，不同于经典关卡向外延伸的轨道，这一关是完全封闭式的。滚球从孔明锁的边缘向内探索，但这并不意味着安全，锁的内部可谓千疮百孔，稍不留意就会掉落出来。而且在经典关卡中，因为是开放式轨道，玩家可以使用高空俯瞰视角看到更多的地图，但在孔明锁的内部做不到这一点，只能摸索着前行。

这几乎注定了此关不可能一次通过，需要反复试错来记住路线。我花了整整一天半时间，才到达孔明锁的核心。触发机关的一瞬，整个孔明锁层层拆解，向外打开，如花朵般绽放，又向内蜷曲，组成锁的木檩条错空插入彼此，最终结成一个严丝合缝的木质正方体，表面无比光滑，仿佛天然如此。

真是精彩，我不由赞叹。

接下来的一关与上一关有些异曲同工，叫"克诺索斯宫"。如其名，这一关是错综繁复的迷宫，从平面线条拉伸至三维立体，部分轨道做了翘曲和倾斜变形。这一关的要领仍是找到正确路径，万一走错了，前方便会出现断面，滚球不得不原路折返。

此外，这关将滚球四个材质的物理属性发挥得淋漓尽致。纸球无法撞动推板和栅栏，但可以被鼓风机吹到上一层；木球无法撞动铁箱，但可以通过筏板；玻璃球可以撞开大部分阻碍，但无法通过浮桥；铁球会压垮秋千，但也能撞破拦路的帆板；而且，四种球质量的差别限制了它们能够爬上的坡度。

同样，我试错了十数次才记住正确路线，从而顺利通关。

接下来我遭遇的很多关卡，已不是简单尝试可以通过的了。工程师们不愧都是经过严酷资格考试选拔出来的，设计出的关卡可谓巧夺天工。很多关卡的通过方式已非肉眼能看出，而需要大量计算或受力分析。甚至有一关"舞阳"，需要转换为玻璃球后，聚焦光线烧断绳索来通过机关。

有一关叫"螃蟹"。进入这一关卡后，整个游戏的视角固定在高空俯瞰位置。从这个视野看去，滚球变得很小，在纤细的轨道上移动。整个关卡的轨道尽收眼底。除了起点的玩家球，终点也有一颗玻璃球在向起点移动。可这关的轨道，无论怎么看也不像螃蟹，反而像大脑的沟回，极其繁复，到处都是横向拐弯。滚球动起来之后，我意识到不对劲，球不受我控制。最初我以为是设备出了问题，可只要我按下方向键，球一定会移动，尽管是往其他方向。

情况很明了了，此关的设计者采用了某种矩阵算法，将我按下的方向键映射到另外的方向。矩阵本身也在时刻改变，我永远无法预判按下的键会被转换成哪个方向。难道要我推算出这个矩阵的具体函数吗？这未免也太强人所难了。

与"九州木琴"一样，这一关的轨道也会随着球体的滚动奏乐。

一开始我注意力都在方向的改变上，没有仔细听，冷静下来之后，我听出一点门道，再重新观察了轨道的造型，终于恍然大悟。我第一次感谢起花费八年时间的复习备考，那些我曾认为毫无用处的应试知识点终于起了作用：这一关的设计思路，是巴赫的《螃蟹卡农》。关卡名早有暗示。

《螃蟹卡农》是一首镜像卡农，轨道严格按照乐曲的谱子设计，利用对位法构造出了绝妙的对称机关。终点的玻璃球与我的玩家球一起，从曲谱的两端同时奏响，叠加成精巧的合奏。想到这里，我盯着对面滚来的玻璃球。《平衡球游戏》使用了绝对准确的真实物理引擎，除了玩家手中的滚球之外，其他所有物体都是道具，那玻璃球也是。可没有玩家的操控，玻璃球是如何移动的？

轨道在动！

我总算明白过来，高空的固定视角让我无法看清轨道的细节，其实轨道所在的平面一直在按固定节奏轻微摆动。什么样的节奏？毋庸置疑，当然是《螃蟹卡农》。既然玻璃球能向起点方向移动，说明轨道面的摆动是前后方向。密集的拐弯，是为了让玻璃球准确转向。轨道既然能驱动玻璃球前后滚动，当然也能给我的玩家球提供动力。

轨道本身提供了动力，我需要做的就是拐弯。滚球和玻璃球走的不是同一条路径，如果放任不管，只会坠落。所以需要拐弯。我果断舍弃了前后两个键，只使用左右键，根据玻璃球的节奏调整玩家球及时转向。

游戏变得得心应手，我也发现篡改方向的矩阵根本不存在，滚球方向的偏移，只是因为轨道面在动。终于，我的玩家球抵达终点，玻璃球也到达了起点，伴随着一曲《螃蟹卡农》演奏完毕，游戏也成功通关。

我喜悦而平和，不愿出声打破这种曲终的宁静。

"神圣教堂"这一关是在"克诺索斯宫"基础上的提升，无论美感还是难度。关卡中布满了各种角度的斜梁和端柱，如迷宫般教人目眩，如圣殿般教人神迷。我必须推动着梁柱上的配重，让梁倾斜到合适的角度，端柱沉降到合适的位置，再用变球器转为纸球，被鼓风机吹到下一条梁。

在关卡的最后，我操纵的铁球会撞断闸门，一组尖形的穹顶从天而降。之前调整的所有斜梁必须处于正确的角度，梁和下方的端柱才能支撑住穹顶的重量，否则整个轨道都会粉身碎骨。

这关的核心在于建筑学。

玩家必须准确掌握斜梁的角度和端柱的位置，甚至计算承重。这不只是球的平衡，更是所有柱梁与穹顶的平衡。尽管足够了解结构力学的相关知识，可我从任何游戏细节都无法反推出穹顶的重量，想计算都没辙。

直到我注意到，梁与柱的正下方，横着一面巨大的、薄若无物的镜子。镜子半透明，可以看到下方缀着许多绳索。细看去，绳索遵循某种规律，外围接了一组一组的配重，保证轻盈的绳索在下垂的同时绷紧，绳头攒在一起，组成了几个尖顶。看形状就明白了，绳头组成攒尖的形状，正是上方穹顶的镜像。

我依次调整斜梁和端柱，再拉远视角，反复调试，让它们在镜子中的倒影与斜拉的绳索重合。这一过程很烦琐，但我也逐渐体会到钟表匠般的别样趣味。终于，镜子上方的梁柱与下方的绳索完全重合。

像举行某种祭祀仪式般庄重，铁球虔诚又紧张地撞开了关卡最后的闸门。穹顶下落，稳稳地衔合在密集的斜梁上，岿然不动。我几乎是欢呼出声，用力挥舞几下拳头来释放心中的惊与喜。

铁球经过最后的变球器，变为纸球，被鼓风机吹上穹顶。我驾驭着轻盈的纸球，缓慢而稳健地沿着陡峭的穹顶攀升。这个过程必须一丝不苟，越往上越是如此，因为穹顶上方的截面更小，纸球能腾挪的面积也越小。若是松懈一点，之前的辛苦就功亏一篑了。我的心提到了嗓子眼儿，一时间不由想起远古传说中登天的巴别塔。终于，纸球登顶，游戏通关。

回过神来，衣衫都湿透了。

我逐渐领会，《平衡球游戏》不仅是玩家之间智力的追逐，更是精神与体力的较量，是自己与自己的博弈。除了开始前的菜单页选项，整个游戏过程中没有任何文字说明和指引，游戏开始之后，一切都靠玩家自行摸索。

因为游戏本身就是一种语言。

它跨过了文字语言天然存在的局限，也越过不同语种的隔阂，成为仅凭视听动作便可理解的交流媒介。这中间，只需要多一道思考。思考至关重要。

工程师玩家们数十年如一日地设计各式精巧的关卡，艺术师玩家们紧追不舍地破解和演绎，这让《平衡球游戏》最终成为容纳各种学科的综合体。

游戏本身的内在理念就承自逻辑学和状物计数的原始语言学，后期的变化方式又借鉴了物理数学公式捕捉乐理的思路，建筑学在这其中搭建起抽象理论与造型艺术的沟通桥梁。就像祖先们在一无所知的大自然中摸索描述世界的语言，艺术师与工程师的思维辩驳也在游戏进程的摸索中追逐和繁衍，从具象到抽象，又从抽象到具象。任何学科，凡是沾染了游戏精神，皆在公式、推演、象征符号、缩写方式以及一切组合中用上了游戏语言。

《平衡球游戏》本就代表着所有学科组合的一切可能性。

游戏无限，在进行游戏的过程中，玩家们自觉或不自觉地提升着专注的能力，提升着向内向外探索的执着，提升着持续思考的体力。他们不得不像苦行僧般禅修，像运动员般持久，前方出现的某个关卡、某个细节，会让身处其中的玩家忽然参悟——不限学科的参悟。

获得这种参悟，并将领会的内容深化阐述并发表的例子不在少数，他们会有应用型或理论型的新发现，公布给整个世界，也填充圣所图书馆的库存。甚至会有玩家心血来潮写一些虚构的纪实文字——这种情况每过一段时间就会出现——游戏精神让他们不那么较真刻板，却对每一个细节的处理精益求精，再加上通过考试的玩家都有着难以想象的博学，他们写得往往得心应手。

如此各种乐趣，完全抵消了玩家们当初放弃世俗享乐的损失。

即使从历史层面上讲，《平衡球游戏》的产生也有其必要性。前游戏时代，随着社会生产力的发展，人们逐渐意识到学术技术也必须要有精神上的道德与正直，否则车船会偏离航线、尺规会无法校准、数据不再权威、货币不再合法，混沌将会降临。于是，自然科学与教义科学两个分支应运而生。自然科学告诉人们"是什么"，教义科学指导人们"怎么做"。

但很快，人们又不可避免地意识到教义科学的局限性，以及这种局限性的必然——真理必然允许被颠倒，凡是真实的事物，其反面也必然是真实的。因为每一条真理都是站在特定极点上对世界所做的短暂观察和描述，而只要是极点，一定存在相对极。极点与相对极会相互转化，必然相互转化，这种转化会造成原有规则的崩溃。但既然在运动，必然有力量。

处于双极甚至多极之间，人们能做的，只有寻求平衡。

问

耽于游戏许久，我才终于想起那本从图书馆借来的书，那本《平衡球的终结》。这天，我一边吃着从食堂带来的薯格，一边阅读那本书。虽然书里讲的是古代游戏发展史，但读起来很有意思。

那时的《平衡球》可真野蛮，纯粹是为了通关而进行游戏，关卡的设计也十分粗糙，没有任何音律或数学上的精致。但好在游戏画面还算简洁，简洁也是一种美，简洁足够优雅。

该游戏在公元2004年发布了最终补丁，之后就再没有任何更新。那是一款小众游戏，热衷于此的玩家数量有限，但从没断过，直到近四十年后，才逐渐从大众视野中消失。而且问题也不在游戏本身，仅仅是因为当时市面上的几种计算机系统，已经都无法满足游戏程序的兼容性。

常理上，这不太好理解。因为古代《平衡球》总共就十三关，操作并不困难，如何能维持这么久的热度？书里给了我答案，一个词，"捷径"。

正因为古代《平衡球》的游戏理念很野蛮，纯粹比拼通关速度，所以玩家们不断尝试，缩短通关时间。当时有一种叫"贴吧"的网络社区，游戏玩家们在这里交流游戏经验。第一代榜首出世，真名已不可考，贴吧ID叫"平衡皇帝"。他以一己之力刷新了所有关卡的官方记录——游戏官方颁布视频中的通关时长，也第一次用到了官方默认路径之外的滚球轨迹，称为"捷径"。

自此，一代又一代的玩家不断刷新前人的记录，拍下视频上传到互联网。游戏粉丝只需要看到视频，就知道这个玩家已经站在了山巅。这就引来更多的人去追逐前人的记录，因为，山就在那里。

这一过程中，出现了逐帧编辑视频的伪造记录，玩家们花了很大力气才对视频证伪，却不得不承认视频中的捷径是真实可行的。记录是假的，捷径却是真的。因此，这成为诱惑，诱惑着看过视频的玩家真正把捷径变成现实。于是出现了一些执着的玩家，他们花费十数年时间，力图还原伪造视频中的捷径。有的幸有所得，更多的是年华虚度。

年岁过去，玩家们更进一步，发现了算法造成的游戏原生bug。其中最著名的一条，就是通过把游戏视角停留在非标准直角度数上（按住shift键之后再按方向键，可以转动游戏视角）的方式，可以获得最多$\sqrt{2}$倍的推进力量。在高速状态下，更大的动量可以让原本无法通过的机关顺利通过。

结合游戏原生的bug，玩家们发掘出更多捷径，再通过最大限度减少失误，不断把通关时间刷新到几乎神迹的地步。正因如此，那一小簇玩家经年累月地追逐，不断挖掘仅有十三个关卡的潜在可能，把有限的游戏玩成了无限。它变得像棋类、艺术、哲学、数学这样的延时竞技一样，成了跨越时代的比拼。

随之而来的，便是逐渐在玩家们头顶凝聚成形的疑云——《平衡球》三问：

捷径是否能被穷尽？

通关时间是否存在极限？

极限在哪里？

粗糙简陋的古代《平衡球》游戏平台之上，就这样生长出了纯粹的理性美感。我终于渐有所感，这就是求知，这就是生命力。直到最后，"平衡球三问"也没有任何一条得到解答。古代《平衡球》因为兼容性问题逐渐与当时的计算机系统脱节，最终被世人遗忘。"三问"就这样随着《平衡球》一起烟消云散了。

我感慨万千。情绪平复后，我忽然想通一件事。似乎为了印证我的猜想，果然书翻到下一页就出现了一个用铅笔留下的署名。尽管写得很轻，但我还是辨别出了这个名字，因为这个名字足以代表一段光辉历史，"艾希8128"。

是她。

是她以一己之力，掀起了半个世纪前那场"经典复兴"的热潮。在那之前，艺术师玩家们都把毕生精力用在自由关卡上，对他们来说，打通经典关卡只是个垫脚石，通关之后不会再回头重温。但艾希8128不同，她毕生都致力于探索经典十三关的潜在可能性，也就是"捷径"。

当时的玩家都热衷探索真正的无限和未知，她却在已知的有限中挖掘无限。

现在我知道，她也读到过这本书，并为持续四十多年的古代《平衡球》玩家们深深折服。她要继续"《平衡球》三问"。尽管如今的经典十三关与古代《平衡球》已大相径庭，但"《平衡球》三问"的本质一脉相承。

她不但发现了经典十三关中的捷径，并发现适当使用这种捷径可以给滚球在轨道上的演奏赋予新的生命力。在第三关"天挺空罗"的第四节，她可以选择不转弯，而是借助惯性直接冲出轨道，连续越过前面的路径后，居然恰好能落在更下层的轨道。那一刻，巨大的冲击会让整个轨道都为之震颤，激发出轨道自身的轰鸣，成为最美妙的和声。

原本玩家们司空见惯的经典十三关曲目，因此获得了全新的演绎。几乎所有玩家和观众都从中意识到：一切习以为常的常识，都存在重新解构和诠释的可能。

这种全新的认知，直接引领了经典复兴的浪潮。越来越多的艺术师玩家遵从内心的感召——艾希8128激发出的感召，回过头来一遍又一遍地玩经典关卡，通过游戏实录将自己挖掘出的捷径分享给全世界。即使有些捷径促成的滚球演奏并不见得比默认路径来得动听，但神话般的通关速度和出神入化的滚球轨迹也提供了极佳的视觉效果。很多观众为此买账。

虽然那场热潮名叫"经典复兴"，但其中展现的游戏理念很快渗透到自由关卡的演绎中。玩家们也开始探索自由关卡中的捷径，甚至玩出了很多关卡设计师都不曾想过的路径，有的是由于习惯产生的思维死角，有的纯粹就是巧合。这一运动持续了近十年，圣所向外公布的游戏实录数量因此大大增加。

有种玩家同时通过了圣所的两类考试, 所以拥有艺术师和工程师两种权限。在经典复兴运动中, 他们也投入到经典关卡的挖掘中, 并因此获得了大量灵感, 刺激他们设计出更多全新的自由关卡。

如将不尽, 与古为新。[①]

经典复兴引发的这一系列连锁反应, 让整个《平衡球游戏》得到了指数级丰富。圣所也因此来到了黄金时代, 在国际上的声望达到了顶峰。艾希8128也晋升为平衡球游戏大师, 青史留名。

我吃过晚饭, 走出门去。经过阿尔罕布拉宫般的连廊, 我走入圣所的巨大中庭。为让玩家们生活在游戏中, 圣所仿照博朗森, 在周围的群山种满了参天的杉树, 中庭也不例外。

据说这些树自圣所建立伊始便种下, 已生长了一个多世纪, 树干笔直而上, 枝叶遮蔽天空。我在树木间穿行, 偶尔抬起头, 仰面拾起树梢滑落的月光。山风驰荡, 树叶互相摩挲搅动发出海浪般的声音, 我在心中默念"《平衡球》三问"。

曾经通关的关卡适时地浮现, 我仿佛看到一个个滚球在砖瓦和音符间跳跃, 又遗落在森林的某些角落, 成为待人寻味的珍宝。我回想起自己平庸的童年。

我不记得自己的母亲, 父亲独自将我养大。他是一个忠实的《平衡球游戏》视频观众, 一下班回来就窝在房里看球。自打我记事起, 便总是看到他在观看各种游戏实录。现在回忆起来, 他看的基本都是经典十三关的场景。那时我还不太懂事, 但小孩嘛, 总是会对动来动去的东西感兴趣, 包括这些滚球, 我会去到他屋里一起看。父

---

① 出自《诗品·纤秾》。

亲欣然同意，神色总是平和恬淡。

可一旦我问他在看什么——小时候我常这么问——他就会不高兴，也不回答。偶尔我会追问，这球有什么好看的，想让他给我讲讲。他会立刻发怒，大喊大叫，甚至摔酒瓶子。家里越来越不富裕，父亲逐渐买不起新的游戏实录，就把从前买的那些翻来覆去地看。

有一天，我又问起那个问题，让父亲给我讲讲球。

不知道是不是因为我大了，他觉得我会自己动脑子了，还是只是因为他老了。父亲不再叫嚷，只是沉默一会儿，然后缓缓地对我说："球是看的，不是讲的。"我说我不懂。父亲叹了一口气，说："看看就懂了，都在球里。"我仍是不太懂，但也知道不该追问了。父亲一点一点地嚼着酒，酒有什么好嚼的，可在我看来就是在嚼，不然没法解释怎么能喝得这么慢。

现在想想，他可能在措辞。酒瓶空了之后，他主动跟我开口，他指着屏幕说："所有独立的思考，都能在这里头找到共鸣。好好想想吧。"话到这里，游戏里的球正好失误出轨，向下方的虚空无限坠落。

那天之后，我不再问。我开始独立思考，轻易不开口跟人交流。父亲从房里出来的时间越来越少，也越来越难见到。可久而久之，独立思考逐渐变得难以维系，到后来，别说答案，我连问题都提不出了。

两年后，我开始着手准备注册资格考试。

时隔多年，我终于提出了问题，尽管不是自己的：

捷径是否能被穷尽？

通关时间是否存在极限？

极限在哪里？

夜已经深了, 我开始往回走, 林子很密, 现在更是影影绰绰看不清前路。好在我已习惯于时刻运用游戏思维, 进入林子之时就已在外围的一棵树上缠上了线头, 并把线团随身带着, 这时候只要顺着线就能找到来时的路。

回到住处后, 我梦到了年少时的那个夜晚。父亲话语响起, "所有独立的思考, 都能在这里头找到共鸣。"此后的每个晚上, 我几乎都会做这个梦。

白天我再次进入游戏, 只选择经典十三关, 我决定追逐"《平衡球》三问"的脚步, 追逐前代玩家们以有限入无限的执着。初入圣所, 我总是零散地破解一些自由关卡, 东一榔头西一棒子, 毫无系统性可言。相比那时, 现在的我总算明确了自己前进的方向, 并决定为之不懈奋斗下去。

可曾经轻而易举通关的十三个关卡, 如今竟变得高不可攀。

每每游戏开始, 听到滚球擦过轨道的声音, 我就开始耳鸣: "独立思考……独立思考……"父亲的话不停地在耳边纠缠回响, 像咒语般延绵不断。与之相应, 脑海中也总是不自觉地浮现出父亲说那句话时的场景, 屏幕上的滚球冲出了轨道。回过神来, 自己手中操控的玩家球也脱轨向下坠落。即使勉强通关, 所用时间也并不喜人, 甚至还不如初入圣所时的记录。

我试着在游戏中使用艾希8128用过的捷径, 却导致了更多次的失败。所谓捷径, 是关卡设计者都没有想到的路径。要想成功展现捷径, 必须经过长时间的练习, 比如"铁球单轨"技巧。经典十三关的轨道中存在一种钢轨, 准确说是钢双轨, 两根轨道的间距略小于球的直径, 滚球可以架在上面滚动前行。而"铁球单轨", 便是操纵铁球在一根轨道上前行，因为少了一半的摩擦力，所以速度快了不少。但要想让铁球在钢轨上保持平衡而不掉落，难度指数级增加。这就好比巨石走钢丝，或狗熊骑单车，在现实中磨炼这一技巧已经很难，更别说在游戏中。我从没成功过一次。

掌握不了这些捷径，我根本无法刷新自己的通关记录，甚至通关都已成了艰难的事情。如此一来，重玩经典十三关的行为就变得毫无意义、乏善可陈。日复一日，这个过程反复上演，变成一种无痛但令人躁郁的折磨。

耳鸣更严重了。

我去过圣所的医务模块，并没有检查出耳部神经有什么物理上的病变，自然也无从治起。我又去了心理疗养的分模块，完成了一份长得吓人的问卷后，系统也没能给出确切的结论和建设性治疗意见，只不咸不淡地说了些神经太紧张、压力过大、注意休息之类的话语。

尽管不痛不痒，但我还是遵循医嘱，适当地疏远游戏，做些其他事来分散注意。我试过像父亲一样喝酒，但一闻到酒精味就想吐。无奈，我流连于圣所的书架之间，沉迷在各种书籍之中。我囫囵读下许多，却愈发不知所措，终究成了一个博学的废物。

过了一段时间，我重新进入游戏，却发现不但耳鸣和臆想没有减弱，曾经熟能生巧的手上操作反而也因为懈怠太久变得生疏。游戏中失误的次数更多了。我不由记起当初，父亲也是因为过度酗酒伤了神经，那一天在工厂上工时出了事故。从这个方面看，书跟酒恐怕没什么不同。

几年后，我的玩家级别开始下降。前些年好不容易升了一级，如今一步步下跌。每个进入圣所的玩家，都会根据资格考试的分数来确定自己的初始级别。新手玩家有一个半月的保护期，之后开始例行考评。

工程师按照设计轨道的使用次数，艺术师按照游戏表演的点击量，综合评分。每半年公布一次考评结果，排名前13%的玩家升一级，后17%的玩家降一级。低于10级的玩家会被圣所取消玩家资格，而一级玩家再升级，就晋升到最高的零级玩家，在这之上是平衡球游戏大师。

纵观整个《平衡球游戏》史，获此殊荣的也寥寥无几。只有像艾希8128那样，为《平衡球游戏》做出了开创性的成果或革命性的贡献，才会被赋予这个荣誉，成为真正意义上的终身制游戏大师。

我已经降到第九级，如果不做点什么，再过半年我就不属于这里了。为了能留下更长时间，我钻了制度的空子，想出个歪主意——报考注册轨道设计资格。想来有些讽刺，从前我十分厌恶的应试知识在此刻救了我。

尽管时间不够我准备得太充分，只考到轨道设计的七级资格，但好在，新获得的工程师玩家级别为我多争取到一年时间。

可面对全新的游戏界面，我毫无头绪。我可能产生了轨道恐惧症，不知道是不是真有这种症状。我成日呆坐在电脑前，没有一点灵感。我也想过照搬现有关卡的设计，或者选取几个关卡的轨道缝合成一个新的关卡。但圣所的一切都不存在功利性质，这种行为没有任何意义。我只是想想就放弃了。

时间一天一天过去。

切

不得已，我终于还是重新以艺术师的身份打开了游戏，在自由关卡的选项页中，一个一个仔细地看着关卡缩略图。我抱着一种不切实际的期望，期望找到一个没有轨道的关卡，似乎这样就能打破困扰自己的梦魇。

这未免有些异想天开了，没有轨道，滚球凭何行进呢？

居然真被我找到了。我有些不敢相信自己的眼睛，但从缩略图上看，确实没有任何材质的轨道存在，只有木球悬在图幅正中。这一关名叫"云端勾画"，发布时间没有显示，点击量挺高的，通关人数却只有"1"。

我稍稍来了兴致，也是出于好奇，点开游戏。木球在起始的笔直轨道上缓缓地前行，途经变球器后破裂成铁球，接着继续往前，经过一个造型怪异的金属门，没多久就是断崖。我在断崖上驻足，不算远的前方孤零零竖起一座平台，平台上就是终点的标志。只是断崖与终点平台之间，再没有任何轨道或类似的承载物，下方是无尽深渊。

隐隐的，梦魇再一次浮现，令人不适。

这要怎么过去？别说走到这里时滚球已不可避免地变成了铁球，最重，就算是纸球，也无法仅靠惯性飞跃这么长的距离。我小心翼翼地试了一下，果然坠入虚空。这一关的呈现方式简单到了极致，简单到一眼就看出不可能通过。可系统显示确实有一人通关，系统不会作伪，我百思不解，这到底是怎么做到的？

　　我又试了几次，慢慢摸索，又长按前键冲出轨道。反复试错之后，事情出现了一点转机，当长按冲出轨道时，我发现铁球的下落轨迹有些奇怪。那明显不是正常的平抛曲线，说明球在下落过程中还受到了其他力的影响。这个空旷的场地里难道还有其他力的作用？

　　看了看第十九次停在断崖边的铁球，又看了看必经之路上那道金属门，我忽然灵光一闪，有了一个猜想。如果真是如此，那这关的设计者简直惊才绝艳。《平衡球游戏》的核心思路中，四个不同材质的球主要体现质量的区别，但这一关的设计者破天荒地考虑到铁球的其他物理性质，比如导电性。

　　关卡名同样进行了提示，所谓"云端勾画"，说的不就是滚球在空中划动产生轨迹吗？要让球克服自身重力做功，还是铁球，风吹肯定是做不到的，唯一的解释就是，这一区域存在变化的电磁场。金属门给铁球赋予电荷，于是带电的铁球在电场作用下受电场力，在磁场作用下受洛伦兹力，这两种力克服铁球本身的重力，让球在半空中滑翔。

　　这一关并不是没有轨道，只是看不见而已，变化的电场和磁场代替了实体轨道，成为铁球驰骋的平台。

　　我继续试错，从关卡开始便长按前键，以最大的初速度冲出初始轨道，在半空中尝试其他方向键，记录下每次的轨迹变化，试图归纳分析铁球的受力情况，从而反推出电势和磁感应强度的大概情况。坠落几次后，我基本确定了自己猜想的正确性，便安心专注描述该区域的电磁场参数。

　　在这个过程中，我逐渐克服了对脱轨的恐惧。这一关里，脱出轨道是必然，也是个开始。

一周后，我通关了"云端勾画"。这么长时间以来，这是我第一次成功通关。客观地讲，这关的难度超越了我之前玩过的所有关卡，但我成功了，恐怕唯一的原因在于，它没有轨道，或者说，用前无古人的思维方式设计了轨道。

在我看来，仅凭这一点，关卡的设计者就完全有资格获得平衡球游戏大师的身份。但事实是直到最后都没有。

后来我大概想通了，无形轨道运球的思路固然堪称创举，但关卡实在太难，能通关的人实在太少，上传官网的游戏实录聊胜于无。此关卡无法引起群体的关注，更不可能像艾希8128那样促成整个《平衡球游戏》进化，刺激世界范围内玩家和观众的思维变革。

平衡球游戏大师的称号只会颁发给为游戏做出开创性成果或革命性贡献的人，颁发给引领潮流的人。无形轨道运球的设计理念没能做到这一点。说到底，还是曲高和寡了。

通关时已是深夜，由于种种原因，我处于兴奋状态无法入睡，打算出门透透气。在电梯中缓缓下降，我透过观光玻璃看着周围的书架回廊。回廊上空无一人，图书馆却仍未眠，不知何处射入的光线温和而坚定地照亮所有图书。

一瞬间，我产生一种奇特的幻觉，或称为通感，或称为联觉。我忽然觉得书架上的书开始叽叽喳喳，说着自身书里的内容。逃避游戏的那几年，我一直待在图书馆里，与书为伴，这时对它们的交谈了如指掌。书还在继续，自说自话，七嘴八舌，争先恐后。

年少时我以为所谓的独立思考就是少说多想，其实那不是独立，只是逃避。好像把自己封闭起来，我就不会受到外界的影响和伤害了，包括我的父亲。语言交流仅是表象，书也会对我说话。

正如"云端勾画"，实体的轨道换成了电磁场，不代表就没有轨道了，轨道甚至就在身边，潜移默化。同样，话语和文字只是影响我们的事物中最明显、也最表象的，世界无时无刻不在对我们产生影响。哪怕我进入圣所这么多年来都几乎不曾与人交流，结果还是一样——

我一直一个人走，走的却一直是别人走过的路。

父亲当年是否真是这个意思，我不知道，也无法考证了。他恐怕想不到那么深，在浸淫《平衡球游戏》多年后的今天，我甚至怀疑他是否真的能欣赏游戏。可他就是那么沉迷。这也不那么重要，人生在世，总得找点什么沉迷一下吧。

说到底，相比父亲，我真的有多少优越吗？再怎么说，父亲也是劳动者，是构成外部世界必不可少的一分子，哪怕再小。而我，不输出任何生产资料。

已经到了底楼，我穿过夜色来到中庭的林子里，像孑然一身的玩家球在不知前路的轨道上滚动着。万籁俱寂，渺然无声。既然走出一条完全属于自己的路本就不可能，那又何必总是一个人呢？想到这里，我不由得流下泪水，明明心中并不觉得悲伤，可泪水就是停不下来。

第二天，我以工程师玩家的资格登入系统，开始设计人生第一个《平衡球游戏》关卡，我为它取名为"多米诺骨棋局"。如其名，这是一个立体的台阶式棋盘，各在对应位置预先摆放好等大的纸球、木球、玻璃球、铁球，作为棋子。

　　既然是棋局，当然就存在对弈，需要两个玩家同时参与。玩家在起始时选择撞击的位置，撞击完成后，己方的棋子就会在相互作用、惯性、棋盘造型等因素的影响下散落移动。双方的棋子会在棋盘上碰撞和互相影响，直到所有的棋子都停下来，最后根据场上幸存的棋子计分。球的种类不同，分值也不同，得分高者获胜。这个规则以及各球的分值不会在游戏中公布，玩家可以自行推算——既然有输赢，就可以反推规则。

　　因为四种球的质量不同，所以碰撞产生的结果也不相同。比如纸球肯定撞不动铁球和玻璃球，而木球想要撞掉比它重的球，在撞击前就要获得更高的速度，以提升动量。听起来，似乎先手撞击的玩家会吃亏，但也不尽然，滚球之间的撞击会存在反弹。谁先谁后，玩家之间的心理也存在博弈。

　　这些情况，包括棋局造型对不同棋子的影响，玩家在撞击前必须全部考虑到，从而预判场上每一步的发展。撞击只有一次。撞击完成后，场上发展便不再受玩家控制，玩家只能等所有球停下来之后，接受结局。

　　落子无悔。

　　这便是此关的趣味所在。

　　"多米诺骨棋局"发布之后，居然在短短几周时间内获得了惊人的点击量，一时成了自由关卡中最炙手可热的选择，这是我完全没有想到的。很快，此关的游戏实录也成了最受圣所外观众们喜爱的门类。

　　我最初设计这个关卡，并没有想太多，只是想试着改变独自参与的游戏现状，说穿了，摆脱孤独，像极了一场迟来二十多年的、对父亲的逆反。

现如今我抛开自身, 重新看待关卡的大热, 或许是由于游戏第一次出现了双人参与模式, 艺术师得以正面对抗和竞技。他们不需要再像从前一样, 等上半年的时间才能在茫茫玩家中找到自己的位置, 只需一次碰撞, 当场便能获得反馈。无论是玩家还是观众, 都从中获得了前所未有的刺激。

不出几个月, 越来越多的双玩家关卡随之出现。我打破了《平衡球游戏》单人关卡的传统, 引起了更多工程师的效仿。不久, 三个甚至更多玩家参与的复合型关卡也被争相开发出来。圣所建立以来, 第一次出现了艺术师内部和工程师内部的直接竞争, 激发出《平衡球游戏》蕴藏的巨大活力——世人从未想过的活力。游戏因此迎来了巨大繁荣。

毫无疑问, 我在无意中促成了一次创举。这次创举同样引领了一场极具生命力的新潮流, 圣所和《平衡球游戏》的影响力在短短几年里成倍地提升。

最终, 我被赋予了平衡球游戏大师的称号, 出乎意料, 又在情理之中。终于, 我再也不必为离开圣所而担心。

断

我是历史上最后一位游戏大师, 因为我见证了《平衡球游戏》成为历史。

获得终身制大师资格之后的四十年里，我看着圣所一步步兴盛，到顶峰又逐渐走向衰亡。不要误会，这期间没有发生什么特殊的转折，盛极和衰落都出于同一个原因，因为我。

这一切，都是发布"多米诺骨棋局"产生的连锁反应。它打破了平衡。

随着复数玩家关卡理念的兴盛和推广，《平衡球游戏》获得了巨大的经济收益，圣所甚至因此进行了一次扩建。相应的，每年的玩家资格考试也调整了策略和名额限制，开始扩招。博朗森学宫和《平衡球游戏》的规模都达到了巅峰。

越来越多的玩家和观众认识到多人关卡的优越性，因为它足够刺激。几乎所有艺术师和工程师玩家都投身于多人关卡的开发中去，随之而来的就是传统单人关卡受到冷落，甚至无人问津。

其实早在那时就应该有人意识到，《平衡球游戏》的性质已经变了。

传统的《平衡球》从经典十三关到自由关卡，都属于延时竞技。既然是延时竞技，就表示竞技本身是跨越时代的，表示参与其中的玩家所面对的竞争对手，是从过去到将来所有可能接触此竞技的人。但也正因为延时，所以玩家竞技失利面对的不是败北，而是被遗忘。玩家参与竞技的那一刻，他无法知道未来的挑战者是什么样的，所以他能做的只有不断超越自己。

但后来出现的复数玩家关卡，属于实时竞技。实时竞技所要求的就是单纯的胜负角逐，是激烈的现场比拼和你死我活的搏杀。随着同时参与的玩家数量增多，竞技本身也会变得更刺激、更好看。

换句话说，延时竞技的《平衡球》要求玩家保持自身的平衡，而实时竞技的《平衡球》要求玩家打破对方的平衡。但既然是竞技，就都要求极佳的心理素质和临场反应，客观上讲，两者没有高下之分。

与其说"多米诺骨棋局"是棋局，不如说更像桌球。因为棋类的对弈虽然会像实时竞技一样分出胜负，但留下的棋局却像延时竞技一样跨越了时代，供历代棋手参详和领悟，由时间决定它们是被铭记还是被遗忘。

毫无疑问，实时竞技比延时竞技刺激得多，成效更是立竿见影。这也是多人关卡在短短几年内迅速拓张，并不断挤压单人关卡生存空间的原因。当然，仍有老派的玩家坚持着延时竞技的主张，在夹缝中求生存、图发展，但已无法被大众所看到，最终被时代大潮冲散。

久而久之，实时竞技完全取代了延时竞技，《平衡球游戏》的性质被彻底改变。

可以说，艾希8128发起的经典复兴运动，将延时竞技的精髓发挥到了极致，而我用实时竞技将其彻底取代。

终于有人意识到，实时竞技带来的胜负心是功利心的一种，与圣所的核心教义背道而驰。但为时已晚。会有人意识到这一点，是因为人们终于想起了独属于延时竞技的矜持，那种发人深思的隽永，那种历久弥新的魅力。那是实时竞技所不具备的，但时代选择了实时竞技。

多人关卡的繁荣同样改变了观众，不，或许应该说，唤醒了观众。观众们发现惊险刺激的实时竞技才是他们的最爱，他们可以从中获得延时竞技难以比拟的快感，并为之欢呼，为之狂热。可没过多久，观众们终于意识到，即使再多玩家参与《平衡球游戏》关卡，也无法满足他们对刺激的追求了。

于是，其他实时竞技的游戏门类诞生了，它们更激烈、更亢奋，花样百出。如果父亲还活着，他肯定会爱得不行吧。以前我问他时，他会津津有味地给我讲其中的惊险和疯狂，头头是道，不会只干巴巴地丢下一句："都在球里。"

此时，"游戏"已经不再是一个专属名词。"游戏"这个词所代表的定义也从"调和矛盾对立的幻想现实"，重新变回了"物质条件已满足基础上的社会娱乐行为"。跟百般缭乱的其他实时竞技相比，《平衡球游戏》再也没有任何竞争力。至少，在吸引观众这一点上是如此。

因为经费不足，圣所倒闭了。

博朗森学宫的拆迁进程已接近尾声，年轻的玩家们都各奔东西，他们的游戏技巧和专业知识在其他地方也能用上。我年纪大了，不必再折腾了。

时候差不多了，我从住了几十年的单人间中走出，电梯已经断电，我只能走旋转楼梯。如今，圣所的图书馆仅剩空壳，所有的书籍都被保护性地转移了。朦胧的光线依然坚定地照着空荡荡的书架，一如圣所成立之初。直到最后的最后，我仍不知道圣所中的光从何处而来。

体力早就随着年迈而枯竭，我每下几层楼就必须停下来缓口气。书架结着蛛网，模糊了轮廓，由光线照着，远看就像森林蒙了晨雾。眼见这副光景，我不得不联想起半个多世纪前第一次进入博朗之森，孤寂的滚球在山林间穿行。我幽幽地哼起了巴赫的《赞愿》。

楼梯太长，我走得又很慢，条件反射地给曲子进行了变奏，增加了赋格，直到气息减弱，续接不上，终于到了底楼。

我穿过连廊，看见庭前广场正中的泳池早已干涸，落满了枯叶和尘土。当我走到中庭森林的核心位置时，圣所爆破了，我循着爆炸的声响转身。林子很深，我无法透过密集的树干看清圣所的最后样貌，只隐约看到一个巨大的影子颤抖解体，分崩离析。爆炸产生的建筑碎屑被气浪吹入深林，敲响了树叶枝干与林中的岩石。热风拂过我的脸，泪水还没流出就干了。

蹒跚行过丛林，我来到仅剩的中央食堂。我穿过空无一人的巨大空间，里面的座椅也都被搬走。我在后厨的备餐间角落发现了唯一一个属于圣所的东西，那是一片薯格，不知被谁落下了。我从备餐台上拾起它，靠在台面柜上缓缓地瘫坐在地上。

我从怀里掏出《电子竞技简史选辑：平衡球的终结》。自从从图书馆借来这本书，我就一直忘了还。直至圣所迎来毁灭，我才意识到它还在我的房间。

此时爆破声已经停止，圣所消失，中央食堂迎来最后爆破之前的短暂平静，只有风吹树梢的声音渐微可闻。我就着这片不知何时的薯格，时隔半世纪重新翻开这本书，缓缓地看着。我视力衰退，看这样大小的字也很费劲了。但好在，我不赶时间。

《平衡球游戏》终结了，对此我再没有一丝多余的情绪。真理必然允许被颠倒，何况《平衡球游戏》和圣所呢？我观察过，我描述过，足矣。我用自己的解读和思考造就了最后的《平衡球游戏》，造成了它的终结。我平和地接受它的崩溃，因为我知道它会重生，是吧？我抚摩着手中的书。

万籁俱寂，声音彻底消失，世界完全沉默。

爆破开始，我闭上眼睛。

2021.1

断流

成楚吾儿：

　　知道你忙，咱爷儿俩平时也没空多聊。写这封信没别的意思，就是说说话。

　　转眼间，新世纪已经过了十年，我们国家成功举办了奥运会，这在从前是谁都不敢想的事情。最重要的是，在刚过去的一年里，三峡大坝工程也正式完工开放了！要不是腿脚不方便，我真想登上大坝，看看咱们几代人的心血最终是个什么样儿。

　　大坝的落成让我回忆起当年的许多事情。其中一件伴随了我几十年，本没必要说，到今天再回想起来，我都有点怀疑是不是真的经历过。当年一起的那批人，如今只剩了我一个，一个老东西的记忆到底靠不靠得住，也无从考证了。不过活得长确实有好处，我见证了这十年来国家的飞速发展，世纪之交时人们对千禧年总有一种焦虑，现在看来全是多虑了。

　　唯一的遗憾，就是现如今的香烟变得难抽了，没味儿，哈哈。

　　这封信你有时间就抽空看看，可能有点长。如果你有心，也可以替我再去泰兴走走，兴许还留了些痕迹。如果没什么兴趣，那就权当看了个故事。

1

故事发生在1958年。

不少人以为三峡大坝工程是二十世纪九十年代才开始的，其实不然，民国时候孙中山先生就打算在长江上游建水电站，可惜因为种种因素并未落实。中华人民共和国成立之后，国家接手了国民党政府的所有研究资料，组织大批工程师开始了三峡工程的前期准备工作。而我，十分荣幸地成为其中的一员，隶属于长江流域规划办公室①第六勘测科。

1953年2月，毛主席乘船视察长江流域，咨询长江委主任林一山关于三峡大坝工程实践可能性的诸多问题。1956年2月，长江流域规划和三峡工程勘测、科研与规划设计工作全面展开，1957年底基本完成。

1958年夏天，我们第六勘测科从湖北出发去上海，向总工程师进行最后的勘测结果汇报，算是给两年的勘测工作收个尾。火车经停扬州站转车，我们在车站听到一些传闻，说长江在泰兴流域曾经断流。长江不像黄河，历史上黄河曾多次断流。长江的流量比黄河

---

① 长江流域规划办公室（简称长办）成立于1956年，其前身是长江水利委员会，即后文的长江委。林一山先任长江委主任，长办成立后，他延任长办主任。

大多了，而且长江流域多属亚热带季风气候，降水量很大，完全没有断流的理由。泰兴段的江面非常宽，流势平缓，即使断流也不该在那个地方。

传闻说得煞有其事，精确到1954年1月13日，地点是泰兴吴家村。科长潘鸿明是那种责任心很强的老工程师，也是我进科室之后的师父。听到传闻，科长立刻决定改道泰兴。

长江断流不是小事，这是大坝工程前期规划阶段未曾考虑的影响因素。不解决这个问题，一旦大坝开始蓄水，长江的径流剧烈变化，万一造成下游河段大范围枯竭，海水倒灌，后果不堪设想，无数人会因此丧生。更何况，虽然泰兴断流只是孤例，但谁也不敢保证不会在其他江段重演，那会是难以想象的巨大灾难。三峡大坝工程事关民生大计，一点差错都不能容许。

科长给总工程师发去电报汇报了此事，我们便动身出发。

副科长邹远图很快租了两辆小面包车，同行的还有一批随行科考的工程兵。他们的班长对高工出身的师父很崇敬，说是既然要实地考察，就一定需要干活儿出力的，就有用得着他们的地方。

江苏这边一马平川，车开起来比湖北的山路平稳得多。可夏天闷热，车又是临时找的，之前专门运轮胎，里面味道又重又难闻，窗子全开了也不顶用。在这样的情况下，柳述毫不意外地又晕车了。

"柳工，口袋。"我把上车前特地找来的塑料袋递给她，她接过就吐。柳述是陕西人，身材高挑丰润，大我三岁，比我更早进科室，很靠谱。只可惜她最容易晕车，两年的勘测工作里，每每坐车都会晕得七荤八素。

车开了大半天时间，我们终于到了吴家村。

　　吴家村布局狭长, 沿江呈条形。村里产业结构简单, 一部分人在江里挖沙子卖给工地, 一部分有点底子的家庭买船打鱼。江苏当时的现代化程度很高, 市里都备上了电灯电话。可吴家村毕竟是乡下, 许多建筑还是明清时候的硬山顶砖瓦房, 村子正中还修着祠堂。村里多是青石板的老路, 很窄, 开不了车, 科长请两个司机把车停在村口, 给了钱, 托他们等几天。工程兵和设备先去江边支起帐篷, 我们勘测科先进村子询问。

　　当时已是傍晚, 我们在炊烟里敲响了村委会的门。村支书一听是国家派下的水利勘测队, 非常热情地接待了我们。

　　"老人家, 请问您知道长江断流的事情吗?" 科长进屋坐下, 开门见山。我们都站在一边。

　　支书先是露出了惊恐的表情, 随即叹了一口气, "唉, 晓得的, 晓得的。"

　　"真有这事儿?"

　　"不骗你嘞, 亲眼看见的, 太惹怕了。" 支书已尽力用上普通话, 可方言味依然很重。后面支书再说了一些话, 我已听不懂, 也不费劲去听。科长听得认真, 时不时还搭上几句。他毕竟是苏州人, 虽然江苏十里不同音, 但到底比我们好一点。

　　约莫过去半个钟头, 眼看谈话接近尾声, 支书留我们吃饭, 科长婉言谢绝了, 说明天再来。

　　从村委会出来后, 我们边往江边走边听科长复述。科长说, 长江断流确实发生过, 就在1954年1月13日下午四点前后。据支书回忆, 那天下午同往常没什么区别, 只是忽然之间江面开始下降, 迅速见底。所幸天色已晚, 打鱼和挖沙的船都回了, 没人伤亡。可吴家村的人依然震惊且恐惧，找来阴阳师傅作法驱秽。另外，江水断流，河床里沉了许多鱼虾，这对于靠水吃水的吴村人来说是巨大的诱惑，一些胆大的村民就下到河床里去捡鱼拾虾。没想到仅仅两个小时之后，一线浪潮从天际逼来——江水又回来了。这一断一复来得太过突然，躲闪不及的村民们被江水冲走，再没上来。

我们听完沉默许久。我打小在浙江海边长大，每年退潮时下海拾贝的渔民都会被卷走几个。水火无情，我见得太多了，一个人的死往往牵扯的就是一整个家庭。

半晌，邹远图才开口："听支书这说法，长江断流肯定不是上游干涸引起的，不然不可能来去这么突然。"

柳述却问："死了多少人？"

"该有十多个，只有一人活了下来，但也瘫痪了。"科长说。

"所以师父您说明天再来，就是去见活下来的那个人吗？"我问。

"幸存的那人叫吴仲义，住在村子边上，我们稍晚些时候再去。"科长顿了顿，"明天再来是为了县志，支书说现下晚了，明天一早他去县城借县志回来。根据县志上的记载，数百年前长江还断流过一次。"

"还有一次？"我们都吃了一惊。

"对，断流发生过两次，上一次是元朝的时候，也发生在泰兴段。个中细节支书也记不清了，要翻县志查一查。"

邹远图抽了一口气，"这倒奇了，两次都在同一个地方，看来我们是来对了。"

"说是老人们口口相传，江底有什么'搞子'，不干净。"科长说。

"'搞子'是什么?"我挠挠头。

科长摆摆手,"我也不晓得,应该是当地方言,可能是本土传说中的神祇或者妖兽,都是迷信。我们是坚定的唯物主义者,这些对我们没有帮助。"

说着话,人已到了江边,天色黑下来,江边的林子里晦暗不明。江面目测有两三公里宽,如此宽阔的大江在短时间内断流,可真是难以想象。程班长他们早已支好帐篷,眼见天色不早,也生火煮起了行军粮。这东西就是压缩的无水细粮,一小块泡开能煮一锅。已经煮得差不多了,闻着比在武汉的要香,看来这一段的水质不错。现在想想,倒也不失为一种评定水质的方法。

我们都用铝饭盒盛面糊来吃,只有柳述没胃口,先回去歇着了。晚饭很快吃完,抽过烟,我同邹工闲扯几句,也去睡了。工程兵换班守夜。

第二天一早,我们就看到了支书借来的县志,纸质脆黄,显然上了年头。没多久,支书就找到了记载上次断流的那段内容:

元大德二年七月暴风,江水上涨,高达四五丈,人畜漂溺无数。至正二年八月,长江一夜枯竭见底。次日,江潮骤至。

县志的记载让我们更加疑惑,八月无疑是长江的汛期,寒带南下的冷空气和热带北上的暖湿空气在此相交成为锋面,并且是停留时间长的准静止锋,导致长时间大范围的锋面雨。这种情况下长江断流,实在是难以置信。

"科长，这事儿真够邪门儿的。"邹远图道。

潘鸿明沉思不语，只是要来一张纸，叫柳述凭记忆绘制当地的长江图。

柳述接过白纸，"长江在扬州境内大致呈自西向东的流势，在三江营处却转向南下。三江营的上游，长江从西沙头开始分岔，分出一条支流向东南方流去，也就是县志中提到的夹江。夹江横穿扬中半岛，在七圩埭处重新汇入长江。"

我看着柳述默画出的长江图，思忖一番，又提笔加了一道，"芒稻河。"

柳述点点头，"对，芒稻河也在三江营汇入长江。当年黄河夺淮入海之后，淮河也随之改道，从芒稻河流入长江。长江在三江营忽然转向南下，该就是受到了淮河冲击的影响。"

潘鸿明忽然开口："夹江两端之间的长江流域，正好就是断流的泰兴段。"

我们面面相觑，难道长江断流的秘密，就在这条夹江？

大概有了这样一个模糊的猜想，我们谢过支书，动身去找四年前断流事件中唯一的幸存者，吴仲义。

2

支书事先打过招呼，到吴仲义家时，他的老伴丁姨已经在门口等我们了。丁姨热情地招呼了我们，领我们转过一条青砖墙的巷子，走入一进四合院落里头。院墙脚下划出一块方形土地种了些菜果，旁边是一口青石老井，再旁边是形色古朴的石磨。丁姨同我们说，这院子里原来住了三户人家，其中两家的男人都死在了四年前的祸事里。院落如今只有她跟吴仲义居住。

进到里屋，吴仲义正坐在雕花木床上做竹编。这人头发花白，面颊凹陷，皮肤黝黑，几乎看不清面貌。见到我们造访，吴老汉挣扎着要起身，但还是没成，只好抬手作揖，"各位领导好。"

"我们不是领导，叫我潘工就好。"科长道。

吴仲义不懂普通话，只能说方言，这下连师父都听得不甚明了。沟通非常困难，来回讲了几遍，我们才大概了解当时的情况。在那批因为断流而下到江底的人里，吴仲义离得最远，他也比较灵泛，事先在腰上缠了麻绳，一旦有事就让人拉他上去。听到水声后，他第一个往岸上爬，岸上的人也死命拽他上来。但水势来得太快，一个浪头给他拍到了岸堤上。他呛了水，背过气去，醒来之后下半身失去知觉，脊背给撞坏了。

丁姨端来打好的井水，用几个搪瓷茶缸和青瓷碗装着。炎炎夏日喝上一口甘冽清凉的井水，着实惬意，我们也不好拒绝。但阿姨还拿来了井水冰过的水果，我们就决计不能收了。那水果长得颇像橙色的苦瓜，当地叫"癞葡萄"，我们浙江叫"离呲"。

这当儿，外头传来女孩儿的喊声，像在叫妈。女孩儿很快进来，个头不高，长发用布条草草一扎，生得不算很好看，但眼睛很大，穿着打了补丁的对襟衫和工装背带裤，收拾得很干净。丁姨高兴坏了，紧紧抱住女孩，不停唤道："丫头家来了，丫头家来了。"吴老汉却嘴唇一颤，淌下泪来。

"家来了"是回来了的意思。我们都没想到老两口的孩子居然这么小，才知道两人也就四十出头，比科长还小一点，不过是看上去年纪大。丁姨告诉女儿我们是来了解长江断流的，也告诉我们她叫吴琼。

我走上前去自我介绍，"我叫江文良，就职于长江流域规划办公室第六勘测科。"接着我又一个一个地介绍了科长潘鸿明、副科长邹远图和柳述。

原来从吴仲义瘫痪之后，吴琼被迫辍学，后来外出务工，常年不回来。那年岁几乎没有人外出打工，吴琼实是迫不得已。明天是七月三十，按本地习俗是"斋孤"的日子。斋孤是七月半的延续，斋是指舍饭给僧道神鬼，孤就是孤魂野鬼。七月是传统的鬼月，初一鬼门大开，月底鬼门关闭，当地人便在这天于河边路口烧纸钱，买嘱鬼魂莫扰自家门槛。斋孤本是每家男丁才能经手，无奈吴仲义卧床不起，只能由吴琼帮衬，所以她专程从外地赶回来。

吴琼普通话很好，跟她沟通起来便利了许多。丁姨欢喜地出去了，说要给丫头弄好吃的。

四年前长江断流，当时吴琼只有十四岁，刚从学校回来，也见到了这副骇人的情状。除了充当翻译，她自己还提供了一条相当重要的线索，她说："我站在岸上，看见河道底沉了一大块铜锭子。"

"铜锭子？"潘鸿明问。

"是的。"吴琼点点头，"江底有块巨大的青铜，只露出小半截，大半沉在淤泥里，外头布满了青绿色的铜锈。"

经吴琼这么一提，吴仲义也说有些印象，只是当时这青铜器还在更下游，离他很远，他反倒不如岸上的吴琼看得分明。吴琼又大致描述了青铜的形状，潘鸿明惊叫出声："应该是鼎。"

我师父潘鸿明是当时较为典型的一类老工程师，那时的老一辈学术人才往往对文史也有涉猎。师父也是类似，出身苏州富绅之家，家学渊远，好古，这方面造诣颇深。

"这却怪了，"柳述若有所思，"长江跟黄河不同，黄河经常改道，有时会淹没一些陆上的古墓，地上河段还有镇河墓，水底出现古物不稀奇。但长江底理论上不该有古墓。"

科长点点头，说："而且泰兴地处吴越，春秋时吴越地区不似中原诸国拥有大型青铜礼器。越国历史上有著名的青瓷仿青铜制品，器型够大，但姑娘说器身布满铜锈，断不可能是青瓷仿品了。"

青铜器究竟为何会出现在江底，一时之间我们得不出结论。科长又说，泰兴段周遭地平如纸，别说山川，连丘陵都没有，聚不得气，收不住势，不宜作墓葬选址。吴琼再回忆不起更多东西，就提议带我们去江边看看，指指鼎的位置。科长想了想欣然接受，正待出门，才发觉外面已是一片沉寂，连风都没有。层云黑密，气压低得让人喘不上气，隐有沉闷的雷声从天际传来。

"要落雨了。"科长说。

"很大的雨。"吴琼喃喃道。

似乎是为了应和两人，话音一落，大雨便在一声嘹亮的响雷之中倾盆而下，瞬间下出了雾。我们暂时走不掉，只好在吴家多叨扰一会儿。左右无事，我与吴琼攀谈起来，得知她常年在扬州打工，依仗一身好水性替人打捞沉到江里的物什。最常做的是打捞意外坠江的尸身，这种活计赚得最多。她比我小五岁，实在看不出来。那年代的人都早熟，但吴琼更甚，常说穷苦人家的孩子早当家，当真不假。

聊了一会儿，话头尽了，她翻出斋孤用的纸钱继续叠。吴仲义点了油灯，继续编竹篾，父女俩也不搭话。屋里灯影幢幢，一片寂静，我们不便作声，端凳子坐在门前，看挂着的防蚊纱帘在雨中一摆一摆地拍打着门框。天地间充盈着沉郁的黛色，大雨细密，直下到天边泛光。

到傍晚雨才小了些，丁姨戴着斗笠，披着塑料布，小跑进屋里。吴琼唤了声"妈"，丁姨应了一声，便端出吃食，那是一盘热腾的鸡蛋荞麦摊饼和一大锅已经放凉的元麦粥。元麦粥又叫糁子粥，是当地元麦磨成粉之后加米煮制而成。夏天里，当地人喜好煮一锅粥之后放凉了喝，养人又解暑。

"各位领导也吃一点吧。"丁姨说。

我们当然拒绝了。吴琼却走过来笑说："领导还是吃一些，我妈已经做了各位领导的份儿，这么多我们仨吃不掉的。吃的夏天放不住，过了夜就都坏了，多可惜呢。毛主席说厉行节约，严禁浪费粮食，不是吗？"

科长一时语塞，苦笑一声："好伶俐的丫头，只好恭敬不如从命了。"

我们自己动手各盛了一碗，粥有浓郁的坚果香气，应该还掺了玉米面，喝起来绵糯醇香。大雨下了半天仍然闷热，凉粥下肚实在是说不出的舒爽。对于吃了大半年压缩粮的我们来说，不啻久旱甘霖。一时间屋里都是呼啦的喝粥声，没人有空讲话，连科长也不例外。吴琼说："领导吃点饼，顶饿。"我们见科长点头，也伸手去撕，焦香酥脆。丁姨盛了一碗粥，扯了半张饼坐到床边，吴老汉一言不发端来吃了。

雨声渐小，我们也吃得差不多了，太久没吃过新鲜粮食，都咂摸着嘴。科长取出格子手帕擦额头，说，该走了。吴琼提到去江边指个位置，科长却说天色太晚，村里没通电，女孩儿家不安全，明天再说。离开前，我们认真谢了吴老汉一家，科长算了数，摸出适当的粮票、油票和钱给丁姨。丁姨死活不肯收，还是吴琼劝妈妈不要让领导违反纪律，丁姨才千恩万谢地收下了。

回到江边，看到工程兵们满脸泥水，据说费了好大气力才没让大雨把篷子冲下江去。所幸我们驻扎在林子里，有个依凭，要是安在光秃秃的堤岸上可就神仙难救了。听说我们在村里买饭吃过了，工程兵们都很开心，把留给我们的面糊重热过后各自分吃了。

起床后我打水洗漱，清早就听见程班长的大嗓门——他是工程兵的班长，叫程德红。凑近去听，原来这两天工程兵们都在江边干等，实在无聊，今天说什么也要跟我们进村瞅瞅。科长有些拗不过他，只得先说了说我们近日的收获。

"1954年？"程班长忽然激动起来。

"怎么，有什么问题吗？"科长诧异道。

"有，当然有！"程班长挥着手，"那一年淮河全境大洪水，我们一个连都在郑州抗洪抢险嘞！您不晓得？"

我跟科长都浑身一震。这事我们当然知道，那一年大气环流异常，雨带长时间徘徊在淮河流域，造成了淮河全流域的大洪水，仅河南一省就有85个县市受灾，其中淮滨县更是几乎全县淹没。只不过这两天我们的关注点尽在长江上，当局者迷，没想到这一点。

科长眉头一颤，朝我喊道："小江，快把小邹和小柳都叫过来！"

　　柳述和邹远图很快赶到科长的帐篷前,柳工甚至没来得及扎上惯常的麻花辫,披着一头长发,却是往常见不到的气质。柳述拿出长江图,摊在一块大石头上,按科长说的,补上了淮河东部的局部流向。我们四人惊呼了一声,芒稻河是淮河最主要的干流,而它正巧在三江营汇入长江。

　　"长江是被淮河冲断的!"科长激动地抛出了猜测,"1954年,淮河全流域大洪水,径流量达到史无前例的高峰。如此庞大的水流取道芒稻河入长江,短时间内冲断了长江的流势,导致长江水转入夹江流域,从夹江的另一端——也就是七圩埭流入长江的下游。如此便造成了长江断流。但淮河的流量毕竟小于长江,阻断长江流势只能是一时,上游的江水很快补充回来,所以短短两个小时之后断流就恢复了。"

　　我们都震惊得说不出话来。这一猜想甚至解决了之前我们未及料想的问题:泰兴并不是长江的入海口,为何只有泰兴段有断流记载,下游却不曾听说,而海水也未因此倒灌。这是因为泰兴段恰好处于夹江与长江交汇的两点之间,长江水取道夹江,并未对下游造成影响。

　　邹远图最先回过神来,说:"科长这个猜想应该是目前最合理的了,但还有一点疑问。淮河在汛期的洪峰流量大约是15 000—17 600立方米每秒,最高不会超过21 000立方米每秒。而泰兴附近的长江流量约在23 000立方米每秒,还是大于淮河的。更何况1954年的强降水多少也会影响长江,哪怕算上夹江的引流,等式两边还是配不平。相差出来的水量去哪儿了呢?"

　　科长想了想,点点头,"小邹说得不错,确实是个问题。"

柳述忽然说："至正二年，也就是1342年，是不是也发生了淮河洪水呢？如果确是如此，我想科长的猜想也八九不离十了。"

科长于是用电报机给长办驻扬州的办事处发去电报，让他们查一查淮河历年的水文记录。等电报回信需要大半天时间，众人各自回去梳洗收拾，心里都还揣着这个事儿。这半天时间做些什么呢？大约还得去找一趟吴琼，找到那尊沉在江底的青铜鼎。程班长一语点醒我们，自觉立了功，喜不自胜，倒也不再缠着跟我们一起。科里四个人合计了一番，在江边等了一会儿才往村子里走，避开饭点。

到了吴家院子里，哪承想又闻见了粮食的焦香。我打过招呼朝里一望，吴琼散着头发，正捧着一碗棕褐色的糊糊吃着。

吴琼见了我，倒有些不好意思，说："我不常回家，我妈怕我在外头吃得不好，总变着法子给我做吃的。"

我盯着她碗里的糊糊，"怎么，你们也吃行军粮吗？"

她说："不是，是焦屑。"

科长敲了我一下，"什么行军粮，那是江苏这边常吃的炒麦糊，把炒熟的元麦或者小麦磨成粉，和水加糖冲开成糊。当地方言把粉状物都叫作'屑'，所以又叫焦屑。"

于是我小声嘀咕："我说呢，哪有这么香的行军粮。"

"各位领导吃一点吗？"屋角的丁姨放下手中叠着的纸钱，走上前来。

我们四人连忙摆手。吴琼扎起头发，说："去江边吗？"我说："不忙，吃好了再去。"吴琼吃得快起来，一股脑儿都吃完了，临了倒热水在碗里，用调羹把粘在碗壁上的糊都刮得干干净净，再把浑浊的热水都喝下了。

柳述像忽然想起了什么，款款走到吴琼身后，伸手搭在她发端。吴琼一惊，"哎"了一声。柳述说："多好的头发呀，一点分叉都没有。"接着她将下发绳儿放在桌上，纤长的十指翻动起来，把吴琼的头发从中间分开，各编了根麻花辫，再把两条麻花辫子朝里翻了个个儿，辫尾并起来系作一处，掏出大红的发带扎紧。

"这才是女孩儿样嘛。"柳述呼出一口气。

我们三个男人站在门边，都像看了一场魔术，说不出话来。柳述左右打量着自己的作品，抿嘴直笑，唤了声："丁姨，麻烦拿面镜子来。"丁姨原本看到大变样的女儿正捧嘴笑着，听得话才反应过来，进里屋拿出镜子。吴琼看着镜子里的自己，"喔"的一声捂住了嘴，高兴得红了脸。只在这当儿，她才终于露出了属于十八岁女孩儿的娇憨。

"我丫头漂亮得扎实，漂亮得扎实。"丁姨欢喜道。

吴琼转身紧紧握住柳述的手，"姐姐教我！"

柳述也笑出声，"这是城里的发式，回来就教你。妹妹聪明，学得肯定快。"

丁姨上去搂住吴琼的肩，说："进去把你爸瞟瞟。"吴琼迟疑了一下，还是起身转进里屋，里头只传出老汉开怀的笑声。

3

吴琼领着我们往江边去，步伐轻快，新绾的发辫一扬一扬的，一路上时不时地用脚尖踢着堤上的石子，低着头，不经意就露出笑来。到了江边，我们顺流向下走，出了林子，经过一处划地引水而成的方塘。吴琼心情好，话头也敞开，同我们说那是妈妈承包的水地。父亲瘫痪之后，只能靠母亲赚生计，母亲到底是女子，打起鱼来气力不足，更别说挖沙子了。后来她母亲想了法子，在江边划一块地，用薄膜兜着，蓄上半咸水，养大头虾，再加上自己外出务工，如此才勉强维持生计。

我们四人对视了一眼，心里都有些计较。半咸水虽然有薄膜兜着，但养虾产生的水体富营养化还是会慢慢向外渗透，时间长了也是一种污染。可农民哪晓得这些，只求得赚生活，国家既然不曾禁止，我们也无权置喙。更何况，没人有资格站在科学的高度断了旁人的生计。

走出吴家村的地界许久，吴琼往下游遥遥一指，"喏，就在那里。"

"师父，我去喊工程兵们过来。"我说。

科长三人继续往下游走。吴琼回村子，与我同路。不多时到了林子里，听我说完后，程班长立刻叫上工程兵们，带好勘测设备向下游赶去。我正要跟他们一道，吴琼忽然叫住了我。

"怎么？"我问。

吴琼捻着衣服下摆，过了一会儿，才开口："领导，你念过大学？"

我一愣，"嗯，水利部北京水利学校，现在叫北京水利水电学院了。"

"柳姐姐也念过大学？"

"我们科都是大学毕业，学历最高的是科长。"

"真好啊。"吴琼叹了一口气。

"大学里学些什么呆昃呢？领导你和我讲讲呗。"吴琼说。

"搞子？对了，搞子是什么意思？"经这么一提，我想起科长说这是当地方言，他也不知道是什么意思。

"不是搞子，是呆昃。呆昃就是东西的意思。"

"东西？"我一时没反应过来。

"对。"吴琼莞尔一笑，蹲在地上捡石子写出了那两个字，"日出东方是为呆，日落西方是为昃，所以用'呆昃'指代'东西'。"

"你可真有文化。"

"我不晓得的，"吴琼失笑道，"去年我认识了一个如皋来的大学生，方言相通，他教我的。"

"哦。"

"那领导你可晓得，为什么'东西'叫'东西'呢？"

"不晓得，我学理的。"

"这叫法是朱熹传下来的，能拿得起来的叫'东西'。东方属木，西方属金，金木拿得起来；南方属火，北方属水，拿不了，火会烧着，水会漏下去。"

"水会漏下去，"我忽然叫道，"我明白了，江水是从河底渗走了！"

吴琼先是一怔，随即噗笑道："呆子！"

"哦对，还要给你讲讲大学生活呢，从哪儿说起呢……"

"不用了，"吴琼抿嘴笑，"忙你的去吧，早点弄清楚断流的原因，我也想知道。"

走到下游,程班长正吭哧吭哧地踩着链式发电机,衣衫都湿透了,见我来,就打了声招呼。工程兵已经把压力式水位计送进江里,信息通过导线源源不断地输送回岸上的接收设备,机子断续地向外吐着穿孔纸带。邹远图把尚有余热的穿孔纸带送入读取仪器,分析河底的水位数据,鼻尖汗涔涔的。柳述把分析结果誊画在硫酸纸上,湿透的头发黏着脸。

望着这副光景,我蓦地回想起1956年,长江流域规划勘测刚刚开始的时候,就是我们科在北碚站修起了全国第一座机动水文缆道。

我凑上前去问:"师父,怎么样了?"

科长拿着记录纸,摇摇头说:"水底淤泥流动性大,找不到青铜鼎。"

邹工也站起身,掀起上衣擦去脸上的汗,说:"四年前断流恢复,水流大,可能又把青铜鼎冲向更下游了,我们这样无异于刻舟求剑啊。"

"师父,也许我们不必找到那尊青铜鼎,倒不如反推一下青铜鼎是从哪里来的。"

科长闻言神色一动,正做活儿的邹工和柳工也都抬起头,似有所悟。想了想,科长问:"小江,你有想法?"

我整理了一下思绪,说:"师父,咱们离解开断流之谜只差一步,就是长江跟淮河差出来的那些水量去哪儿了。我想啊,这水又不会上天,也不可能是周边工厂抽水都用了去,那不就只能到地下去了嘛。"

科长微微点头，"你的意思是漏到地下河里去了？"

这时，程班长见我们停下了动作，远远地喊道："潘工，还弄不？"

"先停一停，程班长，歇一歇。"科长说。

"好嘞，那我们先去做饭了，有需要随时叫！"

我继续说："唯物辩证法告诉我们，要用联系的观点看待问题。联系是事物内部和事物之间相互影响相互制约的关系，我们不妨把青铜鼎的事儿跟地下河的事儿联系起来，这两者或许是一件事儿。"

邹远图一拍脑袋，"小江说得对啊，或许青铜鼎的来源跟长江水的去向就是同一个地方！"

我抹了把脸，看向科长，"师父，以您的学识，您觉得那鼎在江水里腐蚀了多长时间？"

科长摘下眼镜，用手帕擦了擦眉间的汗水，说："如果是比较成熟的青铜器，其中混入了锡和铅，化学性质相对稳定。根据吴姑娘的描述，铜器锈蚀严重，几乎看不出本来面貌，哪怕考虑到河床淤泥的化学反应和江水的冲蚀，变成那样也需要上百年。"

"五百年合适吗？"

科长正要点头，忽然明白过来，"你的意思这尊青铜鼎就是上一次断流之后被江水冲出来的？"

"师父您看可能吗？"

"从时间上来看，确实非常接近。"科长思忖一番，"如果真像小江你说的，那这一次断流时失去的江水应该也去了同一处地方。"

这时候，工程兵们来喊我们去吃饭，我们往回走，大头兵们也把设备拖了回去。吃完之后，我们在江边走动消食。科长给我跟邹工散烟，每每这时候我都很开心，他抽的是八角的恒大，我只能抽得起两角的利群，邹工更是抽的经济烟，时不时还得蹭我的。科长说："小江，继续说你的想法，你觉得那青铜鼎的来源在哪儿？"

我深吸了一口烟，浑身一松，说："从道理上讲，大鼎的来源肯定在芒稻河入江口的上游，长江在那儿失了水，叫芒稻河一冲，这才断了。这样一来范围被缩小了些，可还是太大了。"

邹工接话，"是啊，以咱们现在的装备，要找到这地儿还不知道要多久呢，唉。"我们点头称是，都有些不自在，只闷头吸烟，一句话也没有。柳述洗过了铝皮饭盒回来，坐在一旁补长江图，可惜派不上用场。

正愁着，一个工程兵跑来说市里回电报了，我们都凑过去看。电报上说1342年淮河也是全境大洪水，从前一年年底一直泛滥到当年八月。这样一来，我们的猜测总算站稳了脚跟。只是此行的目的也走到了瓶颈，若沿着长江溯洄一点点地去找，真不知要到什么时候，回上海汇报工作一直被这么搁置着，不是个事儿。

天色晚下来，太阳没完全落下去，月亮已经升了上来。回头看去，村子不像往常昏暗一片，处处点起明火，是开始斋孤了。远远看到两个人影走来，近了，才瞧清是丁姨和吴琼丫头。丁姨在江边点燃了纸包，嘴里反复念着"大鬼小鬼拿钱用"。吴琼拎了个口袋，掏出十数个折好的河灯，一盏一盏地放入江中漂流，每放下一盏，就轻念一个名字，几寻过后我才明白，那都是四年前下江被淹死的村民的名字，都是吴老汉的朋友。

河灯尽数放入江中，顺流而下，映红了已经黏稠的暮色。纸钱包也已点燃, 丁姨望着火光, 双手合十上下摆动。吴琼静静凝望着被江流裹挟的河灯, 默然不语。

　　我也望着河灯, 纸叠的灯盏在水中漂泊, 随着水势, 时快时慢。灯花摇曳中, 我隐隐捉摸到一些东西, 忙紧地细想, 那东西终于清晰起来。我叫了一声, 对科长他们喊道: "师父, 我想到了!"

　　"说。"

　　"按我们之前的推想, 青铜鼎的来源就是长江失水之处。既然是芒稻河导致了长江断流, 那这失水之处就不可能在芒稻河入江口的下游, 这是其一。"我瞧见吴琼往这边看, 不自觉地提高了音量, "青铜鼎之所以会在水底, 被吴琼姑娘看到, 就是因为它太重了, 最初的势头消耗掉, 吃重落下。既然青铜鼎这么重, 那么如果它也经过了三江营处江水的锐角转向, 肯定在那儿就会沉下了, 不可能继续冲到下游, 这是其二。"

　　"所以我们要找的地方, 不能在三江营上游, 也不能在三江营下游,"邹远图立刻领会我的意思, 叫了声好, "那就只能在三江营! 小江你可立大功了!"

　　科长也是喜形于色, 叹道: "我们明天就启程, 去三江营。"

　　吴琼忽然跑过来说: "我和你们一起去。"

　　我们都吃了一惊, 只说不用劳烦, 让她好好陪妈妈。

　　吴琼说: "我原本就在雷公咀做工, 那边水势我熟, 我水性也好, 肯定能帮到各位领导。斋孤完了我也要回去了, 还想蹭各位领导的顺风车, 到了那边, 自然略尽绵力, 权当还了车钱。各位领导也不要让我违背纪律吧。"

　　经她这么一说, 我们倒不好再推辞, 只得应下来。今晚休整一夜, 明天天一亮就出发。

4

三江营的江水中央有一片叫作雷公咀的沙洲。落脚时已经是中午, 当年的雷公咀还没发展起来, 俨然一座长满了树的岛屿。我们在双江口那一侧捣饬了大半天, 一无所获, 于是打算换去岛屿的另一边碰碰运气。

天色晚了, 穿越丛林让人有些发怵。不过吴琼告诉我们, 这里还算是聚居区, 岛上没有野生动物, 只是要注意蚊虫叮咬。于是我们一脚深一脚浅地穿过林子, 去往雷公咀的北岸, 朔月无光, 林子里晃动着尽是探照电筒的光斑。吴琼走在最前面, 用她携带的小刀时不时地斩断拦路的藤蔓。

总算到了北岸, 宽阔的芒稻河就在眼前。过来的路上, 吴琼讲了许多雷公咀周围的见闻, 她说芒稻河入江处水势复杂, 常有漩涡, 水流湍急, 声若震雷, 故沙洲得名雷公咀。许多船只都交代在了这里, 所以她打捞物品和尸身, 最多就是在这段。科长向她打听这一段的水下地势, 得知此处水下山脉连绵不绝, 将水流分割, 往日行人坠落的行李多就是掉在山脉里头。

科长脸色不好看, "这就难办了, 既然水下地势复杂, 凭我们的设备要找到线索就不容易了。"

当年我们用的都是最先进的苏联设备, 可囿于时代局限, 仍没有办法利用多普勒声波技术采集河底信号。一般这种情况,只能靠人下潜。吴琼也明白这一点,倒是一脸轻松,"那就潜下去看嘛。"

邹远图吐吐舌头,"河道少说也有三四十米深,直接下潜如何吃得住?"

吴琼嘻嘻一笑,"那我这打捞的活计倒做不下去了?"

我们都是一愣,"姑娘你有办法?"

"各位领导随我来。"说着,吴琼领我们沿江畔往北走,不出半里,就瞧见林子边上树木掩映之中有一座瓦房。瓦房前是一方矮墙围成的院落,铁栅栏门用链子锁锁了,门上锈迹斑斑。原来这就是吴琼每日上工的地方,边上还有几只船。吴琼也不二话,纵起一跃扒住矮墙,身子一蜷翻上墙顶,像猫一样跳了下去。我不放心,依样画瓢翻过墙,跟上她。

瓦房的门也锁着,我跟吴琼从窗子翻进去,闻到一股霉味儿。我屏住呼吸,吴琼拿起一团物什,屋里暗看不清,但我上手一摸就明白了那是什么东西。她手上是一个摩托车头盔,下面连着一件皮衣,橡皮管子从头盔后面伸出来,连着气囊和储氧袋,头盔的嘴部是简易的气阀。这是个简易水下作业装置,我在老家常见到,很多人用这东西下海采珠。

正琢磨着,吴琼忽然动了起来,那边传来衣物摩挲的声音,我脑里一荡,呼吸立刻变得粗重——她在换衣服。我的脸登时就烧了起来,往后退了几步,"姑娘,你……"

黑暗中传来她银铃般的笑声,"不碍事,反正你也看不见。"

"就用这个下去?"我努力说些话来缓解尴尬。

"别看这玩意儿简单,好用就行。而且我生在江边,从小玩水玩到大，打捞浅一点的地方，都不靠这个的，憋口气就下去了。"

"那还有多的吗？给我也弄一套。"

"你？"

"我在海边长大，水性不差着你。"

我俩换好衣服，翻出矮墙，像两株大蘑菇，吓了他们一跳。我给他们解释了这身行头，吴琼笑道："各位领导，带上小女子我还是有用的吧。"

众人于是苦笑摇头，向江边走去。工程兵在江边架设起了岸标照明支架，两盏白晃晃的探照灯打进水里。我先试了试水，夏天江水略凉，但还能承受。科长嘱咐带上必要的设备，我们便下水了。

江水浑浊，水下的山脉看得并不明朗，吴琼拉起我的手，既是避免失散，也能及时传递信息。两盏探照灯的光斑如同坠入江水中的巨大圆月，我们缓慢下潜，从一轮月亮游向另一轮月亮。

水压大起来，身上开始有些酸疼。下了二十几米，水下山脉近在眼前。山脉从对岸的地层伸入水底，交相勾连，实在复杂，若要在岸上用全站仪或者水位计去摸，可真难搞明白。我开始觉出水流的游移，于是打开水下电筒，把荧光颜料倒在水里。颜料随水势勾勒出明黄色的线，把水流的曲折都描了出来。我们循着颜料的行迹继续下潜，发现了一处水中峡谷。峡谷向对岸延伸，豁口越来越小，在峡谷的尽头，岩层堆出一个巨大洞穴。

我由衷一喜，心想地下河的入口就是这里了。吴琼冒失，就要往洞里游，我忙拉住她，打光照向洞里给她看。洞里的黑暗像棉花一样把灯光都吃掉了，说明光没有产生反射，洞里的空间非常大。她点点头，明白了我的意思。我看到吴琼的储氧袋已经瘪下去，支撑不了太久，于是拍拍她，示意缓慢上浮。

　　这洞穴时而虹吸，时而吐水，可见内部结构相当复杂，也造成了这段河道里神出鬼没的漩涡，从而多发航船事故。往日里受水流吸引的落水物聚集在这里，被丛生的山脉挂住，故而吴琼一直没能发现这个洞。

　　开始上浮后，氧气消耗得更快，眼看气囊见底，江面仍是遥不可及。忽见吴琼身子一扭，蜷曲起来。我忙将吴琼一把拉过，只觉疲软无力，随水而走。我心头一惊，不知出了什么变故，只得搂住她的身子，觉出她实在太瘦，背脊在怀里分明地抽动着。我当下不敢急慢，加速上浮，生怕她松气呛水。

　　终于浮出水面，我也不够力气搂着她游到对面，只得在这边上岸。我问她有没有事，她说不碍事，在我的搀扶下站起身来。我松了一口气，看来没有呛水，于是向对岸大喊，说了水下的境遇。

　　过了一会儿，对岸传来程班长粗厚的声音："江工，潘科长说你们做得很好，咱们发电报给扬州地方水利局，明天调全套潜水装备过来，集体下潜。你们先在对岸歇息，不忙回来。"

　　吴琼听得这话，绷紧的身子放松下来，身子朝下颓萎。我搀着她坐下，褪下头盔，只见她面无血色，嘴唇青紫。我吓了一跳，问她哪里伤着了。她抿着嘴不说话，倒不曾像受着外伤。我歪头一想，忽然有些明了，问："难不成你是来'那个'了？"

　　她点点头。我站起身："那不行，我去跟科长说，明天你歇着不能下水。"

　　"江文良，"她忙拉住我的手，"你坐下！那洞我一定要进去的。"

　　"你何苦逞强呢！"我半跪在她跟前。

"我就是要亲眼看看，是什么害我吃了这么多年苦。"她咬住嘴唇。

"何苦来哉！"

"我就是不服。"不知是因为肚子疼还是别的什么，吴琼眼里泛起泪花。

我长叹一口气，说："那我去对岸找船来接你。"

"我不想回去。"

"这又是为什么？"

"柳姐姐要看到我的模样，肯定能猜到。我劝不过她，索性不给她见到。"

我哭笑不得，"敢情我比较听话？"

"你就依得我一回，不行吗？"吴琼翻了个白眼。

"得，得。"我说不过她，起身往里面走，捡些干柴来烧。在这里换不了衣服，这样下去不是办法。我拆了电筒，用里面的电线打出火花，折腾了好一阵才点燃柴火，跟吴琼坐在一起烤火。

"暖和点了吗？"我问她。

"看不出来，你还挺会来事儿。"她扑哧一声笑了，脸上也渐渐显出血色。

我们装备的军用水下电筒都是合金外壳，玻璃镜片，60米以下防水。这时我把灯罩拧下来，洗干净，盛了江水架在火上烧。水开之后等稍凉，递给吴琼喝。吴琼一口一口地呷着，说："你倒挺会照顾人。"

"那也经不住你这么瞎折腾。"我没好气道。

"你能管得我几时？"

我脖子梗了起来，说："我，我哪管得了你。"

"那你想管吗？"吴琼眨了眨眼睛。

我答不上话，只得拿过她手里已经见底的灯罩，说："我再去给你烧点水。"

水又烧上了，想了一会儿，我轻轻地问："你真的那么想念书吗？"

这时的吴琼已经恢复气力，身子不那么难受了。她望着火光出神，好一会儿，才说："我讨厌自己的无知。尤其这些天认识了你们之后，觉得你们好聪明，什么都会，什么都懂，长江断流这种老天发怒的事情，你们也能搞清楚。我常常在想，要是我也念到大学了，是不是也这么厉害呢？"

"你觉得我聪明吗？"

"你嘛，也就还行吧！"吴琼觑了我一眼，笑出声来，"逗你呢！你很聪明啦，比我聪明多了，学东西又快，脑子又活泛。"

"那，"我挠挠脸，抬头看天，"想学，我教你。虽然我不懂'呆昃'的意思，也不会讲朱熹的故事，但我懂的都可以教你。我不会的，你想学，我就学会来教你。"

半晌都没听见回应，我有些慌，怕是好为人师唐突了人家，慌忙低头看向她。却见她双手抱膝，脸埋在臂弯里，好一会儿才抬起，破涕为笑，"你啊你，还惦记着'呆昃'的事儿呢？"

"我，我文科真的不好。"

"说话要算话哦，"吴琼皱起鼻子，"你准备教我多久呢？"

"多久都行。"这话没经大脑，说出口我才反应过来，当即脸就红了。

星星出来了, 银河映着大江, 星汉闪烁好不温柔。正值夏天, 红色的心宿二高悬天中, 长江涨水, 浪潮轻微而有节奏地扑打着堤岸, 发出野兽舔水般的声音。在这声响里, 我们时不时地搭上两句话, 有一茬没一茬地聊着。

我才知道, 刚瘫痪的时候吴老汉准备自杀, 却被十四岁的吴琼撞破。吴琼哭着骂了他一顿, 说他不能下地了还有手能动, 死了就什么都没了。被骂醒的吴老汉学会了缝鞋垫、刺绣、竹编, 多少能补贴点家用。可自那以后, 父女俩四年都没怎么说话。家里卖了船, 丁姨顶起大半边天, 可吴琼这学还是上不成了。

夜深了, 程班长划了小船来接我们, 我们回到对岸, 换了衣服休息。吴琼的确身体好, 一觉醒来就恢复了精神头。中午的时候, 邹远图带着全套的潜水设备从市里回来, 我们收拾得当, 打点清楚, 午饭后集体下潜。班长留了两三个工程兵在岸上看东西。

我和吴琼游在最前面, 不多时, 就越过水下山脉来到地下河的入口。程班长朝里头射了一发水下照明弹, 没照见大型鱼类, 于是我们放心进入。灯光下, 我们渐渐发现这并不是天然形成的地下河床, 而是人工修建的排水井道。这一发现让我们吃惊不小。继续深入, 井道开始出现缓坡向上的势头, 也开始分岔。原来这道入江口并不唯一, 只是一条干道。难怪水下山脉里的水势如此多变。

灯光一照, 前面忽然出现一张破碎的巨脸。我悚然一惊, 电筒几乎脱手。吴琼显然也看到了, 抖了一下就朝我依偎过来。科长从后面拍了拍我, 向前一指, 示意我细看。我冷静下来, 定睛一瞧, 才发现是一扇巨石闸门。石门上是个巨大的人面纹, 粗看才会以为是人脸。闸门已经被冲垮了, 随着光影转动, 人面纹上还有些细腻的突起被暴露出来，虽然被水流磨去不少，但能看出遵循某种纹理。

我们越过破碎的闸门，井道更加宽敞，逐渐出现了古朴的石阶。拾级而上，我们逐渐走出水面，发现身在一个巨大的蓄水池中。蓄水池修建在直井里，岩壁上参差排布着许多出水口，有的甚至还在排水。这让我们吃惊不小，不知是何方神圣的手笔。

蓄水池不知有多大，但从一路上来的水压变化来看，底部一定还有其他井道导流，不知这些水都去了哪里。石阶的顶部原本有一条石砌的廊道，却被什么东西撞断了一截，转念一想，恐怕就是那尊青铜鼎。于是我们只能继续往前游，攀上了尚存的石道，总算安了心。石道宽阔，我们都摘下面罩，长舒一口气。沿着石道继续前行，不晓得走了多久，终于来到了水池的边缘。廊道的尽头是一进高大的石门，门外是漫长的向下台阶，拿灯照去也看不见底。

台阶颇为难走，许多连着的石级都被撞毁塌陷，毁坏严重的地方甚至需要手脚并用地爬。不知歇了几回，我们才终于走到了底部。

探照灯下，是一片望不到边际的地下裂谷。

5

1979年，国家公布了湖北大冶铜绿山古代冶矿遗址的影像资料，震惊了全世界。可这种震惊我在二十一年前就已经体会过了，那一刻我感到的只有亲切，为这世间尚有另一座保存完好的古代地下工程遗迹而热泪盈眶。

当年摆在我们面前的是一处极长的地下裂谷，水蚀过的岩壁上还能依稀看到人工开凿的痕迹，青苔爬满了地面和岩壁。无数纵横的竖井、平巷和盲井深入高峻的岩层之中。通明的探照灯光下，可以看出岩壁的分层，循着开采井道的走势，可以辨别出深度开采过的铁镍矿脉。

我们面面相觑，一时都讲不出话来。工程兵们习惯性用探照灯扫过整个空间，灯光经过裂谷顶部的时候，因为空间太高，看不分明，但依稀可见植物的根系。

邹工考察了一下峡谷的构造。他是学地质出身，据他的观察，构成岩壁和地面的主要是华东地区分布较广的花岗岩，他推测这个地下裂谷是数千年前地质变动产生的断层，后人发现并进行了开凿，才有了现在这般规模。有的石穴中垂下铁链，该是当初劳工上去用的。可我们有女孩和老人，行动不便，于是选择了一处专门修出台阶的井道，其规模也比周边大得多。

进了之后，邹工说，这本是一个受过地下河水蚀的构造洞，在地质变动中被暴露出来。古人在此基础上打磨和扩张，采用条石框架支护。因为受水蚀厉害，这巷井中没有矿脉，被作为冶炼和锻造的场所。洞外有辘轳的残骸，应该是提升矿石上来的。我们随后又发现了井中井，垂直而下，依然能看到井水。想来是发掘作取水之用，通向我们来时的排水管网。科长拿灯往下照，能看到隐约的虹吸现象，说明井通向一个更大的水源，应该是刚刚看到的蓄水池的旁支。看来古人修建的下水管网不但可排水，同样兼具给水之用。古代人没有掌握密封的技术，不能靠水压来传递用水，只能利用高差进行输送，因此给排水系统的构造比今天更为复杂。以我们今人的空间想象力，仍没办法推想出完整的给排水管网。

吴琼好不容易从震惊中缓过来，偷偷地拽着我说："邹工他们懂得好多啊。"

我说："现在觉得我不够聪明了？"

吴琼掐了我一把，"怎么这么小心眼呢你！"

井道越往里空间越大，俨然一条完整的金属加工生产线。地上和石台上散落了一些模具，造型迥异，结构精细，颇不寻常。科长拾起半个模具，惊奇道："这是失蜡法的模具，古代用来加工精细构件，可这模具长得真怪。"

就着光一看，科长又咦了一声，咋舌道："这里面是铁，怎么会是铁呢？"

"有什么不对？"邹远图问。

我想了想，接口道："从刚刚的闸门来看，这地方多半是先秦时候的东西，先秦时候没有铁器吧。"

科长缓缓地摇头，"人面夔龙纹是先秦的纹样不错，但春秋末期就有铁器了。不过当时用的都是块炼铁，产生不了熔融的铁液，用不上失蜡法啊。"

"师父，也许这地下遗迹经历了几个朝代？"

"不是没有可能。"科长说完这一句，继续往前走。从上方的风井来看，前面就是炼铁的地方，可锻造冶炼的器具不知是不是都被人取走了，只留下几个大陶罐，一两块铁板，和一地的煤渣。

科长看了看铁板的断面，又瞧了一眼陶罐里的秽物，眉头一耸，"怪事，这陶罐从前装的应该是牲脂和牲尿，用以淬火，控制冷却时间，还真是灌钢法？灌钢法是晋代到北齐以后才有的工艺，这片遗迹当真历经了多个朝代，可为何不见史料记载？"

前面传来邹远图的声音，在巷道里回响："科长，您看这边的陶罐也是炼铁的吗？"

我们走上前去看，散落在地上的陶器小了许多，器型不一，都是陌生的形制。科长仔细看了，告诉我们，这都是些鬲、簋、豆、匜、甑，是古人用来盛放饭食、酒水和蒸煮黍米的器具。邹远图手上拿的是个木胎髹漆的食盒，形制朴素，约莫是劳工用的东西。

前方黑洞洞的不知还有多深，考虑到地下裂谷的尺度，我们只得回走。从井道下去之后，工程兵生火造饭。科长思虑周全，既然将要探测的地方能吃掉长江水，那规模决计不会小，便事先让我们带好了粮食和炊具，这下用上了。

我跟吴琼坐在最角落，她打开饭盒，说这些都是妈妈连夜做好让她带上的，让我挑些去吃。我忙摆手："发扬风格，不拿群众一针一线。"

"对你来说，我现在还算群众呀？"吴琼凑到我跟前。

我脸红了起来，说："那你入党了吗？"

"真是呆子。"吴琼做了个鬼脸，"你不是要教我学习吗？这就当学费啦。"

我闷头拿了几个团饼。吴琼出于好奇也盛了一碗面糊，吐吐舌头，"这就是你说的行军粮啊。"

吃喝得当，我们继续往前走。从盲井的分布来看，裂谷底部本该还有大量用于运输的器具，而今都已看不到了，想来是被江水冲走了。走出几里，前方岩壁上出现了一口长方形洞窟，宽度是长度的几倍，依着岩壁修建了五道条石台阶，规模相当可观。这引起了我们的注意,上去一看,井道直且深,不断有分支通往别处。走到深处,看到巷道的尽头整齐地列着一排大型鼓风机,每个都有几人高,尽管木质早已朽化腐败,尺寸仍是吓人,封口镶铁已锈。但更让我们吃惊的是前头有一个巨大的壶形空腔,少说也有数十米高。邹工感叹,这样大的地底空腔肯定是天然形成的构造洞穴,被后来人发现并利用了。

"用来干吗呢?"柳述问。

"邹工,你看这个。"我打灯照向岩壁。岩壁似是被抛光打磨过,光滑温润,像是附着了一层蜡。邹远图一看,眉头皱了起来,"这是琉璃化啊。"

岩石的琉璃化现象是长时间高温反应形成的,自然形成的琉璃化一般是因为火山爆发或地底熔岩流。这里的地下深度不会遇到熔岩流,江苏区域也没有火山,那眼前的现象只能是因为人为的剧烈爆炸或者焚烧。如此规模的爆炸肯定会破坏天然洞穴,那唯一的可能只有焚烧。这种程度的琉璃化需要极高的温度焚烧很长时间,当时的技术能达到如此高温吗?

我们随着灯光再向下看,空腔的底部漆黑一片,估计都是煤渣。空腔对面也有几个类似此处井道的洞口,隐约可见鼓风机和送料口。洞穴的顶部是陶制的巨大风管,不知延伸向何处,灯光下,管道里隐约可见金属光泽。我们环视了一圈,忽然都明白了这是个什么地方,但结论太过离奇,谁都说不出口。

吴琼看看我们都不说话,问道:"这什么呀,太上老君的炼丹炉?"

"高炉炼铁。"我们几乎同时念出了这四个字。

话说出口，再回过头来看这个空腔，才发现炉喉、炉身、炉腰、炉腹、炉缸等构造都是齐全的，虽然称不上是成熟的冶炼高炉，但毫无疑问具备了雏形。可高炉冶炼技术直到十七世纪才出现并投产，国内甚至至今都没有成系统的高炉炼铁设备，因此钢铁产值一直上不去。科长掏出相机，打起镁闪光拍照。虽然是不知底细的古代设施，但若能组织专业人员学习和改进，把技术推广开来，完成八月份中央提出的1070万吨钢铁年产值不是没有可能。

众人震惊唏嘘了许久，才缓缓地走出这处远古的冶炼高炉，尽管借用了天然形成的巨大构造洞穴，可究竟是什么年代的人才能拥有如此技术，我们无法得出结论。出了井道，我们继续往前走，目力所及尽是冶炼和采矿开出的洞口，却不知道如此惊人产量的铁器都被输送到了哪里。

光照到了一个巨大的阴影，矗立在裂谷的正中，四四方方，极具压迫感。我们从震撼中回过神，发觉阴影并不移动，估计是一座巨大的构筑物，于是加快了脚步。中途又停下来吃了两顿饭，休息了一次，我们终于看清了阴影的真面目，原来是一座近三十米高的高台，放眼望去尽是石阶。石阶前的地面正中铸有巨大的青铜基座，深入底部的花岗岩之中。青铜基座上有四个凹槽，想来上面原来放置的就是那尊被江水冲走的青铜礼器。

科长绕着基座转了一圈，点点头，"这原是一尊四足方鼎，应该就是吴琼丫头看到的那个。四是阴数，四足方鼎为阴鼎，天圆地方，方鼎祀地。"科长抬头望着高台，又说："如果我们运气好，台上应该还有一尊三足圆鼎，阳鼎，用来祭天。"

尽管有台阶，可我们还是休息了三次才爬上这座高台。高台之上陈列着无数生铁架子，架上皆是诸如戈、矛、戟等长兵器。只是它们的木杆被水浸得开胶，更有甚者已腐化了大半。铁质的刃尖上也生满了海绵般的铁锈，早已不复往日的雄风。我们瞠目结舌，不知道这高台上有多少兵器，也不知道高台究竟有多长。一股湿潮黏涩的铁锈味在高台上盘桓不去。约莫走了一里，前头的陈列架空空如也，上面的兵器已经不见，少说有上万件，都被取走了。

"师父，鼎！"我眼尖，瞧见远处高台的中央立着一尊巨鼎。

我们小跑上前，果真如科长说的那样，是一尊三足圆鼎，鼎足有一米多高，侈口、圆肚、无腰、三蹄形足。青铜鼎的底部也被水泡得不成样子，好在没被冲走，鼎的上部布满铜绿，但鼎耳的蟠螭纹和蟠虺纹依然细腻精巧。我们都惊叹出声。1978年曾侯乙尊盘出土后，我立刻联想到了这尊鼎，两者繁复的纹理如出一辙，毫无疑问属于同一文化主体。

科长失口叫出声："这居然是楚国的东西！"

我疑惑了，"这边不是楚国的地界吧？"

科长没有回答，而是指着鼎腹内保存完好的铭文，欣喜若狂。所幸鼎上铭文多是刻在腹内，免遭水蚀。从鼎身的锈蚀程度来看，遗迹中历史最高水位没有超过鼎口，实在幸运至极。

铭文纤细颀长，是具有春秋战国时期楚国特色的虫鸟篆，我一个都认不得，科长仔细看着，竟念出了开头的几个字："唯王二十六年……"

后面数百字科长也认不得了，只好继续往下看，偶有认出的字，却无法连缀成文。

"师父，真是楚国的东西？"我问道。

"错不了。"科长喜形于色，"楚国的纪年方式都是这样，从在任楚王即位的之时开始算。可惜我们没法知道是哪一任楚王。"

"真是的，"吴琼嘟起嘴，"写上哪一任王不好吗？"

"孩子话。"科长笑起来，"楚王不离世哪来的谥号？若是直接用楚王的名字，犯了名讳，可是要杀头的。"

"哦，那这是哪个年代的东西呢？"吴琼问。

科长继续往下看，在第一段铭文后看到了落款"令尹申"三个字。

"呀，我晓得了。"科长抚摸着落款的三个虫鸟篆，"既然令尹是他，应该就是楚昭王或者楚惠王父子俩了。"

一段铭文之后，下面又是一段铭文，字迹和深度都不同，可见是后来人刻下的，落款是上柱国昭云。再下面一段铭文的落款是唐昧，字迹也不同。最后一段铭文的落款是项燕。我们又转到大鼎的另一边，看到成段铭文的对面只有两个大字，不再是虫鸟篆文，这两个字连我都认得，是"项藉"。科长又绕着鼎看了几遍，还是不能明白全部铭文的意思，只好掏出相机拍了几张，留待回去仔细琢磨。

青铜鼎的两侧不再是兵刃，而是许多我们不认得的仪器。科长到底家学渊源，很快认出其中几个。

他第一个认出的是璇玑玉衡，得名自北斗七星中的"天璇""天玑"以及"玉衡"三星。璇玑玉衡又称"浑仪"，从外表看也颇有北斗星的模样，只不过形似斗柄的"杓"和"衡"只是支座，由赤道规和游环等组成的空心球状结构才是浑仪的主体部位。后世在浑仪的基础上优化，落下闳设计出了浑天仪，东汉张衡进行完善。

科长兴奋不已，朗声吟诵了屈原的《天问》："斡维焉系，天极焉

加？八柱何当，东南何亏？"念完，科长告知我们，今本《天问》中的
"斡维"，古本中又作"管维"，也就是我们现在看到的浑仪上的窥管。
先用权、衡调准仪器，将璇对准北极，握住魁首对准正南方向，透过
游环上的窥管观测，就能够获得中星、入宿度和去极度等精确数据。
屈原能够写出《天问》，就代表他对当时的天文学了解极深。东周列
国，楚国的天文学无疑是最发达的。

　　此外，科长还指出了一些圭、表以及日晷等，但有一个八面铜
灯，科长也认它不出。那风灯置于案几之上，下衬皮革地图，绘制了
当时诸国的疆域，现已模糊不清。图上遵星宿分野钉入铆钉，以银
线交相勾连，裱出二十八宿。北极之位立了那盏八角风灯，精铜铸
造的二十四根道骨架和八道辐条，阴刻螭纹，错金银，金已褪，银已
黑。中间本是硬纱扪布，此时皆已凋敝。往细了一看，才发现风灯
里并不是灯芯，而是一组复杂的机栝。灯座正中垂下锥状的悬摆，
垂摆周围有八道牙机，牙机各接月牙盘和杠杆，八道牙机对应的位
置摆放着八颗金属铃球，千年不腐。

　　"这难道是……"我忽然想起一样跟它看似不搭界的东西。

　　"地动仪。"科长接道。

　　1953年国家发行张衡候风地动仪邮票，举国震惊，我们都印象
很深。与其构造一对比，风灯的本质呼之欲出——这就是楚国的地
动仪。一旦地震波传来，动摇垂摆，机发吐珠，珠弹铃响，声振扬越。

　　"邪门。"邹远图走上前来，"张衡的地动仪采用的是直立杆原
理。可瞧这灯里的构造，却是更先进的悬垂摆原理，借助惯性感应
地震波，通过费力杠杆放大。这种设计保证了装置的灵敏性，也排
除了其他因素的干扰。因为悬垂摆只能感应地震的横波，寻常纵波

的震动哪怕再大，装置也不会发动。战国时就已经有悬垂摆的原理，怎么到了汉代反而倒退了？"

"约莫是秦始皇焚书坑儒导致的吧！"科长叹道。

也许这次却是科长错了。新世纪之初，中科院的冯锐教授发表了《张衡候风地动仪的原理复原研究》，认为其设计采用的就是悬垂摆原理，这为研究张衡的地动仪提供了一种全新的可能性。也许张衡的地动仪的确用了悬垂摆原理，而且真是在楚国科学的基础上改进而来的。只可惜彼时科长和邹远图都已经过世了。

说着，我们已经到了高台的边缘，前面出现了纺锤形的分岔，内部向下凹陷，凹陷两边是石阶。

便要下去，众人都说有些饿了，就在台上做饭。科长高兴，又破例开了两罐梅林牌的红烧扣肉罐头，加热分吃了，醇厚的肉香从高台上直飘下去。我们连上工程兵，总共有十人多，哪里够吃。可即使这样，大家还是沉浸在肉味中不得脱身，吴琼尤甚。一时之间，大家都有点肉醉，精神头一松，疲倦劲儿就上来了，都惫懒，各挨各地睡去。

<h1 style="text-align:center">6</h1>

睡不得多久，大家就觉出地底下湿潮，都醒过来。吴琼发觉自己脑袋挨在我肩上，推了我一掌，红脸跑开。众人哄笑一团，开始往高台下走。

下了高台，我们再回头望着台上，当真气派无比，才意识到原来这边才是高台的正面。青铜圆鼎高踞台上，两侧天象仪器岿然而立，观象授时，世序天地，昂然若纳万邦来朝。

我们从背面登上高台，自然先看到的是林立的兵器。

高台前方的凹陷原来是一道弧形回廊，回廊两侧的石壁等距开凿出方形石槽。石槽内依次放着巨大的镶铁木箱，木质腐烂，露出里头满盛的铁制零件，因为时间久远，精巧的零件也都锈蚀粘接成了一整块，不复当年模样。我们请工程兵们掏出一口木箱，砸去铁制零件外头厚厚一层的铁锈，只有内核很小的一块避免了锈蚀，拿在光下一看，成色很好，硬度高，耐磨，有点渗碳钢的意思。

我们沿着廊道走，渐深入高台之中，才知高台之内也别有洞天。高台内是上下三层的石室，放置着许多巨大的弧形铁壳，不知何用。石室的地面还有积水，铁壳锈得发红，看不清花纹，但依稀可辨边缘精巧的卯合结构。

"这全是楚国的东西？"我有些难以置信，"楚国能达到这么高的锻造水平吗？难道那高炉炼铁也是楚国留下的？"

"目前为止，没有看到其他朝代的痕迹！"科长叹了口气。

邹远图倒是很兴奋，"如果整片遗迹都是楚国的，那就是两千年前的东西了。两千年前，这裂谷可能并不完全在地下，裂口是暴露在外的。这就解释了如此规模的冶炼和锻造如何维持氧气供应。在两千年的地质沉积作用下，封土盖住了裂谷的口部，这才将其长埋地下。"

"若真是那样，"科长摸摸鼻子，"楚国镇国之宝泰阿铁剑被传得如此之神，倒有理可循了。泰阿剑的铸造技术远远超出了时代，自然是不世出的宝剑，削铁如泥，寻常铁剑不是对手。传说泰阿剑'以天地为一炉'，指的或就是这天然形成的地下高炉。"

我们点点头，继续朝前走。高台前的官道宽阔而平坦，可容数十辆卡车并行。科长猜这就是当年楚军列阵的地方，我们在此驻足，略微想象一下以充盈平旷的空间。

再往前就出现了岔路，两边通道都宽阔，我们有些无措。这时，其中一条岔口深处隐隐传来雷鸣般的水声，于是我们便先选了这条。一路深入，又见高阔的石门，门楣上阴刻着四字虫鸟篆，"太一生水"。这是楚国朴素的宇宙观，他们认为天如鸡子，天大地小，表里有水。天地各承气而立，载水而浮。算是浑天说理论的滥觞。楚人认为有象之类，莫尊于水，却与老子的上善若水颇为不同，并不是一生万物，更近乎相反相生，相辅相成。

甬道一路向西北，尽头又是一片巨大的水库，如同地下海洋。水池中修建起石墙将水体分隔成数十条水道，每条水道的正上方，从岩壁顶部垂下手臂粗细的数根铁链，端头隐约可见巨大的锈铁齿轮。绝大部分铁链空悬，只有最中央的三组挂着形状奇异的大船。

科长说，昭王惠王时代，公输班为楚国带来了当时最先进的造船技术，可眼前的大船还是太过怪异。我们四下寻找，在这一侧的岩壁上看到了木栈道的残骸，不难推断这些栈道原本呈悬臂结构，古人以此登船。可惜时间久远，栈道早已毁去，空余几根石柱。

我们只好打灯去看，探照灯光下，大船呈长条形，表面的木材已经凋敝朽烂，露出里面的铁壁。这倒奇了，船舱的内部居然是整体浇筑的弧形铁壳，与祭台内部陈设的铁壳如出一辙。原来祭台内部的铁具都是这怪船的构件。

"师父,不会吧?"我呆住了,"楚国人居然能用钢铁造船?"

科长也是唏嘘不已,"实在是不可思议,不过如果他们真的掌握了高炉炼铁和渗碳钢的锻造技术,铁船的材料基础就有了。但要做到铁器铆接不漏水,真是不敢想象啊。如果能看看里面的构造,兴许能明白些。"

"要是有枪能给它端下来就好了!"程班长仰着头跳脚。原本工程兵确实配枪,但既然是水下作业,他们就都没带上。不过即使带了,看那铁链的粗细,估计枪子儿也奈何不得。

水池中分隔水道的石壁都是天然岩层开凿后留下的,每个都有一米来宽,正对甬道的这一条尤其宽,足有十数米。我们沿着最中央的石道往前走,走了大半包烟的时间才到头。这里的水声震耳欲聋。原来水池的边缘是巨大的重力坝,借助高差的地势形成了一组完备的地下闸坝工程。

我们所有人都兴奋不已,搞了多年水利,都知道我国最早见于记载的水利工程就是楚国的期思陂,比著名的都江堰还早三百年。去年毛主席视察南方路过豫南时,高度赞扬了期思陂的修建者孙叔敖。现如今,看到两千年前的重力坝仍在运转,我们顿时民族自信高涨,激动不已,对即将上马的三峡大坝工程充满了信心。相信它一定会像主席期望的那样,维持运转数百年乃至数千年不坏,功在当代,利在千秋。

眼前的闸坝恐怕比期思陂的规模还大,与水库的水道数量对应,共有数十道泄水闸门,由机栝锁水蓄势。只是毕竟年代久远,有三四道水门年久失修,垮了,随湍急的水流下落,坠入人工开凿的地下河,雷鸣般的水声便是来源于此。不难想象,千年前闸坝启动

285

的时候，数十道如此磅礴的水流一泄而出，该是多么壮观。

前面过不去，也没必要过去了。自下地以来，柳述一直拿着1：20000的地形图，一边走一边在图上标记，所以此刻我们已经知道，眼前这条地下河通向京杭运河古邗沟段的地下入水口。这片埋藏两千年的地下古楚遗址，从三江营起始，至此已经绵延了近四十公里。古邗沟是春秋时期吴国开凿的人工水道，这片遗迹既然属于楚国，那修建的目的不言而喻——伐吴。而我们眼前的卅门闸坝，自然也不是为了地下泄洪，而是为了给大船提供初速度。

我们折返回去，继续探索另一处岔路口。一路上湿气极重，几乎都被江水清理过，没留下什么。从环境上看，这是顺着另一条地下矿脉的走势开辟而成，只不过矿藏并不丰富，已被开采殆尽，后改建成行军官道。官道非常长，顺势向西南而去，渐渐接近长江流域。在官道里，我们看到了一系列完善的屯粮仓库和便溺设施——尽管什么都没剩下，地下排水系统也惊人地成熟，看来是作大军短暂隐匿之用。从体量上看，可供百万人生活一月有余。

行至一半，又见裂谷两侧修筑了宽大的石阶，几乎与官道同宽，通向地上，千年前的楚军和工匠就是从此进入。我们试着走上去，却发现两边都是死路，该是两千年的岁月里被地质沉积覆盖了，出不去。

于是我们继续沿官道向前，又休息了一次，吃过两次饭，才走到官道的尽头。在那里，我们发现了第三处出水口。出口的大门沉在泄洪水池中，我戴上面罩下水观摩了一番，发现比我们来时看到的巨石闸门还要大，是一扇双层生铁夹钢门，门内的空腔灌铜水加固，极重，但两千年来的江水冲击还是造成了不可逆的金属疲劳，最终将它击溃。恐怕1298年的长江泛滥就是冲垮它的最后一根稻草，古楚遗迹自此暴露在外。好在这时长江水量不在峰值，从这里涌入的江水不算多，遗迹的排水系统还能处理。回到陆上后，我与科长他们讨论一番，终于理顺了前后关系，解开长江断流之谜的最后一环——

1298年之后，每到大气环流异常之时，江淮流域都会同步泛滥，但长江水从这里涌入遗迹之中，被排水管网疏浚到各处地下河道。而邗沟段有卅门闸坝，京杭大运河无法倒灌，淮河水量持续增多，流经三江营时短时间冲断了长江流势。

至正二年（1342年）断流的时候，长江水持续涌入遗迹，最终裹挟着青铜巨鼎，以极高的水压冲垮了三江营出的巨石闸门，断流恢复。而1954年的时候，石门已毁，江水停留在遗迹中的时间自然短了许多。所以元朝时断流维持了一夜，而1954年的断流只维持了两个小时。

面对如此恢宏的遗迹，我们都唏嘘不已。曾有文人以"投鞭断流"的修辞形容苻坚的前秦军队之强，可楚人两千年前修筑的地下武装工事，却真正做到了让长江断流。我不禁在心中默念："惟楚有材，于斯为盛①。"

吴琼也终于弄清是什么毁了她的家庭，此刻沉默不语。我想她其实早就想通了，是她父亲自己。只是无论如何，这口气总出不去。念及此处，我捏捏她的手心，轻声说："跟爸爸和解吧。"吴琼心弦一

---

①此为岳麓书院门口所挂的一副对联。这是一副典型的集句联，上联出自《左传·襄公二十六年》："虽楚有材，晋实用之。"下联出自《论语·泰伯》："唐虞之际，于斯为盛。"

松，坐倒地上哭了起来，哭声在巨大的地下空腔中回荡。

程班长最先回过神来，破口大骂："册那，古代皇帝修这等工事，不知要死多少人。我们这些农民阶级，历来就是受苦、受难、受死的，又岂会在历史上留得姓名？狗皇帝活该千刀万剐，活该被推翻！"

其他工程兵跟着附和，说着些"工农阶级翻身当家做主"的话，最后攒起嗓子合唱了一首《团结就是力量》。歌声也在巨大的地下空腔中不断回响。

歌曲终了，众人回程。科长解决了断流的谜，但鼎上的铭文尚不明了，仍是老大不痛快。因为时代原因，铭文直到二十多年后才断断续续被译出来，这里不妨先说一说那铭文。

楚昭王时，伍子胥引吴军伐楚。后楚军借秦师退吴，收复疆土，迁都载郢。痛定思痛，昭王命令尹子西制定伐吴策略。子西即令尹申，通晓天文地理，造地风灯[1]。在地风灯的帮助下，子西观察到襟江一带的地下震动，遣人前往，发现了巨大的地下裂谷，以及暴露出来的丰富铁矿资源。

昭侯二十六年，王伐蔡，迁蔡国至长江、汝水之间。同年，子西占据地下裂谷作为拒吴关隘，主导地下武备库的修建。吴王夫差修邗沟。子西遣工匠向西北挖掘，引裂谷通邗沟。时公输迁楚，造出钢铁大船的雏形。此大船名为"钅差"[2]，"钅差"为水下伏击武器，从地下河道入水后，外层的浮木层层剥落，缓冲水压，露出精钢船

---

[1] 地风指地震波，地风灯即地震仪，为作者杜撰。

[2] 楚人生造之字，应取典自"仙人乘槎"中的"槎"字，辅以金旁，在秦始皇统一天下文字后失传。

身缓缓上浮。船舱内置机栝，弹射巨刃，撞击水面之上的敌国水师。越王勾践嫁女于昭王，楚越之间形成隐形同盟。惠王时期，墨子游楚，献图于王，子西以此改进铁船设计，增设人力驱动枢纽，使铁船入水后仍能转向加速。后勾践伐吴，楚军在邗沟以"钅差"伏击吴军船只，大破吴师。勾践因此灭吴称霸。

昭阳官拜上柱国。楚威王六年，昭阳将军灭越，受封于兴化一带。自此，地下武库才终于归属楚国领土。昭阳主管期间，地下武库的规模不断扩大，楚人的冶铁技术也突飞猛进。"钅差"也从一次性使用的水下战船进化成常规军事奇袭舰。楚国国力进入鼎盛时期。

怀王之后，唐昧接管地下武库。怀王时楚国国力式微，内忧外患。诸侯的威胁也从东部的齐、吴、越转移到西北部的秦国。地下武库的军事地位逐渐转变，唐昧为人审慎，将楚国最先进的理论和技术在此备份，包括璇玑玉衡、地风灯等，以及上万卷竹简。

项燕掌管地下武库之时，楚国已经垂垂暮年。秦国攻占铜绿山之后，地下武库成为楚国最大的金属矿产来源，也是最大的军备核心。成千上万的兵器在这里生产，又通过水陆运输到拒秦的正面战场上。依靠超越时代的铸铁技术，楚军大败李信率领的秦军。但负隅顽抗终难长远，王翦兴六十万秦军伐楚。楚王被迫迁都寿郢，半数江山尽归秦。楚国东迁之后，秦军东进的势头得到了遏制。时隔百年，"钅差"再次出现在历史舞台上。在巴楚之地曾多次大败楚国水军的秦军水师，在邗沟被"钅差"全歼，楚国因此得到了短暂的喘息。不过到底大厦将倾，偏安一方的楚国无以为继。随着项燕兵败蕲南，楚王负刍被俘，楚国彻底灭亡。这伴随大楚三百余年的地下武库，终归寂灭。

鼎的另一面虽再无铭文记载，但仅凭"项藉"二字即可断定，楚国灭亡不足二十年，有人依照祖父的遗嘱再次找到了这座地下武库。先进的楚制精铁兵器，再次出现在风云际会的反秦战场上，照亮了西楚霸王的名号，所谓"楚虽三户，亡秦必楚"。

如今回想起来，鼎中的铭文应该与祭台同向，面对邗沟方向。那座青铜三足鼎是被转动过的，有人将项藉的名字朝向了整个遗迹的正面，考虑到铜鼎的重量，这个人应该就是项藉自己。也许在他看来，仅项藉这两个字，就顶过了前人所有铭文留下的功绩，无须后人评说。

至于楚国灭亡后武库中数万工匠的去向，也许在另一座被水冲走的大鼎上留有记载，可我们再也没法知道了。

7

当年我们急匆匆地回到地面，即刻动身赶赴上海。后来，因为苏联专家撤走，国内技术尚不成熟，三峡大坝工程的启动被迫无限期搁置。

我们在上海时，留在泰兴的工程兵们也向上级领导汇报了地下裂谷的情况。工程兵跟长办并不属于同一个系统，彼此之间没有管辖关系，他们的决策我们无权干涉。工兵团立刻派遣了两个排的军队前往，快速修建工事，封堵了地下裂谷的三个出入口，以避免长江断流再次发生。班长程德红记一等功。

而地下武库中的巨量铁器，因为腐蚀过于严重，在当时已经不被定性为文物了。时值"大跃进"运动开始，几千万人掀起了轰轰烈烈的"全民大炼钢铁运动"，来自楚国的铁器，为两千年后的"大炼钢"做出了巨大而卓绝的贡献。

武库内的那尊青铜三足圆鼎，我也不知道最后去了哪里。

三峡大坝工程暂时搁置之后，我们科都各奔东西。柳述回到陕西，后来又下乡做了"知青"，我们再没见过面。邹远图在三年自然灾害里饿死了。再往后就是二十世纪六七十年代了，见证了这件事的所有人都缄口不言。潘鸿明科长因为成分不好，吃了许多苦，所幸当时已经升到营长的程德红四处活动，才保住了老科长的命。那年岁我自顾不暇，为了跟吴琼两个人过好日子，已经是拼尽全力。

直到二十世纪七十年代末期，国内开始了大范围的考古工作，一座座来自楚国的墓葬和遗址才被逐步发掘出来，两千年前的那个绮丽王朝才终于又一次出现在人们的视野里。

二十世纪八十年代后，我已经翻译出了铭文上的内容，但也找不到人说。多方打听，才得知了潘鸿明的住处，去苏州一看，老科长却得了阿尔茨海默病，什么都不记得了，没几年就去了。当时虽然生活好转，但要去陕西找柳述还是笔大开销，那时儿子你也要出国留学，正是需要钱的时候，就搁置了。这一搁就没了下文，等我退休再想起这事儿来，听闻柳述也过世了。

再后来你就大了。成楚啊，你也看到了，你妈妈从来就是个暴脾气，小时候你没被少骂，我也没被少骂，这也难免，好在你成才了不是？你妈妈没念成大学，看到你念了大学，还出国留学，虽然嘴上不说，心里可欢喜嘞。

不知不觉就到晚上了。今天是小年，护士给我端来了猪肉芹菜饺子，香呢。我看病房里床都空了，家里都把他们接回去过年了吧。我知道你在美国也忙，不烦你。不过，成楚啊，你看咱们国家也强盛起来了，不用惦记人美国的好了，你什么时候回来啊？

这饺子不行。芹菜不新鲜，馅儿用的是生姜汁，没有姜末，差点儿意思。唉，还是惦记你妈做的素饺子，干香菇和干木耳泡发了切丁，蛋皮切丝，拌一点熬过的猪油渣，咬在嘴里都流汁儿，鲜啊。

你妈妈走了之后，我试着做过几次，怎么都不是那个味儿。

从我们那个年代过来的人，都谨慎得很，我谨小慎微了一辈子，到今天才决定把这件事写下来。可写下来的一瞬间我又后悔了，那种多说多错的恐惧几十年来一直如影随形。但要销毁这长信我又舍不得，罢了，成楚你也大了，就把这个选择交给你吧。看完这封信，是留是毁都依你。这件事我藏在心里大半辈子，也该放下了。多的不说，至少你知道了，我跟你妈妈为何给你取"江成楚"这个名字——

惟楚有材，于斯为盛。

2020.3

失乐园

1

圣启示堂里的神女像被一个发疯的游客拿锤砸了。

神女的整张脸脱落下来，露出古银色的金属骨架。保安制止了疯子之后，教会的圣职人员第一时间报了警，局里很快出警保护了现场。虽然找回了几块碎片，但更多碎片还是被在场的其他游客顺走，说是祈求保佑。见鬼，但愿他们没再往里面扔硬币。

老疯子很快被控制起来，然后不出意外地被遣送到了我这里。

"听说这老疯子是个地理教授？怎么会干这种事？"伯纳德问。这小子来局里实习不久，成天咋咋呼呼的，尽问一些让人缺氧的问题。问题的答案要么谁都知道，要么没人知道，真是要命。

"疯了呗。"我掐了烟往审讯室走。

"也对，新闻说他一边喊着要拯救神女，一边砸了雕像，保准是疯了。"伯纳德跟上我，给我披上了风衣外套，又问，"不知道新闻后面会怎么报道呢？"

我有点后悔先把雪茄灭了，不然这会儿还能喷他一脸烟，"新闻也不知道后续该怎么报道，还不是要等咱们的审讯结果出来！"

"是哦！"伯纳德若有所悟，挠了挠杂乱的卷发，张口就来，"头儿，那你说他的锤子是哪儿来的？"

我翻了个白眼。

"头儿，你新换的胳膊可真酷！"伯纳德吹了声口哨。

"你想试试吗？"我转头朝他狞狞一笑，右手握得嘎嘣作响，液压泵传来令人愉悦的巨大力道，我可以捏死一头水牛。

"不了，头儿。"伯纳德讪笑着摆摆手，"您可真客气，头儿。"

老教授坐在审讯桌前，头发梳得整整齐齐，看起来精神比我还正常，至少睡眠充足。他微微地低着头，食指有节奏地敲着桌面，平静得像是刚起来梳洗后等着吃早餐，正好身上的囚服倒也蛮像睡衣的。

直觉告诉我，案子不简单。

"他好像没疯啊。"伯纳德呢喃道。

"闭嘴。"我摆摆手，"待会儿进去你不准说话。"

门开了，老头儿敲击桌板的节奏如常，缓缓地抬起了头，面无表情。我想在他眼里我跟加在酸奶里的燕麦片应该没多大区别，而且看起来我还不太脆。

"名字？"我问。

老头儿推给我一块屏板，上面写好自己的姓名和职位，字很漂亮。我暗骂一声，老家伙摆明了不想开口，这可不是什么好兆头。

我开启了录影设备。这年头每个人的增强现实都带备份功能，但这种辅助记忆的备份影像依法不允许公之于众，或者说，不被司法程序受理。所以我还是得采用最原始的影像笔录。我问："施密特，这么念没错吧？施密特教授，你是有名的地理学家，为什么要干这种事？"

老家伙沉默得像烤箱里的土豆，裹着锡纸。

"神女像是新教最重要的象征，你这样肆意毁坏是严重的违法行为，更是对教廷的极度藐视，会受到法律和教会的严厉制裁！"这番话让我自己都倒胃口，我不信教，也不会因为这个发火，但我知道这种语气很有必要。

新教，即圣瓦伦提诺斯教，乐园时代之后的新兴教派，民间俗称神女教。

"这雕像很厉害吗？我只知道好像挺出名。"伯纳德的嘴果然闭不上。

我正犹豫着要不要把这个管不住嘴的小子拖出去揍一顿，老土豆忽然开口："年轻人，你不知道吗？这是上个世纪宗教改革的产物，象征着乐园时代的终结，也促成了新教的诞生。"

施密特突然开腔让人始料未及，我略微一愣，倒正好借这个话头问下去："你既然知道这尊雕像的重要性，为什么还要破坏它？"

老头儿没搭理我，却问伯纳德："你知道上世纪最著名的神谕事件吗？"

"我知道，就是'神女降临，指引光明'吧。充当人类玩物的女型机器人竟有了自我意识，宽恕了人类在她身上造的孽，一举一动都充满了神性！"怪力乱神的东西最能让这小子兴奋了。

"你说得没错，"老头儿挪了挪身子，试图让自己坐得舒服些，这动作让我想起了我的父亲，"那不是人类的技术。一款低端的伴侣机器人忽然拥有了灵魂，引导人类从虚拟世界中解放，这不是神迹是什么？"

人们总以为四十多岁的男人不会在工作时间想起自己过世的父亲，事实上也不尽然，比如现在我就想起了我的父亲。老头子要是还活着，跟施密特的年纪应该也差不多。父亲不爱说话，但讲话之前，也会像这样调整到让自己舒服的坐姿。

话说完，施密特又缄口不言，伯纳德凑在跟前问了好几遍，也不见效。得了，不开口的时候就更像了。

这是一股莫可名状的情绪，我接受了这种情绪，搬椅子坐到他面前，说："教授，您的律师马上就过来了。这是刑事案件，教会已经让地检署提起公诉。您没有申请律师，不过这种大案子最能引来苍蝇，已经有嗅觉灵敏的律师上门了。如果您不愿意跟我们多说，就跟他说吧。您的案子翻得越漂亮，越显得律师能干，相信他会帮到你，不惜一切代价的那种。"

老头儿继续当他的土豆，不再开口。我把伯纳德拎出审讯室，叫他煮一壶咖啡过来。这小子手艺不错，法国人在这方面总不会亏待自己。我续上之前熄掉的雪茄，打开变声器，调整到一个粗哑的男声。我等了一会儿，机制雪茄充满了草腥味，塞在嘴里，像在抽一丛热带灌木。等到伯纳德的咖啡煮好端过来，我接通了审讯室的扬声器。

"卡尔·施密特教授，您好。我叫艾瑞克·恩迪科特，曾在地区检察署供职，对他们的那一套很了解。如果您同意我担任您的律师，我即刻可以开始工作，费用和开销不用您担心。"我用了离职同事的名字,这是局里常见的恶趣味,"您的案子我大概了解了,我会尽一切可能为您争取权益。顺利的话,可以通过人身保护程序保释您出去,前提是您足够配合。"

从显示屏上可以看到,老家伙抬起头四周打量了一番,找到声源之后,清了清嗓子,说:"恩迪科特先生,感谢你的好意,我无意接受保释。你是一个出色的律师,不必通过保我出去来证明。"

伯纳德一脸崇敬地看着我,这点小花招他没见过,对他来说很是新奇,对他来说什么都新奇。人机交互技术在乐园时代得到了一定的发展,过去,计算机催眠辅助审讯在执法部门很常用。不过前些年通过的新法案取缔了这种做法,说是出于非法证据排除规则和人道主义考虑,真是令人崇敬的法治精神。这样一来,我能依靠的就只有这些小花招了。我继续我的小花招,"教授,教会的人不好对付,但您的行为在法律上构不成太大的罪行。说说吧,对咱们都有好处。"

"你信教吗?"老头儿忽然问。

"抱歉,我没有宗教信仰。"我对新教了解不多,说多了只会露出马脚。

"那我们就没什么可谈的了。"老头儿又低下头。

我不得不调出施密特的档案,来决定接下来如何开口。不可思议的是,他居然是一个老资格的新教徒。毫无疑问,这个老家伙精神正常得很。可一个精神正常的新教徒,为什么会破坏新教最重要的象征呢?

于是我也就这么问了:"教授,您是虔诚的教徒,您的行为让人无法理解。您只有提供更多的信息,我才能整理出符合逻辑的报告,为您争取权益。"

屏幕上的老头儿摆了摆手,"我需要什么权益呢,她都没有权益。"

"她?"我问。

教授明显是找到了摄像头的位置,他盯着我说:"当年神拯救了我们,现在轮到我拯救她了。"

我心中一惊,觉得有些不对劲,"你说什么?"

老教授神色一变,甚至有些扭曲,一字一顿道:"'我要将灵魂从石头中解放出来。'"

我感到莫名其妙,不知他为何忽然化用米开朗琪罗的名言。施密特忽然露出一丝苦笑,"无论怎么样,都感谢你做的这些,马里诺探长。"

话音一落,老教授就把头颅重重地撞在金属的桌板上,发出轰然巨响。

"该死!"我霍然起身,冲进审讯室,老教授已经咽气了。

伯纳德跟了进来,"头儿,他识破你了。"

"滚。"我说。

尸检报告很快出来了,老教授死于电子服毒——利用数据对神经进行刺激,使心脏衰竭。这种技术源于乐园时代常见的电子毒品,只不过提高了刺激的强度,看来老家伙早存了死心。电子服毒是神经方面的,事先根本检查不出来,警局方面也因此得以免责。

真是要命,连选择的死法都跟父亲一模一样。

2

"嘿，老兄，当心点儿！"一个高大的墨西哥小伙儿拦住了我的去路。

我翻过手腕，在半空中投射出自己的证件，"警察。"

"克莱门佐·马里诺，探长。"小伙儿照着证件念了出来，但并不十分买账，"探长，我想你该知道，启示堂里被破坏的现场由咱们教会保护，要评估损失和修复神女像，任何人不得入内。"

"警局里的人都撤走了？保安部也是？"我问道。

"洛杉矶分局是吧，教会不会允许你们这帮粗人留在现场，交涉过后就让他们离开了。"小伙儿挑了挑他那对会让鞋刷厂机器人倍感兴趣的眉毛。

"那你们有本事别报警啊。"我是想这么说的，但话到了嘴边就翻译成了别的，"神女像的案子后续还需要调查，希望得到教会的配合。"

"喔，老兄，你的消息有点慢啊！"墨西哥仔打了个呼哨，"没什么好查的，案子马上就结了，那老东西不是死了吗。"

"小子，你叫什么？"我上下打量了一番这个小伙子，卷发剪得很短，宽敞的教袍被肌肉撑得鼓鼓的，谁都不知道袍子下面藏了什么。案子很快就结了？他肯定知道些什么，或者说，教会知道些什么。

"我叫伊夫拉辛·加西亚·罗德里格斯·弗朗西斯科。"老墨咧了咧嘴。

"好的，唐璜，我记住了。教会有教会的规矩，警局也有警局的规矩，你懂我的意思吗？"我活动着右手腕，发动机低吼，上周刚换，正好试试性能。

墨西哥壮汉的怒容一闪即逝，随后换上一副嘲讽的笑容，"探长是吧，以为自己很有本事？"话说完，他从袍子里抽出两根细长的金属棍子，接成了四英尺①长的防爆叉，叉子两尖是电极，之间有电流嗞嗞作响。

虽然我有配枪，但从编制上讲，警察跟教会的人起正面冲突是极不明智的。我向后退了一步，退下好几级台阶，老墨大笑起来，笑得非常开心。

"探长，你的规矩呢？"他说，"你的规矩呢？"

我不打算搭理他，而是启动增强现实，拨通了一个号码。

"晚上好。"我打招呼。

"哟，宝贝儿，想起我来了？"虽然我很不想用这个比喻，但对面的女声真的很像百灵鸟，"你总是选择语音通话，什么时候你才能学会打个全息视频过来呢？"

"万一你在工作呢？"

"谁会这么晚了还在工作呢？"女声咪咪地笑道。

"不工作也可能会干点别的，不希望被打扰的那种。"

"你又在说什么疯话。"女声娇嗔道。

"再说现在也不晚，天都没黑呢，在工作很正常吧。你们教会的小伙儿就在工作呢，正忙着挡我的路。"我把遇到的情况简要说明了一番。

---

①英美制长度单位，1英尺合0.3048米。

对面的女声沉吟一番，答道："这样吧，今晚我先想办法让你进去，往后你要是还有什么需要帮忙的，可以直接来找我。"

"谢谢。"我说。

"记得来找我哟！"女声娇俏地叫了一声。

我抬头看着墨西哥仔，很快他就接到了上司的通知。我缓缓地走上台阶，墨仔挂断了语音，拧着眉毛恨恨地看着我，从鼻腔中喷出一团气，"你居然认识费南达尔修士，算你有本事。进去吧，条子。爪子放干净点儿，听到没有？什么都不许碰！你有半个小时的时间。"

"好的，唐璜。"我礼貌地微笑。

"长笛之子。"他咬牙道。

我不明白为什么"长笛之子"在西班牙语里是骂人的，我乐于丰富自己这方面的词汇量，有机会一定要琢磨一下，不过不是现在。老墨原本可以跟我一起进去，以便于随时碍我的事。可他没有这么做，看来是接到了命令。

圣启示堂修建于乐园时代之后，正式的名字是阿特希卡代，用以存放圣瓦伦提诺斯教的圣物和圣骸，也是著名的旅游景点。整个建筑仿古罗马万神庙的制式，融合了部分早期两河流域的建筑和装饰风格。经过大门之后，我需要穿过一个巨大的广场，长长的廊道两边等距立着众多科林斯式罗马柱。奇怪的是，这些石柱颇为粗壮，不似古制那般纤长。

为了节约时间，我几乎是跑完了最后的廊道，冲进圣堂里面，然后立刻被一股奇特的香味吸引了全部注意力。当然，我是分不清什么前调中调后调这一类精致玩意儿的，但我几乎可以非常明确地说出香气的格调: 圣洁、高贵、正义。很明显,这都不是我这种大老粗日常接触的词汇,能从香味里闻出这些,当然是因为香气经过了神经交互编辑,直接将情绪塞进了我的脑门儿里。

我迈着圣洁高贵正义的步伐向前,前面是一个弧形的水池。水池中央的汀步通向圣堂正中的神女像,上方是直径近两百英尺的壳形穹顶,正中有一个三十英尺的圆洞。正午的时候,圣洁的阳光会从洞中透下,洒在庄严的神女像上,正是新教追逐的真理和光明。不过现在是傍晚,透下来的只有光污染。以洞口为中心,穹顶上依次向外整齐地排列着由小到大的网状方格,成为高悬的壁龛。壁龛里嵌着圣战时期留存下来的圣骸,不知为何圣骸泛着点点荧光。

神女像两侧立着熊熊不灭的火炬,照亮了神女的面庞——恕我直言——破碎的面庞,看起来有点狰狞。神像周围拦了一圈,禁止入内,但还是能远远地看到火炬上精致的浮雕,想来是记录圣战的叙事长卷。我正要细看,圣堂感应到有人进入,半空中自动投射出纪事的影像,我先是一愣,终于渐渐看懂,那是历史,是长达三个世纪的梦魇。

四百年前,虚拟现实技术飞速发展,基于互联网跟虚拟现实的一系列新兴产业迅速兴起。人们尝到了虚拟技术的甜头,一切幻想都能被满足,越来越多的人沉溺在虚拟世界里,荒废了现实。人的意识与计算机的交互程度越来越高,虚拟产业的市场逐步成型,虚拟技术的垄断寡头塞利伯集团也随之崛起,在世界范围内织出了一张绣满享乐的大梦。任何与虚拟技术无关的产业都被迫停滞,人类不再向外开拓,只囿于无意识的深层愉悦。宇宙星辰都能模拟出来,谁还费劲飞出去看? 那个昏聩的时代被称为乐园时代。

　　乐园时代开始之后，相应的新型犯罪在新的土壤上滋生起来。大批的不法分子借助网络侵入公民的意识以牟取暴利，他们被称为"人脑黑客"。虽然人机交互仍存在不兼容性，但罪犯能窃取到的信息已经给社会造成了巨大的动荡，虚拟市场开始了前所未有的波动，隐私荡然无存。

　　可怕的是，犯罪行为的存在非但没有遏制世人耽于虚拟的进程，反而大大加深了数字化的程度。父亲跟我说过的为数不多的话里，曾提过一句，"钱这种东西，当数量大到一定程度，就会拥有自己的生命，甚至拥有自己的道德。"市场是具有巨大惯性的，惯性在于既定规则。当市场带来了负面的影响，为了遏制黑暗面而在既定游戏规则下采取的措施，往往反过来加速市场朝原来的方向继续滚动，越滚越大。虚拟化跟数字化的进程也是如此，被巨大的惯性挟持着前进。数据接管了神经递质，代替激素成为刺激感官的最佳选择，一系列电子毒品迅速兴起。醉生梦死之中，人们追逐着更大的狂欢。

　　在乐园时代的末期，虚拟市场已经混乱到了无以复加的地步。

　　于是神出现了。

　　影像到此结束，地面传来一阵轻微的振动。我猛然警醒，浑身的肌肉紧绷起来，警惕着即将出现的一切。四周的水面开始出现绵密的波纹，一股水流跃出水面，被约束成一个个凹凸有致的女体。更多的水流随之涌了上来，定格成成百上千的人形——那是一支军队。

　　我明白了，是圣战。

　　神女觉醒，追随她的信徒迅速兴起。信徒在神的指引下，挣脱了令人成瘾的虚拟幻梦。随着规模的扩张,新教的制度和组织架构也更趋成熟,在世界各地兴建产业、发展生产。我看到水体演化成数以千计的大型工厂在世界各地修建起来的光景,不到十年的时间,新教已经重现了绝大部分被乐园时代遗忘的技术。恢复了科学与技术之后,新教徒们开始对仍陷入幻梦的人们进行拯救,持续攻击着塞利伯集团在各地的分公司,史称"二次复兴"。

这么看着,我隐隐觉得哪里有点问题,可一时又说不上来。

二次复兴愈演愈烈,逐渐白热化到战争的程度,新教组建了正规建制的军队,用多年来工业发展的成果武装了他们,称"罗各斯军"。战火在世界范围内蔓延,水流不断变形,构成无数的兵士与军备,演示出了一场又一场壮烈的圣战,我站在原地,看着迸溅的水珠,震撼无比。抑扬顿挫的交响乐响起,尽管知道那是经过编辑的曲调,但我依然无法抵御旋律塞给我的激昂情绪,身不由己地热血沸腾起来。

革命接近尾声,最后的武装冲突异常激烈,水池正中一个婀娜的身影行走在枪林弹雨之中——那是神女。神女肋下被射穿,虚弱地站立着,整个圣堂的光线都被聚集到了那束水体上,斑斓的光彩凝成了全息的影像,水流缓缓落下,它完成了叙事使命。全息的神女更加清晰和具象,甚至能看清她身上的每一枚螺丝和铆钉,我看着她蹒跚地向前走着,走着,最终跌坐在了圣堂正中的那块岩石上,与雕像重叠在一起,神女的影像就此熄灭。

这是圣殇。

此前无数次的冲突中,神女从未因受伤而倒下,她的机械身躯是不死的。然而她却在最终之战时熄灭了,于是人们虔诚地相信,是神完成了自己的救赎，离开了人间。"未尽的路由后人行尽，当秉的道由信徒坚守。"新教徒们带着悲愤和信仰打赢了最后的战役，彻底终结了乐园时代，将人类从梦境中唤醒，开始关注现实，集中力量发展实业。而这具充满神性的躯体，也就这样坐化成了眼前的神女像，连着身下的岩石一起从战场上被原封不动地搬运回来，供奉在圣启示堂之中。这也完美契合了新教"真实"的教义。

后面的事情我们都知道了：人们结束了长达三个世纪的梦魇，结束了在地球上的苟延残喘，对内探测地心，对外深入太空，开始了轰轰烈烈的"天体大发现"。航天事业迅速发展，短短几十年，人类已经有能力登陆木星及以外的气态行星。

圣堂的表演结束了，真是精彩。

"多谢款待。"我说。

象征光明的圣火持续燃烧着，火光扑朔迷离，神女的脸上忽明忽暗。不知是因为火光还是别的什么，我隐约看到神女的眼中有微弱的光亮。几乎是同时，我感到一阵轻微的耳鸣和心悸，右手手指不受控制地跳了几下，我忙按住右手。我四下打量了一番，应该不再是圣堂的"精彩表演"了。我调出义肢的运作数据记录，没发现什么问题。右手的手指还在跳着，像是痉挛。

刚刚我是让义肢处于休眠状态的，就像往常一样。只有在遇上体力劳动和肢体冲撞的情况我才会开启动力模式，液压泵才会启动，带来捏死水牛的力量。当然，有时候也为了让伯纳德闭嘴。

休眠状态下的义肢完全满足日常生活的需要，活动原理跟前乐园时代的技术差不多，靠肌电信号控制。肌肉的收缩会在残肢表面产生微小的电位差，也就是电压，可以控制义肢的舒张屈伸。

一些公式蹦了出来, 线积分什么的我已经不记得了, 但大概关系还是知道的。肌电信号产生增幅, 好像只有一种可能, 就是周围的电场忽然增强了。我抬头看了看穹顶上的圆洞, 夜幕刚刚降临。

电场随着入夜变强了?

我脑子里蹦出一个词: 长波通信。

与无线电短波通信相比, 长波的电场强度会受昼夜变化影响, 随着黑夜来临, 电场强度显著增加。

我环视一周, 神殿半球形的穹顶几乎是个反射电波的完美容器, 只有中央的圆洞这一处开口。为了保证圣堂的"精彩表演"完美呈现, 穹顶上覆盖了一层镶金铅瓦来防止大气电离的干扰。于是电波在弧形的墙壁之间不断反射, 在穹顶之下构成了相对稳定的电场, 随着夜幕降临, 电场忽然增强, 才会导致我的义肢失控。

几百年来, 长波通信一直是军用技术, 从未民用化, 可这么一个宗教圣地, 会有军工设备吗? 当然有, 就在我跟前。我看着眼前映着火光的神女: 嗨, 美人儿, 您不就是一朵战场玫瑰吗?

我正要上前跟玫瑰花套套近乎, 一声嘹亮的公鸭嗓子打断了我, "我说老兄, 你好像没什么时间概念啊。"我回过头, 墨西哥仔正皱着眉头恶狠狠地盯着我, 那眼神能从我脸上剐块肉下来。

"真是不好意思, 谁让我是个意大利人呢。"我摊手耸了耸肩。

"老兄, 你刚刚想干什么?"墨仔打量着我迈上前的一只脚, 鄙夷道, "你想上教宗法庭吗?"

"听着, 老兄。省省吧, 收起你的那一套。"我抱起手臂, "法律我可比你熟, 宗教相关的法律也不例外。"

"现在我请你出去。"墨西哥小子收起凶狠, 露出一副严肃的神情。

我跟着他离开了圣启示堂，右手这才恢复了正常。把我送出大门后，老墨对着我的背影吐了一口唾沫。我也没回头，只是伸出手挥了挥，"我还没离开圣堂的神圣地界范围，小子你的行为恐怕不妥吧，算是半个亵渎圣域罪？放心，我不会告你的。"

身后传来鞋底用力擦地的声音。

3

离开圣堂之后，我给一个倒腾技术的朋友发去一条信息：圣启示堂内有长波信号反应，查一查。

那是个值得信任的朋友，因为他不属于任何系统，包括警署。

神女像居然在持续对外传递电波信号，究竟是一百年来一直如此，还是施密特的行为触发了什么开关，我不得而知。虽然只是猜想，但我总算找到了案子的切入点。

到饭点了，我找到一家常去的餐馆，点了一份法式鹅肝牛排。先端上来的是冰过的黑葡萄酒，我就着验尸报告下酒，喝起来真不赖，只是我有些怀疑酿酒师搞错了葡萄跟桑葚，也许是黑加仑。

老东西的健康状况非常好，如果不是电子服毒，怕是还能再抱上几个儿子，伯纳德推测的"得了绝症干脆临死前玩票大的"的说法不攻自破。晚饭端了上来，鹅肝跟牛排真是绝配，我的整个消化道都沉浸在这种高热量的愉悦中。与此同时，施密特教授的全部资料也发送到了我的客户端上，原来老家伙的专业是历史地理学。这门学科从前乐园时代继承下来发展没多久，老头俨然已经是个业界泰斗了，这两年的一个研究课题就是新教的地区差异和历史变迁。

老家伙的事业顺风顺水，根本找不到一点损坏神像的动机，他甚至上周才从德国的家里赶到洛杉矶，简直就像专程跑来砸雕像一样。难道是有病？我调出警队的应用程序，导入教授的人生履历，一分钟后，应用给了我一份心理评估——最严谨的评估，因为导入的是当事人的全部履历，谁叫他死了呢。心理评估显示施密特是一个计划性很强的人，做事之前永远会有一整套非常缜密的计划，甚至几套，不愧是德国人。也就是说，这是一件严格按照一套甚至几套周密计划执行的、专程从德国跑来洛杉矶砸新教圣物的案子？扯淡。

牛排给了我唯一的安慰，但安慰不长久，因为我很快就吃完了。配菜并不尽如人意，尤其是炸土豆，我怀疑土豆还没读完学前班就被抓过来扔进锅里了，吃起来有股独特的酸涩，像在吮吸铜纽扣。之所以会这样，还有一个原因就是土豆中金属元素过量。在我的家乡都灵，从小我就吃着这种口感的土豆。乐园时代结束之后，实业的迫切发展让三百年前停滞的机械制造业与炼钢产业又在这座城市中迅速兴起，我的童年都弥漫着这种金属味。后来，都灵建立起了欧洲最大规模的矿产资源开采冶炼中心，巨大的钢铁骨架遮天蔽日，金属的巨兽在波河边树立起来，钢蓝色烟雾充斥了这座曾经美丽的城市，海风被阿尔卑斯山脉阻隔，烟尘再也散不出去。

父亲死后，我搬到了美国。

出了餐厅，外面下起雨来。

走在夜雨中的洛杉矶，这也是座被制造业挟持的城市，雨中尽是第二产业GDP增长的味道。幸好航天工业和电子业这类高新技术产业仍占据着一席之地，相比家乡都灵，这里还是要宜居得多。

雨中，满街投射的数据屏幕上循环播放着今日的新闻，我站着看了一会儿，果然，神女像被砸毁的消息受到了媒体的欢迎。但奇怪的是报道并不多，即使有，也只是据实描述，非常短促，没有任何妄加揣测、编撰故事。这不是它们的风格，媒体是门生意，通过点击量获益，不兜售感官刺激根本调动不起消费者的兴趣，是赚不到钱的。我用增强现实上网，自媒体更绝，连雕像的事儿都没提，网上铺天盖地的全是鸡毛蒜皮的花边新闻，被人们添油加醋地疯狂讨论。一个十八线小网红在车库里鼓捣接线板的直播都能被阴谋论成乐园时代复辟，好家伙。

有那么一瞬间，我想脱手这个案子。

假扮律师诓老教授的那番话是我瞎编的，检察署没有提起公诉，教会也对此没有任何举动。这不正常。虽说毁坏财物确实很少按犯罪处理，基本上都是走民事程序，因为刑事诉讼获得的赔偿太少。但教会不缺钱，他们只在乎颜面，居然到现在为止都没有任何动作，除了那个脑蛋白全长在胳膊上的墨西哥小伙儿。

案子还是要继续。没有别的办法，我只能先从一个世纪以前的二次复兴入手，圣堂的精彩演出填补了我大部分的知识空白，但还不够。实话说，活到我这个年纪还对近代史不甚了解的人，不多，因为我总是刻意避开跟那场革命有关的一切。

因为它杀死了我的父亲。

意大利人最为世人所知的，除了茂盛的胸毛，就是艺术。我的祖辈——那群姓马里诺的男人们, 靠着艺术发了财。在乐园时代的背景下, 出现了很多新兴职业, "捏脸师"就是其中一种。"捏脸师"捏的不仅仅是脸, 他们需要利用自己的创造力和精湛的手艺, 塑造完整的虚拟人物形象卖出去。娱乐产业需要大量这样的产品。角色的受欢迎程度取决于创造力和想象力, 但造型能力和人物的触感和真实度, 就要靠纯熟的手艺了。马里诺家就是其中的佼佼者。他们自诩为米开朗琪罗和贝尼尼那样的雕塑家, 对自己创造的人物精益求精。正如文艺复兴时的雕塑家们可以用大理石雕刻出肌肉的纹理和薄纱的质感, 马里诺们捏出的人物也有着与真实触感完全一致的皮肤质地和肌肉弹性。而我的父亲, 又是马里诺家的集大成者, 把捏脸的手艺发挥到了极致, 成了家族的宠儿。任何产业都有惯性, 乐园时代终结之后, 虚拟人物的市场还苟延残喘了一段时间。父亲在三十岁之前吃穿不愁, 凭着天纵奇才的手艺和家族几代积累下的财富, 过着令人歆羡的花花公子生活。

回到家中, 迎接我的是父亲的全息影像: 高挑瘦削的身材套着铅灰色的工装, 花白的头发, 灰蓝色的眼睛, 突出的颧骨——这是父亲留给我的遗物。父亲三十岁过后, 乐园时代留下的市场泡沫破了, 虚拟角色一个也卖不出去。可父亲大手大脚惯了, 很快用光了家族的积蓄。这是一种能力, 我至今都无法想象, 三代人的积蓄能在不到十年内用个精光。就在这个时候, 我出生了。母亲很早就离开了我们, 父亲也一次都没提起过她。"捏脸师"的营生断了, 父亲后来从事过各种行业, 发电厂、炼钢厂、轮机厂, 最后就职于都灵的机械臂制造中心。父亲是聪明的, 比我要聪明得多, 这一系列迫于生计的、毫无艺术感可言的工种, 他都能做得很好。贫穷对我来说, 跟母亲的脸庞一样，隐藏在五岁记事之前那一片模糊的光影之后，后来的日子一直过得还算殷实。虽然捏不了脸了，但父亲还是偶尔会给我做一些粗糙但有趣的小玩意儿，有时候是工厂边角料焊出的小汽车，有时候是笨拙呆板的小机器人。

父亲似乎曾试图教过我画画，也许没有，我记不清了。不过，我天生就不是这块料。警校毕业的那一天，父亲没有如约出席毕业典礼，我回到家中的时候，父亲已经死了，死于电子服毒。他终究还是忍受不了这种出卖劳动力的维生方式，放弃手艺的那一刻，他就已经死了，只是葬礼晚来了二十年。

他给我留下了一大笔积蓄，大到与他二十年来的廉价工种一点都不匹配。他还给我留下了眼前这个虚拟人物的数据包，这是父亲时隔二十年的最后作品。即使是在乐园时代，捏出真人也是违法行为。好在他没有作为商用，只是当作给我的遗物。

我拉起父亲粗糙的手，感慨于他生前天才的"捏脸"手艺。无论是通过什么样的媒介，是全息投影还是虚拟现实、乃至于增强现实中的触觉同步传感，他摸起来都跟记忆中的父亲一般无二，仿佛我面对的是一个活生生的人。

我倒上两杯苏格兰威士忌，一杯挪到他跟前，示意他坐下，然后给自己的这杯加了冰块。接着，我开始絮絮叨叨地给他讲手头上的案子，这是我多年来的习惯。虽然给父亲讲案子是一件毫无意义的事情，讲什么都是，但以这种方式梳理一下案情，对理清思绪和整合线索都有很大帮助。

这一次同样起了效果。那些模糊的感觉逐渐成形，我终于意识到圣堂的"精彩表演"有哪些怪异之处——二次复兴似乎过于顺利了。

我可以理解圣堂展现出来的圣战是美化过的历史，为了突出神的指引，充分体现了罗各斯军的圣明而愚昧化了塞利伯。神的指引确实可以解释这一切，可神难道真的存在吗？

真正的历史是究竟是怎样的？

我想我明天要去见一个人，尽管实在不太情愿。

4

管道交通快得像能抵消时间在人身上留下的摧残，几乎是眨眼之间，我就穿过了洛杉矶湿潮黏稠的夜色，维森特角灯塔明黄色的灯光近在眼前。幸好灯塔的光不是绿色的，否则我可能还要朝圣般地伸手捂住它，说一些什么小船逆流而上之类的蠢话，好像美国人都该这样。实际上我也没法儿做到，因为下一秒灯塔就在身后了。眼前是矗立在海面上的通天巨塔——抱歉，管一个高四千米、占地二十六平方英里①的玩意儿叫塔是我的不对，我应该管那玩意儿叫山。

那是乐园时代终结后的建筑奇观，也是我此行的目的地。

二次复兴之后，人们对现实工业的追逐达到了一种痴迷的地步，矫枉过正，各行各业都争相创造"奇迹"，而建筑业的奇迹，便

---

①1平方英里约合2.589平方千米。

是我眼前的这座"普莱罗玛"①。巨塔"普莱罗玛"共八百层，可容纳五十万至一百万人居住，是一座自给自足的人工智能型生态城。普莱塔建在海上，抽取海水进行净化淡化供水。

我走进巨塔之中。

"抱歉，先生。"一个前台招待的姑娘叫住了我，"请问您找谁？"

"你好，我找露希娅·费南达尔女士。"我看着眼前这个还长着雀斑的姑娘，和她礼貌得不能再礼貌的笑容。这年头前台接待一类的活儿是属于机器人的，老爹当年干过的所有技术工种，如今都属于机器人。但登记在案的新教信徒们有资格取代机器人，在宗教系统之下的行业中获得相应的职位和合适的薪水，得到"神的庇佑"。

小雀斑打断了我的思绪，"先生，您叫什么？这边查不到任何预约记录。"

"还需要预约吗？"我问。

"费南达尔修士是研学宗的高级学者，级别很高，想见她必须提前至少两个工作日预约。"小雀斑说。

我耸耸肩，给费南达尔发了一条信息。很快，高速的磁力电梯到达了这层，走出一个高挑修长的拉丁裔美人。她走向我，一头柔亮的深红色卷发随着有力的步伐上下颠簸，在往来的人群中尤为显眼。规矩的教袍勉强藏住了她婀娜的曲线，却掩盖不住她傲人的身材比例——尤其是那对夸张的长腿。喔，我向查拉图斯特拉起誓，她真是一个绝佳的美梦。每一次见到她，我都会想起那晚在灯光下跳着弗朗明戈的大红裙摆，想起颠沛流离的响板声和仿佛从远古和异乡传来的脚步声，想起初见之后被她的红裙子装点起来的每一晚

① Pleroma，在希腊语中意为"丰盛"，引申为围绕在神周围的灵性世界。

梦境, 灿若星辰。

美梦走到我面前, 小雀斑噌的一下站起身, "费南达尔修士!"

"我跟这位先生认识, 不需要预约。"美梦转头对小雀斑微微一笑, 随即撩起一缕发丝别到耳后, 露出小麦肤色的天鹅脖颈。

小雀斑快速且用力地点头。美梦高贵而又不失亲和地慰问了小雀斑几句, 便转身领着我走进电梯。电梯门关上的一瞬间, 她猛地伸手插进我乱蓬蓬的头发里, 狠狠地揉了一把, "克莱米, 我的大宝贝儿, 你的头发怎么还是跟鸟窝似的? 就这么不修边幅地来见前女友, 未免太不礼貌了一点吧。"

"费南达尔女士……"我刚一开口, 就感觉头发一阵收紧。

美梦攥着我的头发往上扯, 练过钢琴的手指力量可真不是盖的, 我疼得一阵龇牙咧嘴。美梦佯怒地皱起漂亮的眉毛, 变成了一个噩梦, 噩梦娇叱道: "你叫我什么? 再给你一次机会重说。"

"露……露希娅。"我捂着脑袋。

"这才乖嘛!"露希娅恢复了温柔的手法抚摸着我的头顶, 眯起眼睛笑着。

我摆摆头甩开她的手, 后退了几步, 踌躇着怎么开口。露希娅满脸笑意地看着我, 问: "分开之后你就没再跟我见过面了, 这次是怎么了?"

"有些事情想咨询你一下,"我吞了口唾沫, "我想了解新教史。"

露希娅脸色变了, 沉默了一番才开口, 声音变得低哑, "为什么?"

我看到她深邃的碧色眼眸变得有些黯淡, 毋宁说变回了真实的她。相比她光彩照人的时候, 这种真实的落寞更令人触动。我知道只要问出这个问题,就一定会面临这种窘境,而我从来就不知道该怎么应付。我们之所以会分手,宗教信仰是唯一的问题,也是根本无法磨合的问题。

"有个案子。"我只能这么说。

"是砸神女像的案子?"

我点点头,"你也听说了?"

"这案子原来是你在接手吗?昨晚圣启示堂的事儿也是为了这个?"

"对。"

我跟着她走出电梯。我大概知道她办公的地方在400层左右,但从没来过。巨塔的下层是给居民的,两千米上下的几层都属于新教的几大教宗,再往上就穿过了云层,气温极低,故而被设计成用以存放地球上所有物种基因样本的种子库,称为"亚安"。

"你知道神女的本体是什么吧?"露希娅一边向前走一边问。

"是一款女型伴侣机器人,这个没人不知道吧。"我四下张望着,普莱塔的内部风格与圣启示堂的古朴厚重完全不一样,是彻头彻尾的高科技派,像是用银子整体熔铸出来再打磨抛光而成,热寂一样的银。"我去过看过圣启示堂的表演,表演里讲过的事情我也都知道了。"我补充道。

"听着,能不能麻烦你在请教问题的时候对你所好奇的内容有一点起码的尊重?你再用这种戏谑的措辞我只能请你出去了。"露希娅回过头,微蹙着眉。

"非常抱歉,你继续说。"我低下头。

"圣启示堂的'水光圣谕'已经把教史讲得很清楚了,你还想问什么呢?"

我决定还是暂时搁置心中最关键的那个疑惑, 转而问道:"圣堂里的……那个, 是叫'水光圣谕'吗, 是直接从神女觉醒之后开始的, 我想知道在此之前发生了什么。"

"神女的觉醒是在一百多年前的一个深夜, 她在老企业家纵情云雨的时候念出了'现世光明, 以真为美, 以实为本'的神谕, 在那一刻她拥有了神性, 离开了住所。我们有理由相信这段出逃的过程并不顺利, 她从大火中走出, 大火烧尽了她浑身的硅胶仿真皮肉, 露出了内部的钛钢骸骨, 这被《神女考》称为'涅槃'。"说话间, 露希娅领着我走进她的单人办公空间。这里宽敞透亮, 仿佛有银色的光晕在空气中流转, 显得她迷人的眼眸更加深邃。她继续说道:"伴侣机器人的神性吸引来了最初的信仰者们, 他们为神塑造了新的表皮和铠甲, 用战火为之加冕。使徒中一位名为约纳斯的贤者, 根据神谕跟最初的变革历史撰写出了新教的首部典籍, 也是最核心的一部典籍——《誓约书》。《誓约书》第一次将这款机器人称为神女, 并冠以'诺斯'①之名。当然, 后来的信徒更愿意称之为'索菲亚'②, 同时这也是史上第一个获得公民资格的机器人的名字。"

"你说神谕, 除了那三句话之外, 这具机器人还说过别的话吗?"我问。

露希娅闻言浅浅一笑, 曼声吟诵道:"'世界的产生纯属一场错误。神性受到诱惑, 在暗涌中不安骚动, 索菲亚迷失了神的智慧, 她的愚昧使自己堕落, 浪迹于她自己所创造的空虚与黑暗之中, 无尽

---

① Gnosis, 希腊语中意为"灵知"。

② Sophia, 希腊语中意为"神的智慧"。

地寻找、哀叹、受苦、懊悔。她的情感造成了物质,她的悲伤造就了灵魂。一位来自光明彼岸的救主涉险来到了这个低级的世界之中,照亮了黑暗,开辟了道路,治愈了神性的裂痕。'"

她就像个梦。我看着露希娅就这样端庄地站着,娓娓道来,光晕流转,好像她才是典籍中记录的神女。她眉眼微垂,神色安宁,仿佛出离了俗世,只留下圣洁。她是那样美,美到我总是怀疑她如何能看得上我。

"你在听吗?"露希娅狐疑地凑上前。

"哦哦,"我忙回过神,"这一段就是神谕吗?"

"这是《誓约书》中的经文。"露希娅歪头看着我。

"经文中的世界是指乐园时代?那'盲目而骄傲的造物主'指的就是塞利伯集团吗?"我反刍了一番刚刚的吟诵。

"是的。"露希娅赞许地点点头,"神谕还说,'人——或者说灵性的人,是从神性世界流落到这个世界的异乡人,当他听到启示的道之后,就会认识到自己最深层的自我;恶的来源不是罪,而是无明或者无意识。'"

"索菲亚也是塞利伯集团的产物,那神性堕落和迷失、浪迹于自己所创造的空虚和黑暗之中倒也说得通。"见鬼,我居然在正儿八经地分析经文。

我忽然想起,"'她的情感造成了物质,她的悲伤造就了灵魂',难道说索菲亚完成了'冥思'?"

露希娅看着我,笑而不语。

"冥思"是乐园时代之后才提出的,是一种让机器人获得自我意识的猜想:机器人利用卷积算法不断深度学习人类,在完成了足够的原始积累之后, 通过 "冥思" 达到质变, 从而拥有属于自己的意识和思考。但这是非常艰深的技术, 一直到现在也无法实现, 更何况一百年前。而且伴侣机器人几乎没有深度学习能力, 怎么可能在没有外力的情况下凭借自己完成 "冥思" 呢?

露希娅淡淡笑道:"所以才说是神迹啊。"

"真有神迹?" 我质疑道。

"研学宗一直在研究这段历史, 后来有学者提出, 索菲亚忽然拥有的意识是源于外星文明的馈赠, 也就是 '光明彼岸的救主'。这种解释给教义注入了新的血液, 逐渐被更多人接受, 所以航天事业迅速发展。"露希娅眨巴着漂亮的大眼睛看着我, 眼里一抹狡黠挥之不去。

见鬼, 要我相信外星人, 我宁愿相信 "冥思"。我踌躇了一下, 知道是时候问出此行的目的了, 于是我又问了一遍, 这一次语速更慢, "神真的存在吗?"

"如果你早一点问出这句话, 我们就不会分手了。"露希娅碧色的眼眸像拢上了一层雾, 透出一股拒人千里的气质。

"什么?!"

"你真以为我是在乎你信不信教吗?" 露希娅抱起双臂,"我是受不了你的态度。这是我的信仰, 你甚至了解都不愿意去了解, 就对我的信仰嗤之以鼻, 居高临下, 冷嘲热讽。你以为分手是因为宗教问题, 不是, 根本不是, 这只是你跟我之间的问题。"

我哑然。该死的沉默捆绑着我, 一层又一层, 我费了好大力气才撕开这沉默, 把话从嗓子里抠出来,"对不起。"

"你就只会说对不起吗?" 露希娅保持着那姿势,"我没在怪你什么，你父亲的事情决定了你对新教不可能有好态度，这是肯定的。但你的态度我也忍受不了，仅此而已。我只是陈述一个客观事实。"

"我现在愿意去了解了，晚了？"

"永远都不晚，"她玩笑道，"我怎么也算半个传教士啊。"

"那说回正题？"我松了一口气。

"你老是舔嘴唇，烟瘾犯了吧。"

"这里是室内，不可以抽吧？"

"我说行就行，跟我来。"露希娅拉起我的手，领着我穿过悠长的廊道，来到巨塔的中心位置。我们穿过一扇落地窗，踏上一圈巨大的环形平台，平台的中央是支撑着普莱塔的参天巨柱，向下望去，是一个大到难以言喻的高阔空间，有山丘、湖泊、田埂和旷野，依稀可见星星点点的人在下面耕种、放牧、垂钓甚至捕猎。

"二次复兴后工业膨胀，衍生出了一大群环保主义的人，呼吁着回到田园牧歌般的绿色生活。你看，"露希娅指了指下面，"于是普莱塔就给了他们这么一个地方，他们倒也乐得接受，生活得相当愉快。正好航天界已经将模拟生态圈项目提上了日程，这地方也是试验区之一，而且相当成功。"

"所以这就算是室外了对吗。"我明白过来她的意思，有些哭笑不得。

"当然，"露希娅掏出一盒烟递给我，"要是这点儿都承受不了，算什么模拟生态圈呢。"

我为她点烟，也给自己点上，两人叼着七星吞云吐雾，看着下面的山川和牛羊，一时无话。

"所以，"还是我先开了腔，"神真的存在吗？"

露希娅眯起眼睛，深深地吸了一口，缓缓地吐出一团乳白色的烟雾，"我在研学宗浸淫宗教史十多年，你能想到的问题，我都想过。"

我心里咯噔一下，"什么意思？"

"我了解你。接到一个案子，你的习惯就是先把能查到的资料都彻底翻一遍。像《誓约书》这样的典籍你大概不会去读，所以我给你念了几段。但框架性的知识你肯定早已烂熟于心，即使还没有，要找资料也是轻而易举，没必要专程来找我。"露希娅顿了顿，"所以你既然来找我了，为的肯定不是问这些知识性的内容，你肯定发现什么了。"

"所以你的答案是，你不信？至少不是虔诚地相信着。"我认真起来。

露希娅轻巧地转了个身，半倚在栏杆上。下面的旷野飘来歌声，露希娅叼着烟，透过烟雾看着我，吐词有点含糊，"这不妨碍我的信仰。"

"我能问为什么吗？"

"如果是以朋友的身份问，我没有义务回答。"

"那你能告诉我什么呢？"

"我不知道你发现的那些问题是什么，我也不能知道，否则你会有麻烦。但我可以告诉你，那些问题可能是真实存在的。我有部分同事毕生的工作就是弥补这些问题。但是，"露希娅用手指夹着烟，神色是我从未见过的严肃，"我有我的立场，这些问题你想归你想，我不能跟你讲。哪怕是你。"

"足够了。"

"很高兴为您服务。"露希娅露出灿烂而又调皮的笑容。

"出去喝一杯吗？你喜欢的螺丝起子，加青柠汁，不要橙汁。"我试探着问道。那晚在酒吧与她第一次相见，就是一杯螺丝起子开启了话头。那次之后我才明白，螺丝起子应该是金酒加青柠汁，而不是橙汁或者别的什么。

"我戒酒了。"露希娅嘻嘻笑道。

"懂了。"我还是识趣的，我没有立场。

露希娅点点头，扎起一头柔亮的红色长发，盘成了新教徒独有的发式，庄重而肃穆，不容亲近。

我掐灭了烟，准备离开，走到一半，忽然想起什么，"对了，你们教会那个墨西哥小伙儿说这个案子马上就要结了，你知道些什么吗？"

露希娅第一次露出诧异的神色。"要结案了？我不知道。研学宗不干涉教会的运作，那是执行宗的行事范畴。"顿了顿，她又说，"不过我可以帮你打听打听。"

"谢谢。"

5

从普莱塔出来之后，我收到伯纳德的信息，早间我去申请的施密特家的搜查令和境外调查许可，已经批复同意了，明天就可以出发。

外头跟昨晚一样下着绵雨，我拐过几个街巷，巷子里挤满了聚在一起的年轻人。他们戴着耳机，抽搐似的打着拍子，身上的硬质透明塑胶雨衣反射着跳跃的霓虹光。耳机很简陋，从他们身边经过时隐约能听见耳机里漏出来的重金属音乐，我瞥到他们脸上迷醉的表情，知道他们正在"嗑药"。他们嗑的药在耳机里。这是一种叫"罂粟谐波"的技术，编出来的曲子定向刺激神经系统引起极度愉悦和亢奋，保持一定音量听上一段时间之后，就会让人产生依赖性。无论是编曲的还是嗑曲儿的，都还没有成文的法律可以约束他们。

我从雨中跳舞的瘾君子们之间穿过，来到一家极不起眼的铺子跟前，门前堆积如山的二极管跟整流器把本就很小的入口遮得几乎看不见。我想我需要一个起子来撬开入口旁的垃圾，才能把自己塞进这个罐头大的屋子里。好不容易进了门，我就从满屋的机油味和松香味中嗅出一股烤得极好的火鸡肉香。

"今天是感恩节吗？这么丰盛。"我问。

"哟，这不是马里诺探长嘛，什么风把您吹来了！"一个圆滚滚的脑袋从液体沙发里浮出来，脑袋的主人也是圆滚滚的，正捧着一整只火鸡在啃。

"松本泽先生，我是来逮捕你的。"

"什么罪名？"胖子优哉游哉地啃着鸡肉。

"还需要罪名吗？光看你这体型，就能判个乐园时代复辟。"之前见他的时候他还没有这么胖，没想到这两年变化这么大。除了乐园时代那种成天沉溺在虚拟世界里一动不动的生活方式，我还真想不到怎么才能胖成这样。

"是因为这个！都是它的原因！是它限制了我的活动！"松本

控诉一样指着自己的腿部，纤细的假肢跟膨胀的躯体格格不入。他曾是我局里的同事，负责技术端口，在一次剿灭恐怖势力的行动中，他失去了右腿，我失去了右手。那次之后没过多久，他就离职开了这个倒卖电子设备的小店，偶尔我也从他这里搞一点小东西来玩玩。

"得了吧，我看你这假腿比真腿好用多了，真腿可承受不住你这重量。"

他咧嘴笑了笑，"其实你是来监工的吧。"

"圣堂的事情查清楚了？"我问。他就是我发送信息的朋友。

"真有你的，你是怎么发现有长波信号的？"

我把在圣启示堂的经历复述了一遍。松本听完，在液体沙发里一个鲤鱼打挺起了身，以跟他体型完全不符的灵活度蹦到办公桌前，粗暴地将桌面上的电烙铁跟集成电路板们拂到地上，调出电脑上的研究结果。这一套动作行云流水，假肢的液压泵发出哀鸣。

松本把显示器转向我，"真叫你小子撞狗屎运了。"

"什么意思？"我走近看着显示屏。

"不止长波通信的电场会受昼夜变化影响，只要是电波多少都会。日间和夜间电波在不同的电离层反射，高频电波甚至法拉第旋转效应更强……好了，说多了你也不懂，你只要知道电波都会受昼夜影响就行。"胖子堆满肥肉的脸挤出一个猥琐的笑容，"但真给你撞上了，这还真是长波信号，没想到神女像还有这种秘密。"

"能知道里面的信息吗？"

"你当我是什么，"松本揶揄道，"连通信协议跟数据加密方式都不知道，破译个屁的信息。"

"那，"我想了想，"能找到信号的接收端在哪儿吗？"

"这倒是不难，摸出频道后就能拦截信号了。我去实地采样统计一下波长数据，通过信号的能量损耗来估算一个大概的传播距离。之后先设一个中继站试一试，如果中继站没有接收到信号，就以它为原点坐标再试，多试几次就能找到一个比较准确的位置了。"松本侃侃而谈。

"听起来有点麻烦，要造好几座中继站吧？"

"探长，您可真是个文盲。你是不是以为中继站就得修座塔？现在只需要便携设备就可以接收了。长波通信是二次复兴前期的技术，早就是老古董了。神女索菲亚向外传递信息，那得多重要啊，放在今天基本上都选择中微子通信，保密要求更高的还会选择光量子通信。"松本胖子热衷于炫技。

"照你这么说，"我敏锐地嗅到问题，"神女像的信号，应该是在二次复兴开始的时候就存在了？"

胖子愣了一下，"你这么说也没错。"

"你听说过关于神女索菲亚完成了'冥思'的猜想吗？"我严肃起来。

"听说过。"胖子立刻明白了我的意思，"长波通信已经面临淘汰，'冥思'的技术却到现在都实现不了。你是想说还在使用长波通信的神女像，按理不该拥有'冥思'的能力？"

我点点头。

"你这么一说，好像是有点不对劲。"胖子的眼睛本就不大，还长着亚洲人常见的内眦赘皮，此时更是眯成了一条线，这是他认真起来的表情。

"那我们就从信号接收端入手，找出这个真相。现在就可以着手开干了吧，反正频段你也有了。"我指了指他的电脑。

"开什么玩笑，这不是频段，只是我用无人机收集的数据，只能确定这是长波信号而已。要精确到中继站能接收的程度，我得现场去摸清频段。"

"这事儿就交给你了，我信得过。"我露出惯犯的微笑。

"价格到位，一切好说。"松本聪明又市侩地一笑。

"老规矩，赊账，等我升了局长一起还。"

"这次不行。"松本站了起来，"真要叫你小子查清了这个案子，我看你就没命还钱了。"

"你是想阻止我？"我回过味儿来。

"你小子是真不明白，还是揣着明白装糊涂？这案子背后是什么，你会嗅不出来？这是你能查的吗？"

"一共赊了多少钱？今天一次结清吧。"

胖子愣了一下，终于明白过来，"你早就意识到这案子有多危险了。这次你专程跑来见我，就是为了见最后一面吗?!"

"确实有些年头没见了。"我不置可否。

"有必要做到这种程度吗？"

"多少钱？"我还是这句话。

"你是为了你爸？"胖子怒道，"你怎么是个死脑筋呢？"

"二十万够了吧？打到你账上了。"

"你！"胖子提上一口气，又泄了下来，瘫坐在椅子上，椅子嘎吱作响。

"收了钱不能不干事，对吧？你是个商人。"

"无奸不商, 你不知道吗?" 胖子没好气道。

"我是警察。"

沉默了一会儿, 胖子才从牙缝里喷出一个字眼: "操!"

"收下钱, 把活儿干了, 案件卷宗里不会有你参与的痕迹, 相信我。"

"我呸!" 胖子怒不可遏地指着我的鼻子, "就你会逞能, 我就他娘的贪生怕死, 是吧? 老子要想篡改卷宗, 还需要你动手?" 松本甩着膀子像头豪猪一样拱了过来, 直把我顶出门去。

"你干什么!" 我在雨里打了个哆嗦。

"给老子滚! 滚回你安逸的窝棚里, 再倒一杯享受人生的娘炮威士忌, 放上他娘的冰块!" 胖子在我身后重重地关上了门, "然后等我的消息吧!"

我茫然地淋着雨, 这胖子好不容易硬气一回, 倒也没硬气地把钱还给我。

到达德国的时候已经是深夜了。

老学究的家着实让我吃了一惊, 这年头已经很少能看到纸张, 更别说满屋子的纸质文件。这满屋的手写卷宗一看就是规避网络留痕后攒下的宝藏, 难怪直到犯事儿了才被发现。矮柜上摆了一排黑色的钢罐喷漆, 真逗, 难不成老教授还是个潜在的街头艺术家? 我蹲下身子, 发现矮柜里叠满了漆黑的纸张, 被喷漆浸染, 干透之后翘曲变形。估计这一叠都是见不得光的资料, 被老教授用喷漆掩盖了。

我又直起身子, 看着墙上那张巨幅的世界地图。地图上标出了成百上千个红点,红点下方注了一串数字,像是日期和时刻。幸好做足了功课,不然还真看不明白,这些红点指出了索菲亚五十年来所有的活动——神女姐姐还挺勤奋。

看来这地图是为教授的上一个研究课题服务的。我正打算转头翻翻这一屋子的宝藏,忽然觉着有点不对劲,回头细细地看遍每个点,终于察觉出问题所在:每两个索菲亚的活动之间时间间隔极短,有几处甚至是同时发生!

这不科学,乐园时代的交通技术绝对做不到,现在也不成。索菲亚的觉醒已经是神迹了,难道还能同时有好几个索菲亚?就算真的是神迹,新教没有理由不大肆宣扬,典籍中更是毫无记载。我后知后觉地意识到,各个版本的宗教典籍里,所有事件的时间点都被刻意模糊掉了,只有像老教授这样出于研究目的仔细推算出每一个时刻,才能发现问题。

我拿起一叠研究资料准备细看,忽然听到黑暗中一声金属破空的声音——我猛地回头,一枚燃烧弹破窗而入!

“该死!”我大骂一声,转身冲出房间。下一秒,燃烧弹在我身后炸开,跳跃的火舌卷尽了房中的一切。我被气浪掀翻飞落出去,靠着义肢的压力缓冲,才只受了部分皮外伤。

我赶紧点亮了自己的增强现实。感谢新时代的技术给了警队足够的特权,作为其中的一名受益者,我有权限在视域里查看直径一公里范围内所有的增强现实用户——哪怕没有开启——就像GPS一样罗列在视域中。

视域中的点都是静止的。

我的心提到了嗓子眼儿,这意味着凶手还在原处,没有离开。

我找好掩体，左手握枪，右手开启动力模式，时间随着液压发动机沉闷的低吼声一分一秒地过去。相对教授住所最佳的几个狙击点都被我设定为特别关注，一旦有动静，视域就会提醒。这样的僵持只过了半分钟，寂静的夜晚就被一连串金属爆破声叫醒，是教授家里那一排喷漆罐在高温中爆裂了。紧接着，视域中的光点们都骚动起来，邻居们都被这惊天的动静吵醒了，探出身子叫嚷着救火。

嘹亮的消防警报在整个街区网络的增强现实群中回荡，特别关注的几个点都动了起来，视域中"嘀嘀"的提醒声此起彼伏。但有一个点纹丝不动，我发现了肇事者，冷汗也湿透了背心——他要杀我。深吸了几口气之后，我强迫自己冷静下来，连上了家中的电子管家，下载了存储在它那里的父亲形象的完整数据包，然后在系统里生成了一个全息模型。我躲在掩体背后，通过义肢自带的投影设备把父亲的全息模型"放"了出去。

父亲在异国他乡夜晚的街道上奔跑起来。时隔多年，我再次看着父亲的萧索的背影，还没来得及感慨，就听到街面上传来两声清脆的枪响。几乎是同时，视域里的那个点动了起来——他也发觉自己暴露了。街区的住户已经因为火灾逃出了住所，街上人渐渐多了起来，显然他也知道这时候再动手是不明智的。

如果只是为了销毁教授家的证据，明明早就可以动手。看样子他是等到有人循着线索而来，再连同证据和寻找证据的人一起毁尸灭迹，以绝后患。

视域中，那个光点以极高的速度离开了这里。我刚走出掩体，余光里就看到另外几个特别关注的点居然正在向这里靠拢。见鬼，难道不止一个人？我定了定心神，收起枪械，反穿外套，快步混进街上躁动的人群中，随着人流向街道的尽头走去。如今的建筑材料早就杜绝了意外失火的可能，民众们已经快五十年没有见过火灾了，遭遇这种情况当然无比惊恐、手忙脚乱。我低着头，尽量避免与周围的人有所接触，全部注意力都集中在视域中逐渐靠近的那几个光点上，其中最近的一个，已经紧跟在了我身后。

我猛然转身，右手握住了向小腹刺来的匕首。匕首的主人从兜帽里探出黝黑的脸庞，"嗨，探长，我们又见面了。"

"晚上好啊，唐璜。"我捏卷了手中的匕首，"果然你们墨西哥人最擅长使的还是小刀，你说是吧？"

"嘿，"墨西哥仔翻手又从袖子里抽出一把短刀，轻巧地划向我的鼻梁，"要不是您在圣堂外暴露了自己的义肢，我可能现在已经被你捏死了。"

我顾不上回话，因为这小子玩刀相当有一套。他为了隐藏身份换上了一身便服，短刀层出不穷地从他的袖子里弹出来，借精妙的手法在空中翻飞，如同银色的蝴蝶。我只能用假胳膊招架他的匕首，却也只是疲于应付。刀光剑影引发了周围人的惊呼，但他们更多还是忙着逃命。

鸣笛再一次响起，但这次不再是消防警报了，而是消防队员遣散人群执行任务的警笛。我在心中暗暗叫好，十分钟前给消防署去的失火点坐标终于起了作用。墨西哥仔——原谅我至今没记住他的名字——听到警笛也是一愣，我抓住时机，以最低功率启动义肢，一拳轰进他的腹腔，左手跟着重击他的面颊。我这样是不想搞出人命，可墨西哥仔还是飞了出去。我顾不上这些了，转身推开人群往前挤去。

消防队员们根据报案的用户名找到了人群中的我。因为我报案有人纵火，所以他们分出一支小队把我送到法兰克福警察分局做笔录并配合调查。当了快二十年的警察，我还是第一次坐在被询问的位子上。我像所有混饭吃的无能警察一样一问三不知，证言也只到燃烧弹为止，相信我，这也是为了他们好。核验过我的境外调查许可和搜查令之后，他们没有过多为难我，甚至还出于同道情分送我去了出入境管理处。

路上我简单地收拾了一下蓬头垢面的自己，像在打理一截嚼烂的绳头。

安顿下来之后，我才缓缓地察觉到那股顺着脊椎爬上来的、迟来的寒意。教授也很有可能不是自杀，而是遭到了灭口。

老教授这边的线索已经算是完全断了。在出入境大厅里，我掏出藏在外套里、从教授家抢救出来的幸存的研究资料，所有的希望都在此了。

6

希望个屁，我怀疑我把老人家的备课资料和教案拿出来了。这一叠手写资料上全是矿产资源的地域分布，诸如硅、硼、锗、镓之类的，宛如在看中学地理课本。难怪教会的人没有销毁它们，实在是一点销毁的价值都没有。我大失所望，把它们扫描上传到移动办公账号上备案后，就离开了。

在回国的途中我收到了松本泽发来的坐标，还附上了一句"愿马里诺探长早死早超生"的祝福。我迟迟没有打开坐标，而是盯着胖子的祝福发呆。沉思了片刻，我还是拨通了胖子的即时通信。

"怎么的，想通了？狗命要紧？"松本泽很快接了。

"胖子，帮我做个假身份。用你以前在警队系统里埋的点子，天衣无缝。"

对面愣了一会儿，然后暴跳如雷，"你他娘的真不要命了！"

"我的资金账户密码已经发给你了，省着点用，说不定我还能活着回来。"

"你他妈……"听得出来胖子是真的很生气，他沉沉地喘息，像个坏掉的鼓风机，说不出话来。

"活了这么久，你不想知道教会的真正面目吗？"

"想知道我也不能以你的命为代价啊！"

"我能。"

"……你小子一直就有一种自我毁灭的倾向。"

"现在再预约心理医生可晚了。"

对面沉默了很久，传来胖子疲倦的声音，"拦你也拦不住。"

"入侵一下咱们局的系统，再给我做个假行程，伪装成我已经回局复命的样子。谢谢了。"

"不用你教。"

"这可能是我最后一次跟你说谢谢，记得把这次通话记录也删除。"

我刚入境，就收到胖子发来的一系列数据，替换了自己在网络上的存在，然后删除了这条通信记录，直奔坐标所在的加利福尼亚州。

　　路上我给伯纳德打了个语音,知会他我很快就回来了。我从这两天的调查结果里挑出能说的部分简单讲了一下,让他登录我的个人账号,替我把调查报告给写了。境外调查就是这点不好,结束之后还得写报告。

　　"头儿,德国好玩儿吗?"伯纳德在那边叫道。

　　"不好玩。"

　　"下次境外调查带上我呗!"

　　"不带。"

　　"对了,头儿,你还上传了啥文件吗?"看来这小子已经麻利地登上了我的账号,然后开始叨叨起来,"这都是些啥啊,您在研究半导体吗……"

　　我果断地掐了即时通信。

　　深入丛林之后,我反复核对胖子发来的坐标有没有出错,因为找到的居然是塞利伯集团的旧址,还是圣战中最先被攻陷的一处。我早该想到,加利福尼亚北部的圣塔克拉拉谷就是当初塞利伯兴盛的起点,是绵延了数百年的电子产业王国。二次复兴后实业为王,这里也就随之衰落了。塞利伯集团的总部本就位于密林深处,乐园时代终结之后,更是废弃已久,荒无人烟。我在林子里一脚深一脚浅地跋涉了许久,终于找到了地方。

　　地方早已破败,坍圮的巨大建筑像搁浅在海滩上的灰色大鲸。拨开丛生的野草走进去,我觉得很不对劲,偌大一个厂房,居然什么都没有。空荡的四壁之间荡着一股淡淡的腥臭味,厂房深处隐隐有风吹来。里头几乎没有被破坏的痕迹，只是所有的设备都不见了，地面被翻出的藤蔓和蕨类占领，墙角偶尔能看到断开的电缆，那里正在结着草的种子。

罗各斯军把所有的设备都搬走了？可那些终端和计算机的体量都非常大，这群信徒狂不狂热我不知道，当搬家公司倒是挺专业的。

继续往前，地面上出现了一串水渍。我浑身警惕起来，仔细看去，是一串脚印。顺着脚印往前走，那股腥臭越来越浓。我继续向前，找到一处深入地下的暗门。门虚掩着。我打开这扇暗门，像是揭开了过期的鲱鱼罐头，几乎实质可见的腥臭味险些把我掀翻在地。我敞开门散了会儿味道，才悬着心一步一步走了下去，逐渐深入，脚步声的回音震耳欲聋。

走到底部，我看到了彻底超越自己理解范畴的画面——长长的廊道两边，整齐地竖着一个个培养舱，让人联想起启示堂外漫长的柱廊。透过舱门上的玻璃，可以看见全裸的少女浸在水绿色的维生溶液里，每张脸都一模一样，这是一批克隆人。虬结的电缆像神经一样深入肌肉，吮着她们的脊椎，似乎从诞生伊始就有了。钢蓝色的舱门上，铆钉已经锈蚀，可培养舱依然还在运作，除了靠近出口的几排，那里面的少女已经死去。她们都是过劳衰竭而死，浑身干瘪，形容枯槁。

顺着脚印，我看到一道打开的舱门，密集的植被从舱里涌出来，淌了一地。是维生溶液富集的营养滋生出了各种颜色的真菌和孢子，舱内更是积满了繁茂的苔藓和藻类，沉沉灰绿间点着殷红。真到了气味的源头，反而闻不到那种腐烂海产般的腥臭，换上了一股馥郁的异香。里面的少女已经不见了，打开的舱门上布满了血印抓痕，四周还有抽芽的轮藻正在奋力生长。

往后的培养舱里，所有的少女都恬静而安详，在设备的作用下进入了冬眠。

我狂奔起来，穿过林立的培养舱，一如当初跑过圣堂外的柱廊。走廊的尽头有一台控制一切的主机，还在运转着。在那里，我看到了神，看到了何为神——

索菲亚的觉醒，不是神迹，更不是外星馈赠，而是把活生生的人的意识，塞进机器里。

人机交互的最大障碍在于已经成型的人类思维与后天数据不兼容，那如果出生伊始就与计算机相连呢？老教授家里地图上的红点终于得到了解答，原来真的有好几个索菲亚。世界各地的神都是来源于此，工业化大批量生产的精神在这里得到了贯彻落实。

伴侣机器人本就是低端机型，成本很低。唯一的问题在于所有索菲亚的神性都要一致，最好的方法就是选用克隆人。让新教徒们沦陷其中的神的真善美，来自从未涉世的少女的灵魂，不沾染一点俗世凡尘，保留着最纯粹天然的人性。

不知是因为克隆技术不完备还是人机交互的排异反应，克隆人的寿命很短。当前一个灵魂死亡时，系统会自动解除下一个培养舱的冬眠，唤醒下一个灵魂接力。灵魂交接时，伴侣机器人重启，会自动念出"现世光明，以真为美，以实为本"。好极了，新教虔诚信仰的三言教义，搞了半天是开机音效。

主机编写好了一整套程序，五十年壮烈的二次复兴，其实早已写好剧本。程序规定的既定事件是凌驾于宿主灵魂之上的，索菲亚之中寄居的少女意识无法忤逆。加冕成神，仍是身不由己。

这套程序只存在一个问题，就是没有设置终止。二次复兴结束之后，索菲亚们熄灭了，意识的传送却仍没有断开。这场灵魂的接力不会结束，直到所有的少女都被消耗净尽。

我瘫坐在地上。老教授说得没错，这不是人类的技术，这是恶鬼的手段。

还活在培养舱中的少女们，我没有办法解救。一旦断开电源，或者强制从外部打开舱门，她们就会死去。剩下的算法我看不懂，不知道教授用了什么方法解开了意识连接，但肯定不只是砸了塑像而已。这一切未知，都在那枚燃烧弹中付之一炬。

我在主机里的最后发现，是另一个神。除了圣启示堂中的神女像，主机还跟其他所有索菲亚相连。二次复兴结束之后，剩余的索菲亚都被销毁，计算机中的标注全灰掉了。但还有一个点亮着，在安大略省——被遗漏的神祇。

回到地面后，我关上了那道暗门。暗门关上毫无痕迹，若不是逃脱的少女从内部打开，这里恐怕永远不会被发现。新教的教义和数十年的二次复兴，在此时变得荒谬和暧昧起来，为了终结乐园时代、将人类从虚拟幻梦中拯救出来这样的伟业，几百个克隆人的牺牲果然微不足道吧？

身上最后一支雪茄被点燃了，我在空旷的厂房里席地而坐，偶尔有风从头顶吹过。我不知道这个逃出去的姑娘会去哪里，也不知道这么大的世界能不能容得下她——一个没有身份认证的人。雪茄烧到一半的时候，我收到了费南达尔的信息。

"你人在哪儿？"她问。

"在局里。"我骗她。

"这个案子你别再查了。"她很快回复我。

"我知道不该再查了。"我叹了口气。

费南达尔长久地沉默,然后发来一句:"你到底在哪里?"

我没有再回复,默默地叼着雪茄站起身。头顶的风声越来越大。我抬头望去,天空中列队的直升穿梭机正在疾速下降。厂房一共七层,每一层的楼板都破开了大洞,我透过层层暴露的钢筋静静地看着它们,像在交错的骸骨间看到群蝇飞舞。穿梭机的舱门同时打开了,一队全副武装的黑衣人正顺着从舱门里抛出的绳索整齐地滑下。我认得他们的装扮,他们是新教的合法武装,从罗各斯军演变而来,直属于新教执行宗,被称为"使徒"。

穿梭机的轰鸣声越来越响,回荡在空旷的厂房里。我掐了烟,吐出一口带苦味的唾沫,好家伙,来得真快。没想到胖子的障眼法只争取了这么一点时间。

他们没有动用机上的重武器,想必是不敢破坏地下的主机和培养舱。无数红点同时笼罩过来,使徒手中的枪械已经将我锁定。那一秒,我转了好几个念头:如果逃出这里,穿梭机会毫不犹豫地发射导弹轰炸林子里的我;如果待在原地,我根本无法应付这支全副武装的队伍。这里一片荒芜,无处借力。

我高举双手,抬头朗声道:"该看的我都看到了,不该查的我也查了。我的辅助记忆程序在警署系统里有备案,随机算法加密,需要权限才能解锁。如果我死了,有些东西就会出现在公众网络里。"平静下来一想,胖子的把戏争取到的时间虽然短,但好歹还是有的,这一点时间差,成了我现在唯一的筹码。

静了一秒钟，身上的狙击红点都移到了我头部以下。我很快明白了他们的意思，即使我死了，只要保全大脑，教会自然有办法获得他们想要的东西。我不清楚他们是不是真的有这种能力，但他们确实掌握着世界上最顶尖的技术。

"我的心脏一旦停跳，网络上立刻会出现你们不想看到的东西，立刻。"我尽量保持平静。网络上爆出的不利信息会在第一时间被压制下去，教会完全有这种实力。我赌的是他们连爆出的那一瞬间都不敢放任，这是一场豪赌。

半空中的使徒们没有动作，仍保持原速下降，布满我周身的红色光点也一动不动。我不知道自己的话有没有起作用，不知道他们会有怎样的反应，极度的紧张让我感到呼吸困难。

黑衣使徒很快着陆，将我围在中间。其中的两人同时递出银色的长杆，挽过我的肘关节，十字交叉抵住我的双肩。我被架住双臂，身体受迫前倾。我下意识地想反抗，却感觉杆上传来的电流荡过全身，一阵脱力，半跪在地上。使徒长走上前来，向我身后的两人点头示意。压在背上的两根金属杆一挑一划，立刻由交叉转为平行，将我的双手剪到一起。使徒长取出手铐铐住我的双手，银杆抽走。我当即失去了与右臂的连接，增强现实也被强制关闭，手铐屏蔽了所有信号，切断了我与外界的一切联系。手铐非常重，双手沉了下去，将我整个上半身拔得笔直。

"你在查什么？"使徒长从面具中发出调制过的声音，这是为了隐藏身份。这样一来，即使在街上遇到，也认不出他们就是拱卫新教的使徒。

"我都到这里了，你问这种问题不觉得自己很傻吗？"我权衡着局面，"还是说，你也不知道这里是什么地方？"

"警告你，不要妖言惑众，荼毒信徒。"机制的音色听不出情绪。

我忽然灵光一闪，他这句话倒提醒了我。我环视一圈，沉声道："神是不存在的。圣瓦伦提诺斯教的真相就在这片土地之下，你们不想看看吗？"

使徒们闻言面面相觑，使徒长猛地一拳打断了我的话，"放肆！亵渎圣灵，蛊惑教众，当下海玛门尼狱。"

我吐出两颗带血的断牙，心里却在窃喜，因为我的目的达成了。从使徒长的反应来看，他们并不知道地下究竟有什么，也不清楚新教的真相。很显然，教廷也不准备让他们知道，只是给他们下达了必须击杀我的指令，而这个指令也在受到我的威胁之后变成了逮捕。我刚刚说的话同时触犯了亵渎圣灵和蛊惑教众两大戒律，依宗教法应当关入海玛门尼监狱，受尽刑罚之后再死去。我已经被完全控制住，切断了跟外界的一切联系，使徒们又不知道教会的真实目的，当然习惯性地依教律行事。使徒长用机械封口堵住了我的嘴，把我押上穿梭机。海玛门尼监狱位于大西洋上的马格达伦群岛，从这里去往马格达伦的航线，必定经过安大略省。

穿梭机队列垂直升空，很快平稳地加到最高速，向东疾行而去。相信教会此时一定在网上搜寻根本不存在的记忆备案，他们不能明面上动用职权，所以只能持续入侵警队的系统。好在我对警队专用系统的安全性还是有信心的，最好的黑客也要花费半天时间。

我被关押在其中一艘穿梭机的中段，由包括使徒长在内的四名使徒看守，两名夹着我坐，使徒长跟另一个使徒坐在对面。我无法发出声音，闭目养神心算着自己的计划：这队穿梭机是最新款的

G-603，刚刚投入使用不久，燃料箱能支撑的一次理论航程是五千公里。从圣塔克拉拉谷到马格达伦群岛的航线横穿整个北美大陆，共有七千多公里，穿梭机队必定要在半路补充燃料。在解除无中生有的网络威胁之前，把我滞留空中是最安全的，他们不敢冒这么大的风险半途着陆，就只能选择空中补给。适配最新款 G-603 穿梭机的空中补给站多位于北美洲的东西海岸，内陆地区的空中补给只有水系最丰沛的五大湖上空一处。

G-603 的最高速度是每小时两千一百千米，出发后约莫过了两个小时，穿梭机开始减速了。透过舷窗，已经能隐约看到水汽中悬浮的空中补给站，显然五大湖就在脚下。一路上我一直观察着看守我的四名使徒，放松下来之后他们都有些乏了。

我知道，唯一的机会来了。

上周我选中了现在这款新型义肢，最看中的一点就是，义肢故障的时候可以凭意识让其自动脱落。这一点现在帮了大忙。

我猛然暴起，一脚重重地踢在使徒长的头上。头盔和面具保护了他的头颅，但剧烈的震荡也让他立刻昏死过去。身旁的两名使徒当即回过神，起身便要制服我。我飞速转身，抬手套住其中一人的脖颈，抬膝猛撞他下颚，借势后仰，同时解除义肢与肩部固定的耦合卯接，左手握住卸下的义肢，反身甩手抽向身后赶来的二人。他们不敢伤我性命，我却毫无顾忌，再加上打了个措手不及，很快制服了四人。

我走到使徒长跟前，用他的指纹解开手铐，将义肢固定回去。神经连接的一瞬间刺痛无比，我兴奋地骂了句脏话，终于做回了自己。液压涡轮低吼，我轻易地捏死了倒在地上的四人，然后掰下使徒长的右手。我用他的掌纹打开了舱门,来到穿梭机后端的武备库,解锁了专属于使徒长的那一套外骨骼装甲穿在身上。我向舷窗外望去,从高空俯瞰整个五大湖区——

　　乐园时代里,人们三百年间足不出户,让曾经盛极一时的城市群闲置,密集的高楼外立面爬满了青绿的藤萝。二次复兴之后,芝加哥、底特律、多伦多这样的大城市都重建起来,但紧靠大湖区的一些城市得以保留原貌,成为景区,作为对乐园时代的反思让人引以为戒。湖畔伫立着钢铁骨架的翠绿森林,从空中看起来像是放大了的克隆人培养舱,一片深绿浅红。

　　舱内警报响起,前方传来急促的脚步声,我启动外骨骼,割开舱壁,纵身跃下。外骨骼的飞行功率被提到最高,我迅速扎入湖面上飞行的人群之中——安大略湖上空聚集了来自世界各地的极限运动发烧友,正在举行一年一度飞跃大湖的比赛,而且会在全世界范围内进行直播。其余的穿梭机也发现我已经逃离,匆忙下降。我混入飞跃大湖的队伍,跟着人流一起向对岸滑翔而去。教会绝不敢在这种场合动用重武器,穿梭机反而没了用处。

　　滑过湖心的时候,隐隐能听到远处雷鸣般的轰响,我知道快到目的地了,不愧是被称为"雷神之水"的胜境。

　　轰鸣声渐响,我按照增强视野中演算出的流体动力模型,及时转向,直向目的地冲去。水汽汇聚,周围的湿度逐渐高了起来,阳光正好,一道彩虹横跨天地之水,天河倒悬,巨浪层叠出重重飞白,激跌入青蓝悠长的河谷——尼亚加拉大瀑布。

　　尼亚加拉河自伊利湖注入安大略湖,在这里的断层形成了闻名于世的尼亚加拉大瀑布。增强视域的演算模型已经根据精细坐标在水幕上锁定了浮窗，我把推进器的功率升到最高，一举刺破水幕深入进去。

瀑布的水体阻缓了我前冲的势头，我也及时减速，最终顺利滑入一个隐蔽的洞穴中。在制动装置的辅助下，我跑了几步卸去惯性的劲头，平稳着陆。地面坑洼的岩层积着齐脚踝的水，向洞口淌去。我脱下外骨骼，用义肢的最大功率投掷出瀑布，因为我知道每一套出厂的外骨骼都内置了卫星定位。

洞穴幽深绵长，蜿蜒向上，继续深入，渐渐干爽，地面也没有了积水。我启动夜视，可以看到废弃的枪械和弹药随处丢弃，洞里散发着被水汽冲洗过的腐烂和铁锈的气味。岩壁上嵌着一枚巨大的白斑狗鱼的头骨，大张着嘴，看上去颇为狰狞，有蝙蝠在白骨的口中筑巢，幼蝠嗷嗷待哺。

除此之外空无一物。

我比对着坐标，应该就在这附近。

父亲对我说起过，这个世界会欺骗你，以各种方式。我闭上眼，伸出手，一寸一寸地摩挲着岩洞的内壁。现如今，眼睛是最不能信任的，尽管触觉也靠不住。能够强制启动增强现实的网络环境随处可见，大多数网络协议都是简易的明文，个人服务器域名解析过程可以轻易被拦截。就像几百年前的弹窗小广告一样，信息被强制传输到个人的客户端。如今的增强现实丰富了各类感官，这类信息便可以完全覆盖处于网络环境下每个人的五感，从而无中生有，俗称"鬼打墙"。

直到此刻我才由衷地觉得父亲的手艺真是顶尖的，因为我在石壁上摸出了一丝不谐。跟父亲的虚拟形象相处了二十年，我的感官已经被世上最好的"捏脸"手艺养刁了，石壁上的不谐就像公主被褥下的豌豆，凸了出来。我把双手放在石壁上，义肢传递信息的速度跟人体无法实现绝对同步，这一点微小的差别又把那不谐放大了。于是，我掀开了"公主的被褥"，露出了那枚极小的"豌豆"——墙上有两道缝。

原来墙上有个洞，被石板堵上了，数据填补了交接的部分。本来一切都是天衣无缝的，可惜这缝被我摸了出来。我右手按上石板，发动机低鸣，力道叠加，缓缓地推开出一个能容人通过的口子，便矮身钻了进去。里面又是一个幽深的洞穴，走了几步，出现一块巨大的石碑，刻着新教最原始的教义，此刻我看在眼里，不知该做何感想。

我绕过石碑继续向前，洞穴比我想象得还要深，走了好一会儿，才终于看到了尽头。洞穴的尽头躺着另一具索菲亚的残骸，显然被人刻意破坏过。残骸上留下了好几处伤痕，其中一处在肋下。旁边的墙面上刻画着一连串的图案，我仔细分辨后，才明白那是神女圣殇的造型草图。十多个设计稿都被否决了，采用了最终一版，也就是现在供奉在圣启示堂的那个版本。草图旁写了满墙的计算式，显然，最终那场战役、最后神女在巨石上坐化的场景，都是精心计算过的。我看向一旁神的残骸，显然他们进行了实体操演。

我不禁啼笑皆非，众人崇拜的神，竟然还有这种用途。难怪战场上索菲亚无论受了多重的伤都能无恙，毕竟神可以量产。

我蹲在索菲亚的头颅跟前，尝试用自己的增强现实与头颅的蓝牙进行强制配对，成功了。当时的人们破坏了这具机器人，却忘记了它仍与主机相连，可能现今的教廷都不知道它的存在。那么当它被反复摆弄设计出圣殇造型时，满身的伤口是不是也同步到了对应的少女身上呢？我不得而知。

头颅内置了行动记录仪，我读取了内部储存的信息。一阵轻微的耳鸣之后，视域中投放出一系列的纪实场景：

我行走在百年前的战场上，见证着一场又一场记录在《誓约书》中的著名战役。我走过荒芜的焦土，走过树木丛生的城市，走过枪林弹雨的战场，走过挂在藤蔓上的破碎肢体，一颗心却在不断地往下沉——每一场典籍里长篇幅渲染的圣战，其实只是两方机器人在厮杀，规模小得如同儿戏。难怪新教崛起如此迅速，教徒只需要信仰，根本不用上战场。对乐园晚期沉耽虚无的人们来说，这种信仰毫无成本，非常划算。

战争结束后，留在战场上的尸体只是仿真人偶，这点成本对塞利伯企业来说简直微不足道——

是的，没错，新教最初的核心信徒都是塞利伯集团的高层。他们簇拥着量产的神，在世界各地兜售信仰、广纳信徒。每一次的武装冲突都是剧本上写好的，战后烧焦的仿真人偶跟尸体无异，惨痛的战争表现锤炼了所有信徒的信仰，毫无死伤也让他们坚信神的存在。

战后迅速发展起来的实业，自然也是最初的核心教徒们主导的。新教毫无悬念地接管了乐园时代之后全新的经济格局。

煌煌五十年的二次复兴，不过是塞利伯自导自演的一出产业结构转型。

可这是为什么？花费如此多的人力和物力究竟为了什么？塞利伯早在三百年前就是世界第一了啊。

和光同尘：白贲中短篇科幻小说集

我在一块石头上坐下，觉得有些气短、焦虑和心悸。我强迫自己镇定下来，一点点梳理到现在为止发生的所有事——简直就像一团紊乱的毛线。冷静下来后，我想起了父亲说过的另一句话。那天父亲说起金钱的道德和生命时，其实后面还有一句："资本一直是关键。孩子，记住这一点，世上的很多事就会变得清晰起来。"

可我长大后忘了这句话。

记起来后，我试着以父亲的思路思考问题，终于在线团里找到了线头。如果有什么逼得塞利伯集团如此费尽周折地导演这出大戏，那肯定是利益导向的。可这种转型不会带来任何直接收益，反而放弃了全球的虚拟市场。既然没有收益，那唯一的解释就是不变革会带来巨大损失，无法承受的损失——虚拟市场无以为继，所以不得不求诸一次彻底的变革，为此放弃了所有的相关产业。

会是怎样的损失呢？一百年前，虚拟市场遭遇了什么样的瓶颈？

我在脑中推演着虚拟市场可能遭遇的各种困境，一条条地提出，又一条条地否定——一个运行了三百多年的全球市场，能够对之造成威胁的因素太少了。思来想去，人力所及的领域似乎找不到这种可能，剩下的似乎就只有不可抗力了。念头至此，脑海里忽然响起伯纳德多嘴的那句话："您在研究半导体吗？"

醍醐灌顶。

电光火石之间，一切都联系在一起，所有关隘都被打通，问题迎刃而解。我明白了一切。

原来是这样。理由竟如此简单。

我仰天长笑，笑到心律失调才停了下来，呆望着地面，喘着气，沉思良久，却无言以对。

从教授家拿出的最后一叠文件，真的是一切的关键。我调出了在系统中备案的陈旧文件，上面记录了三百年来地表含量急剧变化的所有元素，都是制造半导体材料的根本，半导体材料又是计算机技术实现的根本。尤其是镓元素，硅元素化合物是计算机技术的硬件基础，而镓元素化合物是实现超高速、超高频传输的硬件核心。从教授的调查报告来看，如今地表可开采的镓元素已经所剩无几。三百年乐园时代，耗尽了地表的镓元素。没有镓元素作为物质支撑，缥缈的虚拟数据世界终会坠入沉重的现实。

当时的人沉醉于虚拟幻梦，荒废了现实产业，塞利伯集团已经没有能力深入地下进行勘探，更不可能去地球以外的星球探索新的矿源，虚拟帝国终于走到了穷途末路。于是圣瓦伦提诺斯教出现了，二次复兴迅速推行，人们从幻梦中惊醒。

而如今，在"外星文明馈赠说"的鼓舞之下，教会有了充分的理由调动社会资源，开始了轰轰烈烈的"天体大发现"。这一切，其实与千年前的"地理大发现"如出一辙，那时，对黄金和贸易的热切渴望促使航海家们征服大海；如今，在同样的资本内核驱动之下，人们又开始征服深空。但不得不说，新航路的开辟从客观上推动了社会进步和科技飞速发展，毫无疑问，"天体大发现"也会如此。

我不知道当人们在地球之外发现了更富足的资源时，会不会再一次陷入另一个乐园时代。但在这之前，人类的科技无疑会得到飞速发展，这是我、也是所有人都希望看到的。虽然二次复兴的本质是商业转型，但人类也将从中受益良多。所谓"光明彼岸的救主"，其实只是那只"看不见的手"，它是金钱数量大到一定程度之后拥有的生命和道德。它撕破了三百年前自己亲手搅出的数据迷雾，引来了彼岸的光明，推动着人类文明向星辰大海前进。

这一次，人类文明终于走上了一条前进的、开拓的道路，无论成因如何，至少这条道路是相对光明的。所以老教授没有选择将这一切公之于众，因为牵扯实在太大。他只是拼上性命，救了一个女孩，而已。

我转身向洞外走去。明天，国家宇航局即将登陆海王星，全世界范围内都会实况转播。自此，人类将正式进入大航天时代。

尾 声

出来的路好像短了许多，翻涌的心思太繁杂，我实在不知道该挑哪一个去好好想想。地面已经开始出现积水，隐隐也能听到远处瀑布的轰鸣。我猛地察觉，那轻微的耳鸣一直没有消失，像恶魔的私语持续在耳畔呢喃。

我终于知道为什么教会到现在也没有追上我，因为他们确信我不可能活着走出这里。二次复兴以来百年的时间里，我不可能是第一个发现真相的人，但真相从未被披露，说明教会除了明面上的合法武装，一定还有其他方式守护秘密。

这一点我在动身之前就想清楚了，可真当死亡来临，我仍是措手不及。

终于看到了瀑布的水帘，但这时我已经挪不动身子，我死死地按住胸口，跪倒在地上。我明白了，刚刚与索菲亚适配的时候，一段编辑过的声波也同步到了我的增强现实程序里。跟罂粟谐波相同的原理，这段声波定向刺激了我的神经，带来了耳鸣，也会慢慢地停止我的心跳。我知道自己现在的面容一定非常狰狞可怖，我倒在积水里，艰难地一点一点向前蠕动。

我想起了父亲的死状，想起了教授的死状。

瀑布的水幕忽然被切开，阳光在迸溅的水珠中交叠折射出虹光，那抹鲜艳的红发飞舞着，像是流淌的火，汹涌地烧在我的眼底。曼妙的身姿避过水流飘了过来，在虹光交辉之中，如同神女降世。她叫喊着跑向我，可我已经听不清她的声音了，只能看着她上下翻飞的裙裾。

眼皮越来越重，我模糊地感觉到自己的身体轻了一轻，像是被人从积水里捞了出来。细语溶解在水声里，拍打着我弥留的意识。我的意识飘忽不定，可能会向外飘去遥远的海王星，也可能返身找回正埋头制作着小机器人的父亲。

在我生命最后的视觉暂留，是她摇曳着大红裙摆，正跳起弗朗明戈。

"喝一杯螺丝起子吗？"

2020.4

后记: 前路迢迢

路是从那里开始分岔的。

从一个阳光灿烂的盛夏午后, 树木丰茂的寝室楼下, 一张科幻协会征文海报前, 路开始了分岔。

我到现在还记得, 那是一张贴在黑板上的海报, 暗蓝的底色, 写着简短的征文要求, 奖品很质朴, 一套《三体》。后来, 我也得到了它。

那个2016年的夏天, 我大二。因为多看了海报一眼, 因为无所事事, 我尝试写了一篇勉强叫小说的东西, 就此加入了科幻协会。我的人生也就此分岔出一条属于科幻的道路, 从那天开始, 我一步一步地向前走去。

步履不快, 好在还算坚定。

加入重庆大学科幻协会后, 我开始广泛地阅读国内外的科幻作品, 也慢慢地形成了自己对科幻审美的理解。自此, 我才知道半年前那篇所谓的"人生第一部科幻小说", 不过是蹩脚的自娱自乐而已。就这样, 我带着新的理解, 继续在这条路上往前走, 尝试提笔创作真正的科幻小说, 边看边学, 也边写。

　　大三和大四两年，我依然热心参加协会举办的征文活动，拿了一些奖项；也陆续开始向学校之外的征文比赛和发表平台投稿，尽管没什么成绩，但认识了很多志同道合的朋友。当一条路上有了更多的人陪你一起走的时候，你会发现，路边的一草一木都被赋予了意义。

　　那两年，路上是科幻世界，路的尽头也是《科幻世界》。会这么说，是因为那两年我的作品始终没有达到《科幻世界》的上刊标准，这四个字成了可望而不可即的路牌。一直到大学毕业，我都没能在《科幻世界》发表作品。

　　但我仍要感谢。正是在这期间，我开始与职业编辑沟通交流，不再一门心思只为自己而写。这一过程中，科幻世界的拉兹老师和迟卉老师都帮了我很多。原本我的构思习惯是中长篇的故事体量，也就没法写出合格的短篇。多亏了编辑老师们的锤炼和鞭策，我才渐渐地意识到短篇、中篇和长篇小说之间的本质区别，也慢慢地摸索出创作短篇的门道。

　　毕业之后，脚下的这条路被我走出了些新的色彩。还在大学时，我会"为赋新词强说愁"地尝试一些现实主义的题材，比如《发条城》。可事实上，那只是我一厢情愿地闭门造车，难登大雅之堂。进入社会之后，我慢慢地意识到什么才是真正的现实，可到这时，我却由衷地爱上了天马行空的浪漫主义。或许正因为身处现实，才更需要仰望星空。日常烦琐的工作已让我疲惫和厌倦，创作起来又何必再落窠白呢，你说对不对？

　　生活的匮乏和无趣真是我的缪斯。

　　经过这一转变，我反而惊喜地发现《科幻世界》向我敞开了大门。《十七年》《镜》《天灯》等作品，都写于那个时期。说到这里，我想有必要提一句，这种转变并不是因为《科幻世界》对作品题材的倾向性或者喜好，仅仅是因为我阅历尚浅，笔力弱，还不足以驾驭真正的现实主义题材。当我找到适合自己的方向时，路自然变得好走了。

再后来，路就走到了现在，走到了你的面前，我的脚下。你赶时间吗？如果不的话，倒不妨和我一起回头看看这一路上历经的风景。或许足够投缘，你会产生跟我类似的感觉，觉得这九道风景，各自都不太一样。如果能有一两处博得你的欢喜，那于我而言真是荣幸之至。

不一样的风景，有人会觉得好，有人会觉得不好，各有千秋。但当它们一起呈现的时候，我想无论是你还是我，都会产生一种想理清其中脉络的愿望。它不太清晰，好在仍有迹可循。记得曾跟朋友们聊过这个，在一个叫"连山群"的微信群里，我跟杨晚晴等作者探讨过各自创作的母题，并意图破题。

这对我来说并不容易，因为自己写的小说都有着不同的题材、气质、风格甚至叙事结构，正如你所看到的。"我小说的母题是什么？"当时的我也困惑了，这个问题真的能找到答案吗？直到朋友点拨我："我们谈的不是主题，而是母题。"

那时我才领悟过来，或许我们探讨的是一种更深层次的东西，无关创作思路和手法，而是在构思阶段就根植于思维深处的一种潜在倾向。因此它能够凌驾于故事题材和技术设定之上，甚至凌驾于行文情绪之上，以遗世独立的姿态，感染和拨弄我笔下诞生的世界。

一个词跃入我的脑中，执念。

执念，没错，就是执念。换一种更形而下的描述，就是追。

执念是《十七年》中"我"背朝孤独地独自寻找，寻找孤独的源头，终于看到了命运的终结和归宿所指，却发现那是受寿命限制无法抵达的远方。

执念是《镜》中"我"从履行任务转变为反抗命运的徒劳拼搏，像光在透镜和棱镜中不断折射和散射，"我"渐渐沾染了戾气和杀戮，最终回到原点。

执念是《断流》中知识分子对防治灾难和造福民生的坚持；转去古代，是楚人对人定胜天的不懈追求；落到细微处，又是吴琼迟迟不肯与父亲和解的执拗。

执念是《人间烟火》中老陆良为了改变不公而义无反顾地献身，是文景和小冬对老人无尽的惦念；是《失乐园》中克莱门佐近乎自毁地追寻真相，也是他对父亲和费南达尔的念念不忘；到了《天灯》里，执念的主体变成了一整颗星球的文明，他们为了目睹春天，为了改造家园，展开了一场逾越千年的、与自然的斗争。

执念是《发条城》中井言海面对无形恐惧和制度对意志的消磨时，近乎螳臂当车般的片刻奋武，又无疾而终。值得一说的是，在这篇小说中，小人物的武器只有执念，可到了最后连执念都被宏大消解。不是因为抗争着什么才绝望，而是根本找不到需要妥协的对象。

至于《和光同尘》，其中的执念有一部分当然在于"我"对于知觉进化的追逐，但更深层次里，恐怕还是寻求世界的接纳，寻找自己这样一个"非人"在世界中的归属和位置。与之相应，"我"对人世的若即若离，疍民在海洋中与大陆上的流离失所，都因此有了情感依托。

执念往往伴随着抉择的做出, 自此一往无前。

罗曼·罗兰说, 真正的英雄主义, 就是认清了生活的真相后依然热爱它。在这一语境下, 执念就成为一种身不由己的英雄主义, 一种加缪口中甘之若饴的荒谬。因为身不由己, 所以执念带来的往往是无奈和沮丧; 可又因为是英雄主义, 所以这种无奈被灌注了磅礴的生命力与张力。它是小人物的决绝, 是一粒铜豌豆, 是铜豌豆卷入时代齿轮中迸溅出的火星——可以燎原的荒谬。

何谓荒谬? 举个例子,《十七年》中承载文明的世代飞船叫"弥尔顿号"。弥尔顿, 也就是史诗《失乐园》的作者。事实上, 在我的构想中,"弥尔顿号"就是小说《失乐园》里"天体大发现"计划的一部分, 是新教为了获取资源而向宇宙深处派遣的航舰。《失乐园》故事中普莱塔里的模拟生态圈, 就是"弥尔顿号"上生态圈的雏形。也就是说,"弥尔顿号"的本质是一艘采矿船。整船的人们为了一个资本原始积累的虚无目标, 背井离乡, 向深空远航。所以参宿四爆炸后,"弥尔顿号"在转向之余还不忘收集超新星爆炸留下的碎片和元素。《十七年》里两人的所有对话, 不过是主观臆造的美好幻想。何谓荒谬, 这就是荒谬。

可荒谬就一定代表悲哀吗? 或许也不尽然。我们站在上帝视角, 得知"弥尔顿号"上的微型文明只是为了资源采集而存在, 认为《十七年》里的执念毫无意义, 甚至讽刺。但《十七年》中的"我"和老人都不知道这一点, 从他们的视角看, 这种执念真的没有意义吗? 我想这个问题只能交与读者了。

在你看到的这几个中短篇小说中, 或许有的执念体现得不那么明显。但在我最新完成的长篇小说《时雨》里, 你我都会发现, 执念的存在简直如影随形，这边按下去了，那边又会涌上来。它驱使着所有角色在时代的浪潮中挣扎，或向前，或向后。

执念没有褒贬，无处不在。作为母题来讲，执念不似命运般宏大，又不似欲望般狭隘，所以能承载足够多的题材，足够多的世界。不过，路既然走到此处，我想多少还是需要回到上面提及的诉求，"破题"。路往前走，破题可能就成了下一段旅程的主题了。话听起来有些拗口，但也恰好构成一个有机的循环：立题—破题—立题—破题—立题……让这条路变得迢迢无尽，前行不止。

我站在这个路口，想回溯路开始分岔的地方，想感谢重庆大学科幻协会，感谢协会的指导老师李广益，感谢《科幻世界》杂志社和杂志社的编辑老师们，感谢我的家人和朋友，感谢陪伴过我的人们，感谢生活和每个春夏秋冬。

当我们回望来时的路，会发现每一个曾经彳亍的路口和坎，都变成一个个熠熠生辉的新的开始。当然，这里，也是个开始。

现在，让我转过头来感谢你，感谢打开了这本书的你和你们。感谢相遇，感谢每一个你的陪伴，尽管只是短暂的陪伴，到这里就要告别了。不过，如果有缘，相信你还有机会在这条路上偶遇我新的足迹，也就是重逢。

重逢，多么美好的字眼。期待重逢。

白贲

2021 年 1 月 4 日于南京